Stephanie Gessner

Lil April

Das Chaos kommt selten allein

Band 1: Lil April – Mein Leben und andere Missgeschicke
Band 2: Lil April – Eine Katastrophe jagt die nächste
Band 3: Lil April – Das Chaos kommt selten allein
Band 4: Lil April – Mein ganz normaler Wahnsinn

Stephanie Gessner

LIL APRIL

Das Chaos kommt selten allein

magellan

Für Margarete und Heinrich, meine Eltern.

»Ich darf neben dir sitzen!«,
rief meine Schwester Arti
und zerrte an meinem Rucksack.

»Nein, ich, ich! Bitte, Lil!«, quengelte meine jüngste Schwester Nike.

»Wir werden sehen«, murmelte ich, wandte mich ab und tippte weiter an meiner Nachricht. Ich musste Dennis, der jeden Moment mit seiner Mutter nach Mallorca flog und zum ersten Mal im Leben in einem Flugzeug saß, noch eine gute Reise wünschen. Er war gestern deswegen so aufgeregt gewesen.

Ungefähr halb so aufgeregt wie ich. Meine Nerven lagen seit Wochen praktisch blank, ich bebte bei der kleinsten Erschütterung. Das lag aber auch daran, dass diese Sommerferien sich gezogen hatten wie Kaugummi. Die ödesten Ferien der Welt, mit nur mittelgutem Wetter und so viel freier Zeit, dass man geradewegs hineinzufallen drohte in das Zeitloch. Und ich mich so richtig schön verrückt machen konnte, denn Besseres hatte ich nicht zu tun. Weil seltsamerweise in diesen Ferien keine Menschenseele in München geblieben war, außer uns Aprils. Helli machte eine sensationelle Kreuzfahrt im Mittelmeer, Nurya besuchte Verwandte in Aachen, Paul amüsierte sich irgendwo mit einer Jugendgruppe und Dennis war erst vor zwei Tagen von einer Wandertour mit seinem Vater zurückgekommen. Um dann heute gleich wieder abzuheben.

Wie ich sie alle beneidet hatte! Während mir nichts anderes übrig geblieben war, als die sterbenslangweiligen Tage, einen nach dem anderen, im Kalender zu streichen, gondelten meine Freunde durch die Welt, lagen an herrlichen Swimmingpools, erklommen Berge, rekelten sich am Strand in der Sonne. Ich fürchtete manchmal schon, mein ersehnter Abreisetag würde gar nicht mehr kommen.

Was, wenn die Zeit immer zäher verrinnt, dachte ich während dieser Ferien, jeden Tag ein bisschen langsamer? Wenn sie dann schließlich so langsam wird, bis sie irgendwann nicht mehr vorwärtskommt? Ich fürchtete, am Ende käme ich nie nach Berlin, zu meinem allercoolsten Workshop, weil die Zeit vor lauter Trägheit stehen geblieben war. Was für eine Horrorvorstellung! Ich steigerte mich richtig hinein in diesen Wahn, und es nützte auch nichts, wenn Mama mir versicherte, das würde nicht passieren.

Doch Mama behielt zum Glück recht. Der große Tag rückte dann doch irgendwie näher und dann war er plötzlich da. Ich fuhr nach Berlin!

Leider hatte die ganze Sache einen ziemlichen Haken. Ich fuhr nach Berlin, das schon, aber bedauerlicherweise hing noch eine ganze Reisegruppe an mir dran. Die schlimmste, nervigste Reisegruppe, die man sich vorstellen konnte: meine Familie. Und nicht etwa nur ein kleiner Teil davon, nein. Meine *ganze* Familie. Mama oder Papa hätte ich als Begleitung ja noch akzeptiert oder Maria, unser Au-pair-Mädchen. Das war mein ursprünglicher Vorschlag gewesen. Denn mir war schon klar, dass sie eine Dreizehnjährige nicht alleine nach Berlin fahren lassen konnten. Maria war aber schon neunzehn und damit perfekt. Aber leider hatten meine Eltern eine RIESENidee und es sich in den Kopf gesetzt, aus meiner Berlin-Woche den diesjährigen Großfamilienurlaub zu machen. Weil wir alle zusammen noch nie in der Hauptstadt waren. Und weil wir ja bald, nämlich in zwei Wochen, nach England ziehen würden und deshalb zu Hause in München den Sommer über Kisten packen mussten und keine Zeit hatten, woandershin zu fahren.

Tja, und deshalb standen hier nun gerade zehn Leute am Münchner Hauptbahnhof und warteten auf den ICE: Mama, Papa, Pego, meine beste (ja, und Pegos feste) Freundin Helli, Arti, Triton, Nike, Orion und Maria. Eigentlich zehneinhalb, denn Pan, unsere treue alte Hundeseele, war natürlich auch dabei. Und ich. Wie Bienenwaben klebten wir aneinander und verstopften gerade den Eingang zu Gleis 18. Ein genervter älterer Herr rempelte mich an und zwängte sich vorbei. Ich verlor das Gleichgewicht und torkelte gegen Helli, die wiederum gegen Pego stieß.

Der ging sofort in die Luft. »Ey, Alter, riech mal!«, rief er dem Anrempler hinterher und reckte seine Faust. »Riecht nach Friedhof!«

Mama, die gerade versuchte festzustellen, in welchem Wagen wir unsere Plätze hatten, wirbelte herum.

»Pegasos April! Hör sofort auf, so zu schreien!«

Mein Bruder Pego setzte eine Unschuldsmiene auf. »Was denn? Ist original ein Spruch von dem da!« Er zeigte auf Papa, der in unserer Mitte stand und den Berliner Stadtplan studierte. »Oder, Papa? Stimmt doch.«

Papa hob seinen zerzausten, schwarz gelockten Kopf. »Stimmt was?«

Pego ballte wieder die Faust. »Das mit dem Friedhof. Habt ihr früher immer gesagt.« Er grinste.

Helli gab ihm einen Stups und lachte.

»Aua!«, rief Pego übertrieben wehleidig. »Die schlägt mich!«

Papa schaute über den Rand seiner Lesebrille in die Runde. Dann lächelte er. »In der Tat. Wir wussten uns gewählter auszudrücken damals. Schmutzige Begriffe wären uns niemals in den Sinn gekommen.«

»Na ja«, sagte Mama. »Friedhof klingt auch nicht wirklich gewählt.«

»Übelst retro, aber cool!«, flachste Pego.

Helli boxte ihn spaßeshalber gegen den Arm. »Ist ja gut jetzt.«

Papa runzelte die Stirn. »Hast du jemanden belästigt, Pego?«

Pego lachte nur und winkte ab. Mama schüttelte den Kopf und antwortete nicht mehr. Es war immer dasselbe mit Papa. Wenn er in seine Zeitung oder in eines seiner wissenschaftlichen Bücher oder einen Stadtplan vertieft war, dann hätte neben ihm eine Bombe explodieren können, er bekam nichts mit. Oder besser, er bekam nur mit, was er auch mitkriegen wollte. Clevere Strategie, die einen ganz schön in den Wahnsinn treiben konnte. Manchmal beneidete ich ihn um diese Fähigkeit, denn ich würde mich auch gerne abschotten von dieser lauten, chaotischen Familie, in der ständig jemand etwas wollte.

Mama breitete die Arme aus und schob uns etwas näher zusammen, damit die Leute besser an uns vorbeikamen. Gerade quetschten sich zwei Jungs mit großen Dönerpaketen an uns vorbei. Dem einen hing ein Zwiebelring aus dem Mund, es sah aus wie ein Piercing. Helli sah es auch und wir mussten laut lachen.

Arti wedelte mit der Hand vor ihrer Nase herum. »Boah, ich hasse diesen Geruch. Gebratenes Fleisch mit rohen Zwiebeln. Es müsste verboten werden!«

Arti hatte sich im letzten halben Jahr vegetarisch ernährt und war seit ein paar Tagen auf vegan umgestiegen. Das hieß, sie aß erstens gar nichts mehr vom Tier, also auch keinen Käse und auch keinen Joghurt, und zweitens hieß das ganz viel schlechte Laune. Weil sie Hunger hatte, so behauptete jedenfalls Mama, die natürlich nicht einverstanden war mit Artis Ernährungsideen. Papa fand es auch fragwürdig, wie er sagte. In zwei Monaten würde Arti deswegen auch zum Bluttest müssen, weil Mama und Papa wissen wollten, ob sie irgendwelche Mangelerscheinungen bekam. Bis dahin durfte sie sich probeweise vegan ernähren. Irgendein Vitamin, ich glaube B, musste sie aber jetzt schon als Pille schlucken, weil alle Veganer das dringend brauchten, sagte Mama.

Nike und Maria standen eng umschlungen da. Meine kleinste Schwester hatte die Unterlippe vorgeschoben und blickte mit glasigen Augen ins Leere. Dies war nämlich nicht nur die Abreise nach Berlin, sondern auch der besonders von Nike gefürchtete Abschied von unserem Au-pair-Mädchen. Fast ein Jahr hatte Maria als zehntes Familienmitglied mit uns zusammengewohnt. In ein paar Tagen würde sie zurück nach Griechenland fliegen, wo ihre Eltern und Geschwister lebten.

»Wann kommt dieser blöde Zug endlich?«, fragte Orion, der als Nikes Zwilling der Jüngste von uns war. Nicht mehr lange allerdings, denn im Dezember würde noch ein April-Kind dazukommen. Mama war im sechsten Monat schwanger, was man inzwischen auch sehr deutlich sehen konnte. Ich konnte mich noch an den Bauch erinnern, den sie mit den Zwillingen hatte, der war unfassbar rund gewesen.

Außer Mama, Papa und Nike freute sich niemand so richtig auf das Baby. Ich hatte manchmal ein schlechtes Gewissen deswegen, aber hey, ich hatte schon vier jüngere Geschwister und noch dazu einen anstrengenden älteren Bruder, und ich wusste, wie viel Arbeit das bedeutete!

Pego, dem es haargenau so ging wie mir, hatte letztens gesagt: »Wenn ich mich freuen würde, müsste ich ein Masochist sein.«

Woraufhin wir anderen wissen wollten, was ein Masochist war.

»Das sind Leute, die gerne leiden und die es mögen, gequält zu werden«, hatte Mama erklärt. Und ich dachte, es ist doch eigentlich ganz gut, wenn man nicht von dieser Sorte ist. Obwohl es für das Baby natürlich schöner gewesen wäre, wenn wir uns alle gefreut hätten.

»Dahinten kommt er!«, schrie Orion plötzlich.

Triton, der bislang auf die Anzeigetafel gestarrt und irgendetwas in sein Notizbuch geschrieben hatte, kam angesprungen.

»Ja«, rief er, »und außerdem überpünktlich. Im Gegensatz zu fünf anderen Zügen«, verkündete er in seiner obergescheiten Art. »Innsbruck, Frankfurt, Regionalzug nach Nürnberg, Klagenfurt und Lindau: alle verspätet.«

»Wen interessiert's«, sagte Pego.

Triton schnitt eine Grimasse.

Papa schien es zu interessieren. Er hob die Augenbrauen. »Da können wir uns glücklich schätzen, dass wir nach Berlin wollen.«

Triton nickte stolz und widmete sich wieder der großen Anzeigetafel, auf der alle abfahrenden Züge angekündigt wurden.

Orion hüpfte auf und ab und sein Rucksack hüpfte mit. »Er kommt, er kommt!«

Nike klammerte sich noch doller an Maria und brach in Tränen aus.

Mama streichelte ihr über die Wange. »Wir haben zwar noch zehn Minuten Zeit, bis er abfährt, aber ich schlage vor, wir verabschieden uns allmählich mal.« Sie breitete die Arme aus.

Maria löste sich aus Nikes Umklammerung und ließ sich von Mama knuddeln. Sie hatte eine rote Nase und schniefte.

»Ich werde euch alle so unendlich vermissen«, sagte sie.

»Wir dich auch, Maria. Vielen Dank für alles. Du warst uns eine großartige Hilfe.« Mama wischte sich über die Augen. »Alles Gute für dich und pass auf dich auf.«

Und dann reihten wir uns ein und umarmten Maria, sogar Papa und der obercoole Pego und auch Helli, obwohl Maria ja gar nicht ihr Au-pair-Mädchen war. Helli zählte schon als Familienmitglied. Und im Gegensatz zu mir fand sie Großfamilie genial. Weil sie keine Geschwister hatte und deshalb niemanden, mit dem sie sich gegen ihre Eltern verschwören konnte, behauptete sie. In diesem Punkt hatte sie vielleicht recht. Geschwister hatten ihren Vorteil, wenn man gemeinsam die Eltern von etwas überzeugen wollte. Aber so oft war das ja gar nicht der Fall.

Nike drängte sich zwischen Helli und Maria und klettete sich schluchzend an Maria. »Du sollst mit uns kommen! Uaaaaaah! Biiiiitteeee!«

Maria streichelte Nike über die glatten braunen Haare, die inzwischen so lang wie Artis waren. »Hör mal, Nike, ich muss doch meine Mama und meinen Papa endlich wiedersehen. Die freuen sich schon so, weil sie mich seit einem Jahr nicht gesehen haben! Stell dir vor, ich würde meine Heimreise jetzt noch einmal verschieben, wie enttäuscht die dann wären.« Sie wischte Nike die Tränen von der Wange. »Verstehst du das?«

Nike zog so laut die Nase hoch, dass man es wahrscheinlich noch am Ende von Gleis 18 hörte. Ich musste mich abwenden, denn ich hasse Spucke und Rotze und alles, was noch schlimmer ist. Leider bekommt man in einer Großfamilie eine Menge davon zu sehen – und hören oder riechen. Puuuh.

Der Zug schob mit seiner langen weißen Schnauze an uns vorbei und hielt an.

Ich zerrte übermütig am Rucksack meiner HALF. »Hellihafte allerliebste Freundin! Es geht los! Es geht los! Ich fahre nach Berlin!«

Pego gesellte sich dazu und legte einen Arm um Helli. »Wir fahren, Lil, wir. Und das wird total ätzend für dich.«

»Du kannst mir meine Vorfreude nicht verderben!«

Mein Bruder lachte auf seine bescheuerte, grölende Pegoistenart. »Wetten, dass ich es kann? Das wird speiübelst, verlass dich drauf.«

Nach megaübelst war speiübelst gerade Pegos neuestes Lieblingswort.

Ich wollte auf ihn losgehen, als Mama rief: »Wo ist eigentlich Orion?«

Wir schauten uns um. Tatsächlich, Orion war nirgends zu sehen. Wir sahen uns ratlos an.

»Eben war er noch da«, sagte Arti.

Die Zugtüren öffneten sich und die Leute drängten an den Gleisrand.

»Wo ist er?« In Mamas Stimme schwang leise Panik mit.

»Vielleicht guckt er sich den ganzen Zug an«, sagte Nike langsam. »Von außen. Von innen kann er das ja noch, wenn wir fahren.«

Mama schaute auf die Uhr. »Falls wir fahren.«

Mir blieb fast die Luft weg. »Also, *ich* fahre, darauf kannst du dich verlassen! Ich muss zu meinem Workshop und bleibe nicht hier, weil mein dummer kleiner Bruder verschwindet!«

Arti nickte zustimmend. »Genau. Ich fahre auch.«

Papa runzelte die Stirn. »Hat auch jemand einen konstruktiven Vorschlag?«

»Was heißt das? Hat das was mit Detektiv zu tun, Papi?«, fragte Nike.

»Er meint einen Vorschlag, der uns weiterbringt«, antwortete Pego. Und dann flitzte er plötzlich los und rief im Rennen: »Ich laufe den Zug ab! Steigt schon mal ein!«

Papa sah in die Runde: »Er hat recht, steigt ein. Falls Orion nicht auftaucht, nehme ich mit ihm den nächsten Zug.« Er schob uns Richtung Tür. »Hopphopp, das ist euer Abteil.«

Mama nickte. »Ja, geht vor. Alle Plätze ab 28.« Wir winkten ein letztes Mal Maria zu und kletterten dann schnell in den Zug.

Die Nasen gegen das Zugfenster gepresst, hielten wir Ausschau nach Orion und Pego. Papa stand noch draußen an der Zugtür. Plötzlich riss er den Arm hoch und gestikulierte wild herum. Das Abfahrtsignal ertönte. Papa sprang in den Zug.

»Hä?«

»Was macht er?«

»Wo sind die anderen?«, fragten wir alle durcheinander.

»Wahrscheinlich steigen sie weiter vorne ein, weil sie es über den Bahnsteig nicht mehr zurückschaffen«, sagte Mama.

Und damit lag sie richtig. Als Papa zu uns stieß, erzählte er uns, dass Pego und Orion ziemlich weit vorne eingestiegen waren und nun durch den Zug laufen würden.

»Dieser Idiot«, sagte Triton. »Beinahe hätte er Papa und Pego die Reise verdorben.« Er klang so ehrlich entrüstet, dass wir anderen lachen mussten.

Ich lehnte mich in meinem Sitz zurück. Durch die Hektik um Orions Verschwinden hatte es keine Diskussion um die Sitzplätze gegeben, meine jüngeren Geschwister hatten sich einfach irgendwohin gepflanzt, um möglichst schnell weiter nach Orion und Pego Ausschau zu halten. So landete ich ungehindert neben meiner HALF auf einem schönen Zweiersitz. In Fahrtrichtung. Glück für mich. Pech für Pego.

Langsam und lautlos glitt der Zug aus dem Bahnhof. Ich quetschte Hellis Hand. »Endlich! Es geht los!!! Ich bin so aufgeregt!!!«

Helli quiekte. »Aua! Deswegen musst du mich doch nicht verstümmeln!« Sie rieb sich die Hand.

»'tschuldigung. Es ist nur, ich muss irgendwohin mit meiner Vorfreude.«

Helli schloss die Augen. »Versuch mal, dich etwas mehr nach innen zu freuen.«

»Nach innen?«

Sie nickte.

»Du meinst, still und heimlich?«

Sie nickte wieder. »Ich muss dringend ein kleines Schläfchen machen, hab letzte Nacht kaum geschlafen.«

»Denkst du, ich?« Ich zwickte sie in den Oberschenkel.

Sie riss die Augen auf. »Lil! Ich warne dich …«

»Helli-HALFie, bitte, bitte schlaf jetzt nicht. Ich brauche jemanden zum Vorfreuen. Nach außen, verstehst du?«

Hellis große braune Teddybäraugen lächelten mich an. »Ich freue mich mit dir. Ganz ehrlich. Im Moment ganz leise, aber in einer Stunde freuen wir uns dann wieder laut, okay? Jetzt muss ich mal chillen.« Sie hängte sich ihre blaue Strickjacke übers Gesicht. »Gute Nacht.«

Ich gab mich damit zufrieden und schloss ebenfalls die Augen. Der Zug hatte an Fahrt aufgenommen und schoss ohne Anstrengung dahin. So fühlte es sich jedenfalls an. Ich liebte Zugfahren. Und auch das Schnurren und Schnaufen und Seufzen der ICEs. Viel besser als Fliegen. Im letzten Herbst war ich zum ersten Mal im Leben geflogen, nur für eine kurze Strecke, von London nach München, aber die hatte mir gereicht. Mir war noch schlecht, als wir schon längst gelandet und in der S-Bahn nach Hause saßen. Nein, Fliegen war für mich wie Bootfahren auf sehr unruhiger See, da kam es mir auch sofort hoch. Auf Schienen konnte man weder abstürzen noch in Luftlöcher fallen noch sich verfliegen oder verfahren oder ertrinken. Und Staus gab es auch keine. Zugfahren war perfekt.

Vor Helli und mir hatte sich meine Familie an zwei Nischen mit Tischen verteilt. Nike und Arti saßen nebeneinander und daddelten auf Papas Handy. Mama hatte die Augen geschlossen. Papa und Triton unterhielten sich leise über ein Berliner Museum für Archäologie, von dem in den letzten Tagen schon oft die Rede war. Pergamon. Papa kannte sich da besonders gut aus, weil er Archäologe war und das Pergamonmuseum wohl so etwas wie sein zweites Wohnzimmer. Und alles, was Papa wusste und kannte, das interessierte Triton brennend. Mit hundertprozentiger Sicherheit würde mein mittlerer Bruder auch einmal Archäologe werden. Bei dem Gedanken daran musste ich gähnen. Was für ein Segen, dass ich dieses Mal um die Museen einen Bogen machen konnte. Was brauchte ich Archäologie? Ich wurde schließlich, wenn alles gut ging, Designerin! Nicht dass mich Museen nicht interessierten, aber es kam schon auf den Inhalt an. Antike griechische Skulpturen und Vasen waren definitiv nicht mein Fall. Aber wir waren vor zwei Jahren mal in einem Modemuseum in Belgien gewesen, das fand ich toll. Und Malerei mochte ich natürlich auch, am liebsten die modernen Sachen, da waren die Farben bunter und strahlten auch mehr, meistens jedenfalls. Alte Bilder deprimierten mich. Zu viel Braun.

Da fiel mir ein, dass ich eigentlich noch ein paar Zeichnungen für den Workshop anfertigen könnte. Ich wollte gerade mein Skizzenbuch aus den Tiefen meines Rucksacks kramen, als Pego und Orion auftauchten.

Pego schubste den Kleinen auf den freien Platz neben Papa.

Mama, die wie Helli eingedöst war, wachte wieder auf. »Orion! Endlich! Was hast du dir dabei gedacht?«

Orion, der vermutlich schon die eine oder andere Kopfnuss von Pego auf dem Weg hierher hatte einstecken müssen, zuckte nur mit den Schultern und schob die Unterlippe vor. »Ich wollte doch nur die Waggons zählen.«

»Das hättest du einfacher haben können, Dummkopf.« Triton schüttelte den Kopf. »Einfach nur am Gleis auf die Wagenstandsanzeige gucken.«

So ein Satz konnte nur von Mister Oberschlau stammen. Mama verkniff sich ein Lächeln.

Papas Gesicht konnte ich von meinem Platz aus nicht sehen, aber was er sagte, klang eher säuerlich. »Orion, wir müssen uns hier auf jeden Einzelnen verlassen können. Du bist keine drei mehr. Man rennt nicht einfach bis zur Zugspitze, und schon gar nicht, wenn es der Zug ist, mit dem man selbst fahren will!«

Pego blickte sich suchend um und entdeckte Helli und mich. Er steckte die Hände in die Hosentaschen und schob dann zwei Schritte in meine Richtung. Ich saß am Gang, Helli am Fenster.

»Schön, schön, danke fürs Anwärmen, aber jetzt verdünnisier dich.«

Ich kniff die Brauen zusammen. »Redest du mit mir?«

»Korrekt. Los, Platz da.«

»Ph. Du tickst wohl nicht richtig.«

Auf der anderen Seite des Gangs saßen zwei Frauen, ungefähr Mitte zwanzig. Sie schauten neugierig. Neben mir schlummerte Helli. Die Strickjacke war ihr vom Gesicht gerutscht.

Pego stieß mit dem Fuß gegen meinen Fuß. »Also? Wird das noch was oder muss ich dich rausboxen?«, zischte er.

»Untersteh dich. Gar nichts wirst du. Setz dich zu den anderen, da ist noch Platz.«

Die beiden Frauen kicherten.

»Blablabla.« Pego schaute sehnsüchtig zu seiner Liebsten und bedachte mich dann mit seinem Nervzwergblick. »Schön aufpassen«, sagte er warnend, machte dann aber kehrt und setzte sich an Mamas Tisch.

Meine Gangnachbarinnen grinsten. Ich bekam rote Ohren, die aber zum Glück unter meinen dichten Locken verborgen blieben.

Ich klappte mein LLB auf und begann zu zeichnen.

»Danke, dass du diesen Wildfang noch rechtzeitig erwischt und eingesammelt hast«, hörte ich Mama zu Pego sagen.

»Kein Ding«, murmelte er, und es klang verstimmt. Von seiner Herzallerliebsten getrennt zu sein, das passte ihm ganz und gar nicht. Puh, der sollte sich nicht so anstellen. Wenn ich im Workshop war, hatte er sie doch ganz für sich allein.

Nachdem ich eine halbe Bikini-Kollektion entworfen und der ICE bereits das erste Mal gehalten hatte, wachte Helli auf. Sie streckte ihre langen, dünnen Arme. »Boahhhh, war ich müde.«

Ich stopfte das LLB in die Ablage am Vordersitz und blickte kurz zu meiner Gangnachbarin. Wir lächelten uns an.

»Darf ich fragen, was LLB heißt?« Sie schaute auf den Einband meines Skizzenbuchs, auf dem vorne die drei großen Buchstaben standen. Ich merkte, wie ich rot wurde.

»Äh, das ist so was wie ein gezeichnetes Tagebuch. Ich nenne es Lebensbuch, also Lils Lebensbuch.«

»Es muss dir ziemlich wichtig sein, wenn du es sogar mit auf Reisen nimmst. Es wiegt ja sicher ganz schön viel.«

Ich schaute auf das dicke Buch. »Stimmt. Aber ich trage es gerne. Ich könnte mir ein Leben ohne LLB nicht vorstellen.«

Sie nickte und lächelte. Ich wandte mich Helli zu, deren Augen sich inzwischen vollständig geöffnet hatten.

»Ich dachte schon, du schläfst durch.«

Helli gähnte herzhaft. »Leider nein.«

»Hast du Lust, ein bisschen herumzulaufen?« Meine Füße kribbelten vom langen Herumsitzen.

»Wo ist Pego?«, fragte sie.

»Hier«, tönte es. Pego saß direkt vor Helli. Er schob eine Hand zwischen den Sitzen nach hinten. Sie turtelten einen Moment mit den Händen, dann stand Helli auf.

»Kommst du mit durch den Zug?«

»Nö. Keine Lust«, sagte Pego.

»Aber ich!«, rief Arti.

»Ich auch!«

»Ich auch!«, riefen die Zwillinge und Triton gleichzeitig.

»Oh nein«, sagte Mama. »Ihr werdet nicht zu sechst durch den Zug rennen. Wenn Lil und Helli zurück sind, können die nächsten beiden los. Die Fahrt ist lang genug.«

»Ich will aber mit Lil und Helli …«, motzte Arti, doch Mama schaute sie streng an. Meine Schwester verschränkte die Arme vor der Brust und schmollte.

Helli und ich zogen los. Da wir im letzten Wagen saßen, gab es nur eine Richtung, in die wir gehen konnten. Zuerst durchquerten wir ein paar Abteile, die so aussahen wie unseres. Dann kam das Bordrestaurant. Hier roch es grässlich nach Erbsensuppe. Ich hielt mir die Nase zu und wäre beinahe gegen einen Mann getaumelt, der gerade einen Schluck aus einem riesigen Kaffeebecher trank. Wir kicherten. Sowohl in den Abteilen als auch im Restaurant war es rappelvoll.

»Ob die alle nach Berlin wollen?«, fragte Helli, die hinter mir herlief. Ich wandte mich zu ihr um und wollte etwas erwidern, als ich gegen etwas stieß. Ich stolperte und lag schon fast am Boden, aber dann wurde ich von zwei ausgestreckten Armen aufgefangen.

»Holla!«, rief eine Stimme ganz nah an meinem Ohr.

»Überfall!«, schrie eine andere Stimme laut und lachte.

Mein Kopf rumste gegen einen Kopf. »Au!«

»Autsch! Verdammt!«

Von hinten packte mich Helli und zog mich zurück. Ich fand mein Gleichgewicht wieder. Vor uns auf dem Boden saßen zwei Jungs ungefähr in unserem Alter und streckten die Beine quer in den Gang. Wir musterten uns.

»Hast du keine Augen im Kopf?«, sagte der eine, der genauso blonde Locken wie ich hatte, nur viel kürzer.

»Habt ihr uns was aus dem Bistro mitgebracht?«, fragte der andere und grinste schief. Seine schwarzen Haare waren zu einem Jungsdutt zusammengebunden.

»Das ist ja auch ein suuuper Platz hier!« Ich rieb mir die Schläfe. »So gar nicht im Weg.«

»Ja, und so praktisch, direkt vor der Toilette«, ergänzte Helli.

In dem Moment ging die Toilettentür auf und eine Frau mit einem ungefähr zweijährigen Kind kam heraus. Wir kicherten, auch die Jungs.

Die Frau guckte ein bisschen verunsichert. Die zwei Jungs zogen die Beine bis zum Kinn, damit die Frau und das Kind vorbeigehen konnten.

Helli und ich wollten hinterher, aber zack, verbarrikadierten sie wieder den Weg. Der Dunkle stellte sogar einen Fuß an der gegenüberliegenden Wand ab.

»Sehr witzig«, sagte Helli.

»Voll cool, ihr zwei«, ergänzte ich.

»Wie war das mit dem kühlen Drink aus dem Bistro?«, fragte der Dunkle. Der Blonde lachte und es klang irgendwie sehr albern. Helli und ich mussten wieder lachen.

»Träumt weiter«, sagte ich.

»Eine Coke für uns und eine für euch«, sagte der Dunkelhaarige. »Wenn ihr sie holt.«

Wir sahen uns an. Helli leckte sich die Lippen. »Auf eine kalte Cola hätte ich gerade Lust.«

»Jetzt, wo du es erwähnst …« Meine Kehle fühlte sich

ganz trocken an. Kein Wunder, es war Hochsommer und ich hatte seit der Abreise noch nichts getrunken.

»Was ist?« Der Blonde legte den Kopf schief.

Ich musste schon wieder lachen. »Du guckst wie unser Hund, wenn er auf Leckerli wartet.«

Der Blonde streckte die Zunge raus und hechelte. »Wir verdursten.«

Der andere nickte. »Ja, unfassbarer Durst.«

»So schlecht ist die Idee ja nicht«, meinte Helli und hielt die Hand auf. »Und da wir schon mal hier stehen … her mit dem Geld.«

Der Dunkle schaute den Blonden an, und dann ging es eine Weile blickmäßig hin und her, bis der Blonde endlich nachgab und einen Zehneuroschein aus der Hosentasche zog und Helli aushändigte.

»Cool, das reicht bestimmt für zweimal Pommes und eine Cola.«

Dann drehte sie sich blitzschnell um und rannte los, sodass ich kaum hinterherkam.

»Hey!«, riefen sie hinter uns her. »Wehe! Zwei Cokes, sonst gibt's Ärger!«

Wir stellten uns kurz vor, wie lustig es wäre, den beiden zwei Portionen schön salzige Pommes ohne Getränk mitzubringen, bestellten an der Bistrotheke dann aber brav Cola.

»Waren das nicht die Typen mit dem riesigen zwiebeligen Döner am Bahnhof?«, fragte ich.

»Keine Ahnung.« Helli grinste. »Würde jedenfalls den unfass-ba-ren Durst erklären.«

Ich zählte das Wechselgeld nach und dann kehrten wir um. Dieses Mal liefen wir betont langsam. Die beiden sollten nicht denken, wir hätten es irgendwie eilig, ihnen einen Drink zu servieren.

»Hmmm, eisgekühlt«, säuselte Helli, als wir zurückkamen.

Der Blonde kickte dem anderen den Fuß von der gegenüberliegenden Wand und rutschte ein Stück zur Seite, sodass wir hätten Platz nehmen können. Wir sahen uns unschlüssig an. Ich überreichte ihm die Cola und das übrige Geld.

Er hielt die Flasche hoch. »Prost.«

Helli und ich teilten redlich und die anderen beiden auch. Als die Flaschen leer waren, was ungefähr anderthalb Minuten dauerte, ließen wir uns zu einer Partie Superminikicker überreden und hockten uns dazu. Der Dunkelhaarige stellte sich als Mats vor, der Blonde hieß Jari. In der ersten Runde spielten wir Mädchen gegen Jungs und danach in gemischten Teams. Egal, in welcher Konstellation wir spielten, Mats gewann immer.

Wir beschlossen gerade, ein richtiges Turnier zu spielen, in dem jeder gegen jeden antreten würde, als Pego und Arti plötzlich hinter uns standen.

»Hey!« Arti stemmte die Arme in die Hüften. »Wir haben uns schon Sorgen gemacht. Ihr seid seit Ewigkeiten weg!«

Pegos Blick, der mich gerade noch wie ein Speer durchbohrt hatte, hellte sich auf, als er das Minikicker entdeckte. »Nice. Darf ich auch mal?«

Helli machte die anderen kurz miteinander bekannt und dann spielten wir das Turnier zu sechst. Es war dazu reichlich eng auf dem Zugflur, und immer wieder mussten wir auseinanderrücken, weil jemand zur Toilette wollte. Aber es machte Spaß. Ich war gar nicht so schlecht und hatte gerade eine Glückssträhne, als Triton und Nike vor uns standen.

»Was ist denn hier los?« Meine jüngste Schwester riss ungläubig die Augen auf, als sie die beiden fremden Jungs entdeckte.

Triton, der sich für so etwas Dämliches wie Minikicker natürlich nicht interessierte, hob verächtlich die Brauen. »Ihr sollt zurückkommen, alle Mann. Und zwar dalli.«

Mats starrte Triton an, als hätte er Chinesisch gesprochen. Dann lachte er laut. »Krass. Wie viele seid ihr?«

»Zu viele.« Pego verscheuchte Triton mit einer Handbewegung. »Schieb ab. Wir müssen gar nichts.«

»Müsst ihr wohl.«

»Pfff. Wir sind in einem Zug. Noch ungefähr vier Stunden. Furzegal, wo ich die verbringe.«

»Man darf sich nicht so einfach im Gang …«, entgegnete Triton, aber Arti unterbrach ihn.

»Halt mal die Luft an! Sag Mama einen schönen Gruß, uns allen geht es bestens und wir kommen auch garantiert rechtzeitig zurück.«

Mats kringelte sich vor Lachen und haute Arti freundschaftlich auf die Schulter. »Genau.« Er sah in die Runde. »Also, wer ist dran?«

Wir spielten einfach weiter. Nike hockte sich neben mich, Triton zog wieder ab, kam aber zehn Minuten später mit Orion wieder. Der guckte neidisch auf das Minikicker. »Darf ich auch?«

»Sagt mal, ist das ein Schulausflug, oder was?«, wollte Mats wissen.

»Seid ihr verwandt?«, fragte Jari.

»Also, ich bin nicht verwandt.« Helli lächelte Pego an. Der grinste zurück. Es wurmte mich ein wenig, dass sie nur ihn anlächelte, denn in *erster* Linie war sie ja meine Freundin.

Ohne mich wären sie und Pego sich gar nicht nähergekommen.

»Ja, verwandt. Aber mehr kommen nicht«, klärte Arti auf.

»Doch. Aber das Baby kommt erst im Dezember.« Nike klang tatsächlich so, als könnten wir stolz darauf sein.

»Bis dahin sitzen wir aber zum Glück nicht mehr im Zug«, sagte ich schnell. Ich wollte weiterspielen, denn ich war ja immer noch an der Reihe. Im Moment gegen Jari. Mit drei Toren Vorsprung. »Wie sieht's aus? Machen wir weiter?«

Jari lächelte mich an. »Auf jeden Fall.«

Wir hockten insgesamt vier Stunden auf dem Gang und spielten ein Minikickerturnier nach dem anderen.

Ich war am Ende leider nicht die allergrößte Begabung, konnte aber wenigstens drei Siege erringen, einmal gegen Nike, einmal gegen Helli und dann noch gegen Jari. Mats verlor kein einziges Spiel.

Überraschend gut schlug sich Arti. Sie und Mats riefen dauernd »Tschakka« und klatschten ab, wenn einer von beiden gewann. Ich gönnte es Arti. Sie sah total happy aus. Wir hatten alle viel Spaß.

Kurz vor Berlin kam Triton angerannt und heizte uns ein. »Los, wir halten bald!«

Im Flur standen schon die ersten Leute mit ihren Koffern und Taschen.

»Immer langsam. Das ist Südkreuz. Hauptbahnhof kommt fünf Minuten später.« Jari fuhr sich durch die Haare, die vorne etwas länger waren als seitlich und hinten.

Wir rappelten uns hoch und streckten die verrenkten Glieder. Richtig gemütlich war das nicht auf dem Zugflur.

»Wohnt ihr in Berlin?«, fragte ich.

»Nee, in Nürnberg. Mein Bruder wohnt in Berlin.«

Mats stopfte das Minikicker in eine abgewetzte grüne Tasche. »Der hat eine eigene Wohnung. Da hängen wir ab.«

Jari nickte. Ich hatte irgendwie den Eindruck, dass er mich anstarrte. »Und ihr?«

»Äh, München. Also, wir bleiben eine Woche in Berlin, ich –«

Pego packte mich an der Schulter und zog. »Los, Lil, die stehen schon alle im Gang.« Er hob die Hand. »Macht's gut.«

»Klar, Mann. Viel Spaß mit der Family.« Mats zwinkerte Arti zu. Sie wurde feuerrot.

Wir winkten und hasteten zurück zu unseren Plätzen. Als wir ankamen, fuhr der Zug am Berliner Südkreuz ein. Mama sah zerzaust und verschlafen aus.

»Alles okay?«, fragte ich.

»Herrlich. So erholsam habe ich mir die Reise nicht vorgestellt. Theo und Triton haben Fachgespräche geführt und ich habe ein langes Nickerchen gemacht. Hattet ihr Spaß?«

»Ja. Minikicker ist super.«

Wir setzten uns noch einmal kurz auf unsere Plätze. Nike, Orion und Arti erzählten Mama, Papa und Triton ausführlich von unserem Turnier.

»Schade, dass wir keine Handynummern ausgetauscht haben«, flüsterte ich Helli zu.

Sie sah mich überrascht an. »Stimmt! Wieso eigentlich nicht? Die waren doch nett. Vielleicht hätten wir uns mal treffen können in Berlin. Abends nach deinem Workshop oder so.«

»Hmmm.«

Sie gab mir einen Schubs. »Wenn wir uns beeilen, schaffen wir es noch mal hin und zurück.«

»Meinst du?«

»Ja. Aber dann los!«

Ich sprang auf und Helli auch.

»Sind gleich zurück!«, rief ich und rannte durchs Abteil.

»Lil! Helli! Eure Rucksäcke! Nehmt die wenigstens mit«, hörte ich Mama rufen, aber ich verschwand schon durch die

Tür in den nächsten Wagen. Wir sausten durch den Zug, erreichten das Bordbistro. Nur noch ein paar Schritte.

Ich bremste ab und sah mich nach Helli um. »Meinst du wirklich?«

Helli stupste mich. »Klar.«

Die Tür zum Gang öffnete sich. Der Zug stand noch am Bahnhof Südkreuz, die Zugtüren waren geöffnet, vom Gleis wehte warme Sommerluft herein. Mats und Jari standen in Fahrtrichtung, mit dem Rücken zu uns.

»Quatsch!«, rief Jari laut. »Du glaubst doch nicht, dass ich auf so eine Lockenmähne stehe!«

»Aber sicher.«

Jari machte eine wegwerfende Handbewegung. »Ey, Alter, ich schwöre, NIE IM LEBEN!«

Helli hörte es auch. Sie stand da und riss erschrocken die Augen auf. Mir stockte der Atem. Es fühlte sich an, als würde jemand eine eisige Hand um meinen Hals legen. Schnell wichen wir zurück. Wir schauten uns an. Mir stiegen Tränen hoch.

Helli streichelte meinen Arm. »Blöder Idiot.«

Ich zuckte mit den Achseln. »Komm, wir müssen gehen.«

Wir liefen wieder zu den anderen. Mein Herz pochte wie wild und Tränen drängten hoch und wollten raus. Ich biss mir fest auf die Unterlippe, das tat fies weh und lenkte ab. Als wir zu unseren Plätzen zurückkamen, schnarrte die Durchsage für unsere baldige Ankunft am Berliner Hauptbahnhof durch den Lautsprecher.

Pego stand im Gang und nahm uns in Empfang. »Wo wart ihr?«

»Toilette«, antwortete Helli.

»Typisch.«

Aus dem Augenwinkel sah ich, wie meine Gangnachbarinnen schmunzelten.

Arti musterte mich argwöhnisch. »Waren Mats und Jari noch da?«

Ich ließ mich auf meinen Sitz fallen. »Keine Ahnung. So weit waren wir nicht.«

»Kinder, zieht eure Rucksäcke auf, Lil, vergiss deinen Koffer nicht. Und schaut, dass ihr nichts liegen lasst.« Mama strich die blaue Bluse über ihrem dicken Bauch glatt.

Ja, wir waren endlich da. Der Zug fuhr im Hauptbahnhof ein. Es war furchtbar stickig inzwischen, die Leute standen dicht gepresst an den Türen und schwitzten vor sich hin. Und was tat ich? Statt auszuflippen vor Freude, hing ich finsteren Gedanken nach. Weil ich so doof gewesen war, einen Jungen nett zu finden. Falsch gedacht. Total bescheuert war der! Und ich erst! Wäre ich nicht zurückgelaufen, dann hätte ich seinen blöden Spruch gar nicht gehört. Selbst schuld.

Helli, die spürte, wie es in mir brodelte, legte den Arm um mich und flüsterte in mein Ohr: »Hey, wen interessiert, was so ein Fremder daherredet? Wahrscheinlich hat er es sowieso nur gesagt, um cool zu sein.«

»Wieso sollte er?«

»Weil er bei seinem Kumpel nicht zugeben kann, dass er dich gut findet.«

»Als ob.«

»Wetten. Jungs sind so.«

»Jungs sind bescheuert.« Ich sagte es eine Spur lauter als gewollt.

Arti hörte es. »Wieso?« Sie zwängte sich an zwei Leuten

vorbei und stellte sich zu Helli und mir. »Wer ist bescheuert?«

»Niemand.«

»Jetzt sag!«

Helli lächelte Arti an. »Wir meinen ganz allgemein diese seltsame Menschensorte: Jungs. Meistens bescheuert.«

Ich nickte. »So gut wie immer.«

Arti kicherte.

»Da gibt es hoffentlich Ausnahmen.« Pego, der ganz vorne an der Tür stand, weil er natürlich als Erster den großen Cowboyschritt in die Hauptstadt machen musste, wandte den Kopf zu uns. »Sonst muss ich dich leider einmal fürchterlich durchkitzeln, Helli Popelli!« So nannte er sie manchmal, um sie zu ärgern. Um uns herum lachten ein paar Leute.

»Da hat aber einer die Ohren gespitzt«, rief Mama hinter uns und lachte auch. Ich lachte mit. Das wirkte befreiend.

Was soll's, dachte ich. Ich musste wirklich dringend aufhören, mir über diese blöde Bemerkung Gedanken zu machen. Helli hatte recht. Aber zu dumm, dass er ausgerechnet über meine Haare gelästert hatte. Wären es die Nase, die Augen oder die Beine gewesen, ich glaube, das hätte mir viel weniger ausgemacht. Da hatte ich ja auch keine Schwachstelle. Meine Megalocken aber, die sind mein absolut wunder Punkt. Schon immer. Ich habe sie noch nie gemocht. Tja, offensichtlich gefielen sie anderen Menschen auch nicht. Jetzt war das wenigstens schon mal geklärt. Vielleicht nutzte mir diese Erkenntnis ja irgendwann einmal.

Der Zug hielt, und ich war froh, als sich die Türen öffneten.

»Endlich frische Luft«, seufzte ich.

Helli, die vor mir stand, drehte sich um. »Na ja, frisch ist übertrieben, aber sagen wir mal, endlich etwas zum Atmen.«

So riesig und wuselig hatte ich mir den Berliner Bahnhof nicht vorgestellt. Total unübersichtlich. Hier hätte ich mich alleine auf jeden Fall verlaufen.

Ich winkte meinen Gangnachbarinnen zu und dann marschierte ich hinter Papa her. Der lotste uns. Da er beruflich mit dem archäologischen Institut hier zu tun hatte, kannte er sich aus. Früher, also vor seiner Zeit in Cambridge, war er mindestens einmal im Monat nach Berlin gefahren oder geflogen. Wir liefen und liefen hinter ihm her und mein Rucksack und die Hitze zwangen mich fast in die Knie. Die Ersten fingen an zu jammern.

»Ich habe Hunger«, quengelte Orion.

»Ich auch.«

»Ich auch. Und Durst.«

Alle hatten Hunger und Durst. Als wir draußen an der Straßenbahnhaltestelle ankamen, reichte Mama die Wasserflasche herum und verteilte Kekse.

Helli knuffte mich in die Seite. »Schau mal dahinten«, murmelte sie und zeigte mit dem Kopf zur großen Eingangstür des Bahnhofs.

Ich sah Mats und Jari und einen Typen, den ich aber nicht richtig erkennen konnte. Er trug Kappe und Sonnenbrille, sodass sein Gesicht fast vollständig verdeckt war. Die drei kamen langsam auf uns zu.

»Oh Gott, hoffentlich nehmen sie nicht die gleiche Bahn«, flüsterte ich.

»Wäre ungewöhnlich«, wisperte Helli. »Berlin ist doch so groß.«

Pego steckte seinen Kopf zwischen uns. »Was habt ihr zwei eigentlich den ganzen Tag zu tuscheln? Speiübelst.«

Helli packte ihn am Kinn und schob seinen Kopf ein paar Zentimeter nach hinten. »Davon verstehst du nichts.«

»Seht mal, da ist die Bahn!«, rief Triton.

Mats, Jari und der Typ, der sie abgeholt hatte, verpassten die Bahn. Kurz bevor sie losfuhr, entdeckte Arti die drei, wie sie im Laufschritt angetrabt kamen, aber die Türen waren schon zu, und wir saßen glücklicherweise schon drinnen.

»Schaut mal, schaut mal, da sind Mats und der andere!« Arti klopfte wie wild gegen die Scheibe. »Hallo!«

Der Ältere, der wahrscheinlich Jaris Bruder war, schimpfte, weil der Straßenbahnfahrer ihnen nicht mehr öffnete. Arti und Nike klopften gegen die Scheibe und winkten. Mats sah es, lachte und riss einen Arm hoch.

Mein Blick traf den von Jari. Er lächelte und hob die Hand. Ich schaute garantiert total dumm aus der Wäsche, denn meine Lippen fühlten sich an wie eingefroren und die Arme wie Blei. Lächeln oder Winken oder gar beides stand mir gerade nicht zur Verfügung.

»Sind das eure Minikickerpartner?«, fragte Mama.

Arti nickte. »Sie haben die Bahn verpasst. Blöder Mist.«

»Warum lächelt er so beknackt, wenn er mich doof findet?«, raunte ich in Hellis Ohr.

»Ich sage ja, der findet dich nicht doof. Der hat nur einen auf cool gemacht vorhin im Zug.«

Ich schüttelte so wild den Kopf, dass meine Haare in Hellis Gesicht flogen. »Hör mal, der war da mit seinem besten Kumpel alleine. Da macht man doch keine Show. Da ist man ehrlich.«

Helli schnalzte mit der Zunge. »Ja. Normal wäre das. Aber sind Jungs normal?«

Die Straßenbahnhaltestelle verschwand zum Glück schnell aus unserem Blickfeld. Nike und Arti setzten sich.

Orion, der auf Papas Schoß saß, bekam plötzlich leuchtende Augen. »Wisst ihr, was?«, rief er so laut, als wolle er es ganz Berlin mitteilen. »Ich wünsche mir zum Geburtstag ein Minikicker!«

Nike strahlte. »Ich auch!«

Mama strich eine Haarsträhne zur Seite, die an Nikes Stirn klebte. Es waren bestimmt fünfunddreißig Grad in der Bahn. »Wie praktisch, dass ihr beide am selben Tag Geburtstag habt.«

Papa zwinkerte ihnen zu. »Und vor allem so bald.«

Die Zwillinge grinsten sich an. Sie hatten in vier Tagen Geburtstag.

Daran wurden wir seit Wochen ungefähr hundertmal täglich erinnert.

»Pech gehabt, Zwerge«, sagte Pego. Er stand breitbeinig und ohne sich festzuhalten im Gang. »So kurzfristig werden keine Wünsche mehr angenommen. Ist alles bereits entschieden.«

»Stimmt das, Mami?« Nike schob die Unterlippe vor.

Orion, der wie immer völlig ungeniert vor allen Leuten herumpopelte, zog den Finger aus der Nase. »Gar nicht! Nicht wahr, Papa, wir können uns noch was wünschen?«

Papa schaute irritiert auf Orions Popelfinger. »All the treasures of the earth can't replace a good friend.«

Wie auf Kommando verdrehten alle die Augen.

»Boah, Papi, Orion und ich können noch kein Englisch!«

Nike zog die Augenbrauen zusammen, dass sie sich in der Mitte berührten.

Ich verstand den Satz offen gestanden auch nicht, aber schließlich waren wir das bei Papa gewohnt. Bis vor Kurzem hatte er uns immer mit schwer verständlichen griechischen Weisheiten geplagt, aber jetzt, da er in Cambridge arbeitete, mussten es natürlich englische Sprichwörter sein.

»Und, Herr Professor, was soll das nun heißen?«, fragte Arti.

»Wer weiß es?« Papa schaute in die Runde.

Pego blies die Wangen auf und wäre fast umgefallen, weil die Straßenbahn um eine Kurve fuhr. Er lehnte sich gegen Helli. »Das fehlt noch. Jetzt sollen wir noch übersetzen. Es sind FERIEN!«

Mama lachte.

»Ja, da versteht Pego keinen Spaß. Du musst schon selbst übersetzen, Theo.«

»Wenn du kannst!«, sagte ich.

Papa seufzte. »Ach, es wird Zeit, dass wir alle zusammen in Cambridge leben. So geht das ja nicht weiter.«

»Er weiß es nicht.« Pego grölte.

»Natürlich weiß er es«, rief Triton.

Mir fiel auf, dass unsere Unterhaltung die anderen Fahrgäste bestens zu amüsieren schien. Wir wurden von allen Seiten angestarrt. Aber das war nichts Neues. Egal, ob in München oder im Urlaub, wir erregten immer Aufmerksamkeit, wenn wir alle zusammen irgendwo auftauchten. Die Leute fanden das tatsächlich besser, als in ihre Handys zu starren.

»Nun gut, ich sehe, ihr seid sehr an meinen alten Sprüchen interessiert. Dieser, mein lieber Orion, bedeutet, alle Schätze der Erde können einen Freund nicht ersetzen.«

Helli und ich grinsten uns an. Dann schielte Helli zu Pego. »Stimmt doch irgendwie, oder?«

Pego grunzte etwas Unverständliches.

Orion verschränkte die Arme vor der Brust. »Ich finde Minikicker besser als Freundschaft.«

»Und ich finde, Freundschaft ist das Wichtigste«, sagte ich. »Aber deshalb will man ja trotzdem noch etwas zum Geburtstag haben.«

Ich sah, wie ein paar Leute um uns herum schmunzelten. Meine Geschwister nickten zustimmend. Offenbar lag hier einer der ganz seltenen Fälle vor, in dem wir uns mal alle einig waren. Mama und Papa gaben sich über Orions Kopf hinweg einen Kuss. Da schien also auch Einigkeit zu herrschen, worüber auch immer.

Schon in München hatten wir kurz über die Zimmeraufteilung gesprochen.

Trotzdem flammte die Diskussion wieder voll auf, sobald wir den Fuß in die Ferienwohnung setzten. Die Wohnung lag im dritten Stock in einem großen, alten Gebäude. Auf dem Klingelbrett waren mindestens zwanzig Knöpfe. Wir rannten die Stufen hoch, nur Mama, Papa und Pan ließen sich Zeit. Nachdem Mama aufgeschlossen hatte, stürmten wir in die Zimmer.

Es gab insgesamt vier. Ein Wohnzimmer und drei Schlafräume, also ganz schön knapp für neun Personen plus Hund. Die Küche war immerhin groß und ein Balkon war auch dabei. Es gab außerdem ein Bad und eine extra Toilette.

In dem größten Schlafzimmer befanden sich vier Betten. Hier sollten wir Mädchen schlafen. Es war ein riesiger Raum, die Zimmerdecke war viel höher als in unserem kleinen Münchner Haus, und ich sah gleich, dass man ihn ganz gut in zwei Hälften aufteilen konnte, wenn man zwei der Betten ganz bis zur äußersten Zimmerecke schob, die anderen beiden, ein Etagenbett, aber in der gegenüberliegenden Ecke beließ.

»Komm, Helli, wir machen uns eine kuschelige Ecke dahinten!«

»Das ist gemein, ihr habt viel mehr Platz«, schmollte Arti und warf missmutig ihren Rucksack auf das untere Etagenbett. Nike war schon hochgeklettert und blickte zufrieden auf uns herunter.

»Jedes Bett ist gleich breit«, sagte ich.

Wir begannen gerade, die Betten zu verschieben, als Pego mit einem Hechtsprung im Zimmer landete.

»Halt! Hier ist noch nichts entschieden!«

Wir hielten inne. »Was soll das heißen?«

Mein Bruder nahm Helli bei der Hand. »Schau mal, im Wohnzimmer steht ein cooles Schlafsofa. Genau richtig.«

Helli schaute unsicher von Pego zu mir. »Ich weiß nicht. Das Wohnzimmer sollte ja wahrscheinlich für alle …«

»Genau. Das ist ein Gemeinschaftsraum, den könnt ihr nicht einfach belegen«, wandte ich ein.

»Ph, wirst du ja sehen, was wir können.« Pego zog Helli hinter sich her. Wir anderen folgten neugierig.

Es stimmte, im Wohnzimmer stand ein Schlafsofa. Pego warf sich darauf.

»Siehst du, perfekt. Und außerdem«, er wies zum Fenster, »mit dem besten Ausblick!«

Vom Fenster sah man auf den großen Platz vor unserer Haustür, der von vier Häuserreihen umgeben war. In der Mitte befand sich ein toller Spielplatz, der einer der Gründe war, warum Mama und Papa die Wohnung ausgesucht hatten.

Die Aussicht war wirklich schön. Unser Mädchenzimmer ging zum Hinterhof hinaus.

»Also, Helli, was sagst du?« Pego klopfte aufs Sofa, als wäre Helli ein Hund, der Platz machen sollte.

Meine HALF zuckte mit den Schultern. »Schon cool, aber …«

»Ist doch alles längst besprochen«, mischte ich mich ein.

Generv sprang Pego auf. »Könntest du vielleicht einfach

mal abzischen und das hier mir und Helli überlassen? Ist nicht deine Baustelle.«

»Denkst *du*!«

Mama steckte den Kopf zur Tür herein. »Und, bereit für einen ersten Rundgang in unserem Viertel?«

»Erst wenn wir dein Okay für dieses vierte Schlafzimmer haben.« Pego versuchte, Mama mit dem allersüßesten Lächeln zu bestechen.

»Mein lieber Schatz, das ist keine besonders geräumige Wohnung«, begann Mama.

»Eben. Deshalb brauchen Helli und ich dieses Zimmer hier.«

»Nein. Deshalb brauchen wir alle dieses Wohnzimmer. Zum Beispiel auch abends, wenn andere schon früher schlafen gehen wollen.«

»Guck dir mal die Küche an, die ist mega. Wir werden sowieso nur dort sitzen, wetten?«

Vielleicht stimmte das sogar, denn in der Küche stand ein großer Tisch mit zehn Stühlen. Zu Hause in München saßen wir auch mehr am Esstisch als im Wohnzimmer.

»Egal.« Mama sah bestimmt zu Helli. »Ich habe mit deinen Eltern vereinbart, dass du mit Lil und den Mädchen schläfst.«

Helli nickte. »Klar. Kein Problem.«

»Nein! Wir rufen sie an, das geht doch ganz schnell. Sie haben sicher nichts dagegen.« Pego zog sein Handy aus der Hosentasche.

Mama legte die Hand auf seine Schulter. »Pegasos. Akzeptiere es, bitte. Wir machen es so, wie wir es mit Hellis Eltern besprochen haben. Sie ist dreizehn, und wir werden garantiert nicht erlauben, dass ihr beide hier jede Nacht zusammen auf dem Sofa *abhängt.*« Sie betonte das letzte Wort so seltsam, dass wir alle kichern mussten.

Außer Pego. »Ich bin fünfzehn.« Er verschränkte die Arme vor der Brust.

»Und wenn Helli fünfzehn ist, dann sieht die Sache ganz anders aus. Vorerst schlaft ihr jedenfalls getrennt.«

»Megaspeiübelst.«

Mama hob die Schultern und verließ das Zimmer.

»Boah, wie das nervt.« Pego ließ sich wieder auf das Sofa fallen. Helli setzte sich auf seinen Schoß und gab ihm einen Kuss. »Komm, ist doch nicht so tragisch. Meine Eltern hätten es sowieso nicht erlaubt.«

Er spielte mit ihren langen braunen Haaren. »Wieso? Was stellen die sich alle so an?«

Ich gab Arti und Nike ein Zeichen. Wir gingen zurück in unser Zimmer. Ich für meinen Teil war mit der Entscheidung unserer Eltern einverstanden, denn ehrlich, wenn meine HALFie jetzt im Wohnzimmer bei Pego geschlafen hätte, das wäre mir ganz schön auf die Nerven gegangen. Irgendwann würde es vielleicht so kommen, aber ich wünschte, bis zu diesem Tag wäre es noch lange hin. Ich gönnte Helli und Pego ihr Zusammensein. Aber es störte mich, wenn dieses Zusammensein wichtiger wurde als alles andere.

Meine Freundschaft zu Helli war schon so alt, wir kannten uns seit unserem ersten Tag in der Kita, das war noch vor unserem zweiten Geburtstag gewesen. Wir waren von Anfang an unzertrennlich gewesen, erzählte Mama immer, was für dieses Alter wohl echt ungewöhnlich ist, weil Kleinkinder normalerweise noch keine richtigen Freundschaften knüpfen. Sie sind nämlich meistens mit sich selbst beschäftigt. Bei Helli und mir war das jedenfalls anders. Wir haben uns schon richtig gut verstanden, bevor wir überhaupt sprechen lernten. Deshalb ist unsere Freundschaft etwas Besonderes, und vielleicht bin ich deshalb auch besonders empfindlich, wenn es um meine HALFie geht. Sie ist das Beste, was mir im Leben passiert ist. Darauf will und muss ich natürlich gut aufpassen.

Von meinem Bett konnte ich zwar nicht den schönen Platz mit den vielen Bäumen und dem Spielplatz sehen, aber immerhin den Berliner Himmel. Und der sah heute sehr einladend aus. Sommersonnenwolkenlosblau.

Orion platzte in unser Zimmer. »Los! Lasst uns rausgehen!«

Nike und Arti hüpften sofort davon. Ich rappelte mich hoch.

»Mama! Wir gehen auf den Spielplatz!« Die Kleinen jagten durch den Flur.

»Ist gut. Wir kommen in zehn Minuten nach.«

»Bleibt genau dort, verstanden? Orion?« Papas Stimme kam aus dem Bad.

Ich überlegte, ob ich mit den Jüngeren nach unten gehen sollte, aber während ich noch darüber nachdachte, schepperte schon die Wohnungstür.

Die Zwillinge, Triton und Arti hatten den Spielplatz schon erobert, als wir wenig später vorbeikamen, um sie abzuholen.

»Mama, Papa, schaut, wie cool!« Nike balancierte auf dem Klettergerüst.

Arti saß mit einem fremden Mädchen auf der Wippe. Sie wippten freihändig und kreischten laut. Orion buddelte im

Sand, Triton untersuchte offenbar die Holzkonstruktion des Klettergerüstes. Er winkte Papa zu.

»Guck mal, Papa, wie es von unten aussieht!« Papa stapfte über den sandigen Boden, um sich mit Triton den Unterbau des Klettergerüsts anzusehen.

»Theo, Triton, das hat doch Zeit, wir wollen jetzt los!« Mama winkte.

Pego setzte einen lauten Pfiff ab. Helli und ich standen direkt neben ihm und hielten uns die Ohren zu.

»Menno!«, schimpfte ich. »Spinnst du?«

Mama sah Pego tadelnd an, sagte aber nichts.

Nach und nach trotteten meine Geschwister an. Es dauerte wie immer ewig. Noch so eine nervige Großfamiliensache, fand ich. Zu fünft, sechst, siebt, acht oder neunt kam man nie schnell irgendwohin. Immer dauerte es Stunden, bis der Letzte sich in Gang gesetzt hatte. Wie bei einem langen Stau auf der Autobahn. Wenn vorne die Autos schon weiterfuhren, dann konnten die hinteren das noch lange nicht. Einer nach dem anderen musste anfahren, bis dann irgendwann der Verkehr wieder floss. Bei uns war es auch so. Nie setzten wir uns gleichzeitig in Bewegung, sondern einer nach dem anderen. Oft genug blockierte auch einer vollends, lag praktisch quer, wie ein verunglückter Wagen auf der Fahrbahn. Dann ging gar nichts mehr. Heute war das aber nicht der Fall. Alle hatten Hunger und ließen sich relativ schnell, also in weniger als fünf Minuten, abtransportieren.

»Wieso muss man auf der Wippe eigentlich so blöd kreischen?«, fragte Pego.

»Genau,« sagte Triton. »Schlimmer als ein aufgeschreckter Haufen Hühner.«

»Gack, gack, gaaaack!« Pego imitierte sehr laut aufgeregtes Hühnergeschrei. Sofort fielen Orion und Triton mit ein.

»Gaaaack! Kikerikiiii!« Orion wollte sich mal wieder vor Lachen auf den Boden werfen, aber Mama packte ihn im letzten Moment am T-Shirt-Saum.

Arti standen Tränen in den Augen. »Hört auf! Ihr seid ja bescheuert!«

Pego gackerte einfach weiter. Helli und ich kicherten. Ich sah, dass Papa sich nur mit Mühe zusammenriss und am liebsten mitgemacht hätte.

»Hört auf!«, schrie Arti so laut, dass man es bestimmt auch noch gut auf dem Spielplatz hörte.

Aber wir hörten nicht auf. Alle bis auf Mama und Papa gackerten durcheinander, und zwischendurch riefen die Jungen immer wieder: »Ki-ki-kikeriki!«

»Gut! Dann gehe ich eben zurück!« Arti machte kehrt und stapfte Richtung Spielplatz.

Mama hob mahnend eine Hand. »Leute! Es reicht. Ihr seid ja grausam albern. Arme Arti.«

Papa ging hinter Arti her, legte den Arm um sie und redete beruhigend auf sie ein. Nach kurzer Zeit kamen sie zurück.

»Wer jetzt noch einmal auf Arti herumhackt, der wird zurück in die Wohnung geschickt.«

Pego tat so, als müsste er schon wieder gackern, schlug sich dann aber schnell mit der Hand auf den Mund.

Wir marschierten ungefähr eine halbe Stunde durch Kreuzberg, so hieß unser Stadtteil, bis wir an einer Dönerbude haltmachten, die Mamas Ansprüchen genügte. Weil sie schwanger war, achtete sie mehr als sonst aufs Essen. Sie hatte sich, als Pego in ihrem Bauch war, einmal ganz schlimm den Magen verdorben und war am Ende im Krankenhaus gelandet. Seither passte sie besonders gut auf.

Jetzt standen wir vor einem Imbiss, an dem es erstens furchtbar lecker roch und wo außerdem alles voll appetitlich aussah. Und wo eine lange Warteschlange war. Das sicherste Zeichen für gutes Essen, behauptete Mama. Helli und ich bestellten Falafel mit viel Joghurtsoße, Arti wollte vegane Falafel mit Sesamsoße und alle anderen nahmen Döner. Ein paar Meter weiter begann ein kleiner Park. Dorthin gingen wir und setzten uns ins Gras. Es waren Hunderte von Leuten hier. Einige lagen einfach nur so herum und lasen oder chillten, aber viele hatten auch ein Picknick dabei.

Mama wischte sich mit der Serviette über den Mund. »Hier in der Nähe muss auch ein Freibad sein.«

»Oh! Können wir dahin?«, nuschelte Orion mit prall gefüllten Hamsterbacken. »Dürfen wir?«

»Ja. Jetzt!« Aus Nikes Mund flogen ein paar feuchte Krümel.

»Ey, Zwerg, aufpassen!« Pego, der zwischen Helli und Nike saß, wischte sich die Krümel vom Bein. »Benimm dich.« Er schob sich den letzten Rest seines Döners rein.

Mama rieb sich die Hände. »Gut. Besprechen wir mal, was wir in den nächsten Tagen unternehmen. Jeder hat einen Wunsch frei.«

Sofort fingen die Kleinen an zu maulen. »Nur einen?«, »Wieso?«, »Und ihr dürft wieder alles entscheiden«, und so weiter.

»Ganz ruhig«, sagte Papa. »Wir sammeln erst einmal Ideen.

»Ich habe Workshop. Und deshalb müsst ihr ohne mich planen. Ich bin raus«, sagte ich.

Mama sah mich durchdringend an. »Sicher. Tagsüber ist Lil außen vor. Aber nachmittags …«

Ich ließ sie nicht ausreden. »Nein! Nachmittags ist auch Workshop, und danach … wer weiß, vielleicht unternehme ich etwas mit den Leuten dort.«

»Vielleicht sind das aber auch alle ganz große Schnarcher und du unternimmst gar nichts«, warf Pego ein.

Ich streckte ihm die Zunge heraus.

Triton und Orion stimmten augenblicklich ein Schnarchkonzert an.

»Hört auf!«, fauchte ich. »Das sind garantiert keine langweiligen Leute. Und, Mama, du hast mir versprochen, dass ich mich hier ganz selbstständig bewegen darf!«

Papa fuhr sich durch die dunklen Locken. »Weitestgehend selbstständig, Lil. Nicht ganz. Wir haben immer noch eine Aufsichtspflicht dir gegenüber.«

»Was soll das heißen?« Ich spürte, wie Tränen in mir hochstiegen. »Das hier ist mein Ding! Das habt ihr mir versprochen!«

»Aber wir müssen wissen, wo und mit wem du dich in der Stadt bewegst. Und abends alleine … wie stellst du dir das vor?« Mama sammelte die gebrauchten Servietten ein.

Papa legte eine Hand auf ihren Arm. »Wir warten ab, wie dieser Workshop sich entwickelt, in Ordnung?«

Mama nickte. »Wir planen dich nicht für unsere Familienunternehmungen ein, aber wenn du doch Lust hast, dann kommst du eben mit.«

Pego spuckte irgendein knorpeliges Etwas ins Gras. Mama schüttelte den Kopf.

»Helli und ich sind auch raus«, sagte er.

»Was meinst du damit?«

»Wir hängen zu zweit ab.« Pego sah Mama über den Rand seiner Sonnenbrille an. »Keinen Bock auf Babyprogramm. Wir sind alt genug.«

»Ich will auch kein Babyprogramm«, begehrte Arti auf. »Ich möchte mit Pego und Helli … oder mit Lil.«

»Kannst du glatt vergessen«, schnaubte Pego.

Ich schüttelte den Kopf. »Arti, ich werde sicher keine kleine Schwester irgendwo mit hinnehmen. Das musst du ja wohl einsehen.«

Arti machte ein sehr missmutiges Gesicht. »Menno.«

Mama stöhnte. »Das läuft ja ausgezeichnet.«

»Also, ich fange mal konkret an. Ich möchte gern ins Observatorium. Dahin habe ich es noch nie geschafft.« Papa sah in die Runde. »Weitere Vorschläge?«

Pego drehte sich demonstrativ zu Helli, damit alle mitbekamen, wie wurscht ihm diese Pläne waren.

»Ich will ins Pergamonmuseum!« Triton strahlte Papa an.

Der nickte. »Das lässt sich bestimmt machen.«

»Och nee, nicht Museum!«, schmollte Orion. »Da will ich nicht hin.«

»Schatz, wir sammeln Ideen. Jeder darf sich etwas wünschen. Und für euren Geburtstag suchen wir etwas Tolles aus, okay?«

»Aber das bestimmen wir!«

»Genau! Und ich will ins Schwimmbad!«, rief Nike.

»Ja, ich auch!«

»Was gibt es denn sonst noch?«, fragte Arti bockig.

Triton schlug sein Notizheft auf, das er in letzter Zeit immer hinten in der Hosentasche mit sich trug. »Reichstag mit Glaskuppel, Brandenburger Tor, Fernsehturm, Botanischer

Garten, Gedächtniskirche, Nationalgalerie, DDR-Museum, Holocaust-Denkmal …«

Arti unterbrach ihn. »Schon gut. Ich nehme den Botanischen Garten. Gibt es da Tiere?«

»Vermutlich jede Menge Insekten um diese Jahreszeit.« Papa meinte es vollkommen ernst.

»Na super, auf zur Stechmückenparty!« Pego lachte.

»Helli, was willst du eigentlich?«, fragte ich.

»Das, was ich will.« Pego grinste.

Helli tippte sich an die Stirn. »Als ob.« Sie zupfte ein paar Grashalme aus der Wiese. »Also, ich finde diesen Park hier schön. Und eine Bootstour auf dem Fluss, wie heißt der noch gleich?«

»Spree.« Triton notierte sich gewissenhaft Hellis Wunsch.

»Au ja, Bootstour!«

»Ich finde auch Observatorium ganz gut, Papi. Sieht man da alle Sterne?«

»Vielleicht nicht alle, aber sehr viele.«

Mama klatschte in die Hände. »Das ist doch ein guter Anfang. Wir haben Schwimmbad, Sternwarte, Botanischen Garten, eine Spreetour, Pergamonmuseum und Reichstag.«

Triton hakte alles ab. »Wer will zum Reichstag?«

Mama lächelte. »Ich. Und da können wir gleich in einem Aufwasch das Brandenburger Tor abklappern. Denn das will ja wohl jeder mal gesehen haben, oder?«

Nike fragte: »Gibt's da was zu sehen?«

Pego rollte sich auf den Rücken und schaute in den Himmel. »Nee. Deshalb heißt es eigentlich ja auch das unsichtbare Tor.«

»Haha.«

Mama sang leise einen Abzählreim. »Ene, mene, miste, es

rappelt in der Kiste, ene, mene, meck, und du bist weg!« Ihr Finger zeigte auf Triton. »Gut, dann fangen wir morgen mit dem Museum an.«

Allgemeines Gemaule erhob sich. Nur Triton strahlte.

Ich warf mich neben Helli ins Gras. »Und, was habt ihr zwei morgen vor?«

»Hier muss ein richtig fetter Boxklub sein.« Mein großer Bruder schwang die Fäuste durch die warme Augustluft.

»Suuuuper Idee.« Helli kitzelte ihn mit einem Grashalm an der Nase. Er boxte sie leicht in die Rippen.

»Ihr könnt ja mit dem Boot zum Boxklub schippern. Ganz romantisch«, zog ich die beiden auf. Die anderen lachten.

»Nur kein Neid«, blaffte Pego.

»Keine Sorge. Ich möchte mit niemandem tauschen.«

Und das stimmte wirklich. Ich wollte um nichts in der Welt mit irgendjemandem tauschen, so sehr freute ich mich auf den Workshop. Auf die coolen Designer. Auf die anderen Teilnehmer. Auf all das, was ich in einer Woche lernen und erarbeiten würde. Auf die Präsentation unserer Entwürfe am Ende der Woche. Das alles würde so mega, mega, mega! Ich betrachtete meine Familienmitglieder und meine beste Freundin, wie sie da träge auf der Wiese saßen oder lagen und sich nicht so hundertprozentig einig sein konnten über das Programm der nächsten Tage. Fast taten sie mir ein bisschen leid.

Am nächsten Morgen war ich schon um sechs Uhr wach.

Viel zu früh. Der Workshop ging erst um halb zehn los. Wie sollte ich diese dreieinhalb Stunden herumkriegen? Helli, Arti und Nike schlummerten fest. Vor Artis Bett lag Pan und wedelte im Schlaf mit dem Schwanz. Wahrscheinlich träumte er gerade von einem Würstchen oder Leckerli.

Ich versuchte, noch einmal einzuschlafen, und warf mich von einer Seite auf die andere und probierte es danach in Bauch- und auch in Rückenlage, aber es hatte keinen Sinn. Meine Augen blieben einfach nicht zu! Alles in mir kribbelte!

Viertel nach sechs. Draußen schien bereits die Sonne. Ich starrte Löcher durchs Fenster und überlegte, was ich an diesem wichtigen ersten Tag anziehen sollte. Da mein Koffer nicht sehr groß war und ich nicht viel dabeihatte, blieben meine Möglichkeiten begrenzt. Außerdem war es so heiß. Ich entschied mich für die weißen Shorts und ein dunkelblaues Trägertop, das ich vor Kurzem im Schlussverkauf ergattert hatte. Sollte ich Flipflops oder Sneakers anziehen? Da ich mich nicht entscheiden konnte, würde ich später Helli dazu befragen.

Halb sieben. Ich schälte mich leise aus dem Bett, nahm mein Skizzenbuch und tappte in die Küche. Die Balkontür quietschte. Draußen war es noch kühl, der Balkon lag im Schatten. In den Bäumen auf dem Spielplatz vor der Haustür zwitscherten die Vögel um die Wette, der Radau war ohrenbetäubend. Ich setzte mich auf den Balkonstuhl und schaute mir meine letzten Zeichnungen an. Jede Menge Bikinis, Hüte und Schuhe. Handtaschen. Die gefielen mir am meisten, und ich fand, hier hatte ich die besten Ideen gehabt. Die anderen Sachen überzeugten mich nicht so richtig, sie waren so wenig ausgefallen.

Dabei hatte so die Aufgabenstellung geheißen: eine ausgefallene Modekollektion zum Thema Wüste. Ja, tatsächlich. Ich hatte mir stundenlang Wüstenbilder angesehen und Mama hatte mir sogar einen Dokumentarfilm über afrikanische Wüstenbewohner besorgt. Die lebten in Zelten oder Hütten, ohne jedes Grün. Kein Grashalm, kein Busch, kein Baum ringsum. So etwas Trostloses. Die Menschen waren alle ganz mager und die Tiere auch. Danach hatte ich zuerst gar keine Lust mehr zu zeichnen. Aber Mama sagte dann, ich solle mich von den Kleidern dieser Beduinen inspirieren lassen, und das habe ich dann versucht.

Die Entwürfe meiner Kleider waren lang und fließend, als könnten sie vor starker Sonne schützen, und meine Hüte sahen aus wie Turbane, denn das war es, was die Beduinen meistens auf dem Kopf trugen, fette Turbane, die sie aus langen Stoffbahnen wickelten. Und dazu entwarf ich eine Reihe von Handtaschen, die so ähnlich aussahen wie die großen, schlichten Beutel, die ich im Film gesehen hatte, nur dass ich viel mehr Schnickschnack hinzunahm, Reißverschlüsse, Buttons, aufgenähte Außentaschen und so weiter. Ehrlich, wenn ich besser hätte nähen können, dann hätte ich versucht, mir meine eigene Beduinentasche zu nähen. Die sahen echt wunderschön aus. Das fand auch Helli. Aber ob ich mit dem Rest meiner Kollektion auf dem Workshop überzeugen konnte?

Um sieben Uhr stand Nike neben mir, und danach kamen sie einer nach dem anderen aus dem Bett gekrochen, ganz zum Schluss Pego. Papa und Triton deckten den Frühstückstisch. Ich war in dieser Woche von jedem Arbeitsdienst ausgenommen, was ich sehr nett von meinen Eltern fand. Meine Geschwister hatten zwar gemurrt, aber Papa meinte, in manchen Lebenslagen brauche man den Kopf völlig frei von allem Irdischen. So hat er es tatsächlich genannt. Ich würde es eher megalästigen Alltagskram nennen. Und den konnte ich gerade wirklich nicht gebrauchen, damit lag Papa also richtig. Helli meinte dann, sie könnte ja als meine Vertretung einspringen. Das fanden meine Geschwister okay.

Sie ist so ein Schatz.

Als Arti und Nike mit frischen Brötchen vom Bäcker kamen, setzten wir uns alle an den Tisch. Ich brachte kaum einen Bissen hinunter, obwohl die Brötchen echt lecker waren. Ständig musste ich auf die Uhr schauen.

»Boah, Lil, an deiner Stelle wäre ich jetzt so was von nervös.« Helli brachte meine Gefühlslage auf den Punkt.

Ich sah zu Papa, der beschlossen hatte, mich an diesem ersten Tag zu begleiten. »Müssen wir nicht bald los?«

»Ein paar Minuten haben wir noch.«

»Okay, ich gehe noch mal kurz ins Bad.«

Die Badezimmertür war verschlossen. Ich klopfte. »Hallo! Ich muss da rein!«

»Besetzt«, antwortete die gepresste Stimme meines jüngsten Bruders.

»Orion! Ich muss gleich los! Beeil dich!«

»Geht nicht.« Seine Stimme klang noch gepresster.

Ich hämmerte gegen die Tür. »Mann! Das gibt es ja wohl nicht!«

Nike streckte den Kopf in den Flur. »Warum schreist du denn so?«

»Weil Orion das Bad blockiert! Mensch!«

»Ist er am Wursten?«

Ich hörte Gelächter aus der Küche.

»Ganz genau.« Ich hämmerte wieder gegen die Tür. »Dafür haben wir eine extra Toilette, du Depp!«

Aus dem Bad drang nur Stöhnen. »Sie steckt fest.«

Papa kam aus der Küche. »So, mein Schatz, wir sollten langsam los.«

»Aber ich kann nicht ins Bad! Ich muss noch Zähne putzen und meine Haare …« Wimperntusche hatte ich auch auftragen wollen heute.

Papa klopfte gegen die Badezimmertür. »Orion, Lil muss ins Badezimmer.«

»Ich … kann … nicht …«, ächzte er.

»Vor- und zurückschaukeln, das hilft«, sagte Papa.

»Waaas?«

»Den Oberkörper vor- und zurückbewegen, versuch es mal.«

Nike und Triton, die inzwischen wie ich die Badezimmertür belagerten, kringelten sich vor Lachen. »Vor und zurück, haha! Hast du das gehört?«

»Es funktioniert!«, rief Orion.

Wir hörten, wie etwas ins Wasser platschte. Nike und Triton klatschten.

»Mach sofort das Fenster auf!« Mir graute schon jetzt vor dem Gestank.

»Erst mal muss ich wischen.«

Papa schüttelte lachend den Kopf. »Lil, in zwei Minuten müssen wir spätestens los.« Er ging ins Wohnzimmer.

Ich trommelte gegen die Tür. »Ich zähle bis drei! Eins … zwei …«

Von innen wurde die Tür aufgerissen. Triton, Nike und ich taumelten rückwärts und hielten uns die Nasen zu. Natürlich hatte Orion nicht das Fenster aufgemacht. Er grinste frech. Es war ihm kein bisschen peinlich, noch nicht mal vor Helli. Jungs sind wirklich seltsam.

Schnell öffnete ich das Fenster, schnappte meine Zahnbürste und suchte die Wimperntusche, was sehr schwierig war, weil ich mit der einen Hand die Zahnbürste hielt und mit der anderen immer noch meine Nase zukniff.

Papa stand schon in Schuhen im Flur. »Los, Lil.«

Ich spuckte den Schaum ins Waschbecken. »Jaja, ich will nur noch schnell …«

»Keine Zeit. Komm jetzt einfach.«

»Vergiss deine Mappe mit den Zeichnungen nicht«, rief Mama aus der Küche. »Viel Glück, mein Schatz!«

»Verdammt, nur wegen diesem blöden Stinktier kann ich mich jetzt nicht mehr fertig machen«, jammerte ich. Ich schlüpfte in die Sneakers. Helli zupfte mir einen Fussel aus den Haaren. »Wie sehe ich aus?«

»Cool.«

»Wirklich? Aber ich bin gar nicht …«

Papa schob mich durch die Wohnungstür. »Auf Wiedersehen.«

»… fertig!« Ich drückte meine Mappe an mich. »Tschüs!«

Wir nahmen erst die U-Bahn und mussten dann noch ein ziemlich weites Stück zu Fuß gehen. Papa machte so lange Schritte, dass ich kaum hinterherkam. Immer wieder sahen wir auf die Uhr.

»Es ist doch weiter, als ich dachte, verflixt.« Er wischte sich den Schweiß von der Stirn. Hoffentlich sah mein Gesicht nicht so verschwitzt und gerötet aus wie seins. Ich tastete die Wangen ab. Es war aber auch heiß! Schon bestimmt dreißig Grad, und das morgens um halb zehn.

»Und, mein Schatz, freust du dich?«

»Ja. Wie verrückt. Aber in meinem Bauch kribbelt es schrecklich. Was mache ich, wenn denen meine Entwürfe nicht gefallen?«

Papa legte den Arm um mich. »Das kann ich mir nicht vorstellen.«

»Meinst du das echt?«

Er nickte. »Natürlich. Deine Entwürfe sind gut, Lil. Und mit all dem, was du im Laufe der nächsten Tage lernst, werden sie sogar sehr gut. Verlass dich drauf.«

Es tat gut, dass Papa das sagte.

»Da vorne ist es.« Er zeigte auf ein langes, flaches Gebäude, das am Rand eines Parks lag.

»Gut, Papa. Dann gehe ich jetzt allein weiter.«

»Sicher?«

»Ja.«

Er legte eine Hand auf meine Schulter. »Hast du dein Handy?«

Ich nickte.

»Dann lass uns wissen, wenn du hier fertig bist, in Ordnung?«

»Mach ich.«

»Viel Spaß, meine Große.«

Der Workshop fand in einer alten Lagerhalle statt. Rechts neben der Tür hing ein Plakat, darauf stand »*StyleIn* Designworkshop«. Ich atmete tief ein. Okay, Lil, sprach ich mir selber Mut zu. Mach einfach diese Tür auf und geh rein. Du hast den zweiten Platz gemacht und deshalb bist du hier an der richtigen Adresse. Auch wenn dein Herz gleich zerspringt vor Panik. Ein letzter Blick zurück zu Papa. Er stand immer noch an der Straße und nickte mir zu.

»Na, los!«, murmelte ich. Dann zog ich die schwere Eisentür auf.

Ich stand in einer riesigen, superhellen Halle. Das Licht fiel durch große Dachfenster. In der Mitte des Raums standen ungefähr zwanzig Tische, auf allen lagen Mappen, Papierstapel und dicke Bücher. An den Seiten befanden sich bewegliche Wände, wie ich sie aus der Schule kannte. Im Moment hing noch nicht viel dran, aber vielleicht waren sie für Entwürfe gedacht. Am rechten Ende des Raums gab es eine Art Theke oder Küchenzeile, auf der mindestens ein Dutzend Thermoskannen und auch mehrere Platten mit belegten Brötchen standen, die mit Folie abgedeckt waren.

Zwei erwachsene Männer, ungefähr Ende zwanzig, füllten sich gerade große schwarze Kaffeetassen. Der eine von ihnen war glatzköpfig, der zweite hatte kurze rabenschwarze Haare, die aussahen wie gefärbt. Der Glatzkopf trug ein weißes T-Shirt und helle Jeans. Seine Arme waren bunt tätowiert, von Weitem sahen sie aus wie ein buntes tropisches Gefieder. Der Dunkelhaarige hatte ein schwarzes Hemd mit sehr tiefem Ausschnitt an, dazu schwarze, glänzende Jeans. Sie sprachen leise miteinander. Das waren die Designer, ganz sicher, auch wenn sie etwas anders aussahen als auf den Fotos, die ich mir im Internet angeschaut hatte.

An den verschiedenen Tischen standen beziehungsweise saßen sechs Mädchen und zwei Jungen. Ich war also tatsächlich die Letzte, denn insgesamt sollten wir neun Teilnehmer sein. Auch von ihnen schien mich niemand zu bemerken. Hallo? Sah ich so unscheinbar aus?

Für einen klitzekleinen Moment packte mich ein fürchterlicher Fluchtinstinkt. Ich könnte rausrennen und zurück zu den anderen fahren, vielleicht sogar noch Papa auf seinem Weg zur U-Bahn erwischen und dann einfach eine ganz normale Ferienwoche in Berlin verbringen. Vielleicht gehörte ich gar nicht hierher. Die anderen sahen so, ja, sie sahen so profimäßig aus. Voll gestylt. Ich hatte gar nicht die Zeit, auf alles gleichzeitig zu achten, aber ich checkte sofort, wie trendy und modebewusst die alle aufgemotzt waren. Sogar die zwei Jungs, obwohl die auf den ersten Blick noch am normalsten aussahen. Aber einfach nur weiße Shorts und ein dunkelblaues Top, das trug hier wirklich keiner.

Ich bemerkte gerade, dass die schwere Eisentür hinter mir noch offen stand, als der Glatzköpfige mich entdeckte.

»Tür zu!«, rief er ziemlich barsch zu mir herüber.

Sofort drehten alle die Köpfe. Ich riss die Tür mit lautem Rums ins Schloss. Oh Gott, hatte der mich tatsächlich angeschrien? Zum Glück war mein Kopf von der Affenhitze draußen sowieso schon rot, so sah man wenigstens nicht, wie mir das Blut ins Gesicht schoss. Ich hatte plötzlich das Gefühl, dass etwas Unheimliches auf mich zukäme, Ärger oder vielleicht sogar Gefahr. Der Mann mit Glatze klatschte ein paarmal in die Hände und winkte mich näher.

Ich holte tief Luft und bemühte mich, möglichst lässig auf die anderen zuzugehen.

»Hallo! Damit wären wir also vollzählig. Kommt alle her.« Er bedeutete uns, um den großen mittleren Tisch herum Aufstellung zu nehmen. Auf dem Tisch lagen die dicken Bücher, die mir vorhin beim Eintreten gleich aufgefallen waren. Jetzt sah ich, dass es Stoffmuster waren. Voll genial.

Als könnte er meine Gedanken lesen, klappte der Glatzköpfige zwei dieser Stoffbücher auf.

»Also. Wir halten hier keine langen Ansprachen.« Er zeigte auf seinen Kollegen. »Das ist Galvani, ich bin Ducci, und bevor ihr euch darüber den Kopf zerbrecht oder uns langweilige Fragen stellt, wir sind keine Italiener, sondern Berliner. Wir haben auch Vornamen, aber nennt uns einfach Galva und Ducci. Wir haben uns auf einem Workshop kennengelernt, der ganz ähnlich war wie dieser hier. Ist Jahre her.« Er zwinkerte uns zu. »Und falls ihr es noch nicht gemerkt haben solltet, ich bin der Schwätzer, und Galva ist der Macher.«

Eines der Mädchen lachte. Es war ein sehr lautes, künstliches Lachen.

Hinter uns knarrte die rostige alte Eisentür. Alle drehten wieder die Köpfe, auch ich. Ein großer, ziemlich dünner Typ mit blonden, lockigen Haaren kam herein, gefolgt von einem kleinen Dicken mit Baseballcap, der sofort die Tür hinter sich zuzog, woraus ich schloss, dass er sich hier auskannte. Tür auf, das ging gar nicht. Beide trugen eine große schwarze Tasche, der Kleinere außerdem noch einen silbernen Schirm.

»Hi«, rief Ducci. Der lange Dünne hob die Hand. »Das ist unser Fotograf Tymon. Plus Assistent. Tymon wird die ganze Woche Fotos machen, von euch und hauptsächlich auch von euren Arbeiten. Damit *StyleIn* gutes Material für das nächste Heft hat, versteht ihr?«

Alle nickten.

»Voll cool«, sagte das Mädchen mit dem künstlichen Lachen.

»Yeah, yeah, yeah, alles voll hammermäßig cool hier.«

Ducci lachte und er hörte sich an wie ein wieherndes Pferd. Das klang so lustig, obwohl es natürlich total fies war. Alle lachten mit, sogar der Fotograf und sein Assistent, die etwas weiter entfernt ihre Taschen ausräumten.

Galvani, der bis jetzt ganz ruhig danebengestanden hatte, räusperte sich. »Gut. Ich schlage vor, jeder von euch sucht sich einen Tisch. Oder auch zwei. Wie ihr seht, haben wir massenhaft Platz. Aber den brauchen wir auch. Schnappt euch eure Mappen und breitet die Arbeiten aus, damit der Schwätzer und ich uns einen ersten Überblick verschaffen können. Oh-kay?«

Alle taten wie geheißen. Ich suchte mir einen der äußeren Tische. So würde ich nicht ständig von allen Seiten unter Beobachtung stehen, hoffte ich. Direkt neben mir ließ das Mädchen mit dem affektierten Lachen ihre Sachen fallen und zog sich schnell noch einen zweiten Tisch hinzu. Die war auf Zack.

»Ich brauche mindestens zwei«, sagte sie und rammte meinen Tisch mit ihrem. »Oh, sorry!« Sie kicherte.

»Nichts passiert«, sagte ich und versuchte zu lächeln. »Ich bin Lil.«

»Ah, Lil April.« Sie zwinkerte mir zu. »Number two.«

Ich mochte ihre Stimme und auch ihr ständiges Kichern nicht. Es klang wie das Meckern einer Ziege. Ihr Outfit aber war fantastisch, ein supertolles ärmelloses Kleid, wahrscheinlich selbst genäht, aus mehreren dünnen Stofflagen in verschiedenen Sand-, Beige- und Brauntönen. Es passte genau zum Motto unseres Workshops, wurde mir schlagartig klar. Wahnsinn. Die hatte sich das passende Wüstenkleid genäht.

»Und wie heißt du?«, fragte ich, obwohl ich die Antwort schon wusste.

»Winka.«

»Aha. Number one.«

Bevor sie etwas antworten konnte, klatschte Ducci wieder in die Hände. Er ging zu einer der beweglichen Wände und wirbelte sie herum. Darauf stand in großen Buchstaben: WÜSTE. Er wischte sich den Schweiß von der Stirn und lächelte gequält.

»Also. Wenn jeder dran denkt, da vorne diese Tür zuzuhalten, dann können wir wüstenartige Temperaturen hier drin vielleicht vermeiden. Die Klimaanlage funktioniert nämlich ganz gut.« Er pochte mit dem Zeigefinger auf die Stellwand. »Was fällt euch hierzu ein?« Er sah von einem zum anderen. »Nicht so schüchtern! Ruft einfach rein, was euch durch den Kopf geht.«

Einer der beiden Jungen sagte: »Sand.«

Ducci schrieb das Wort mit einem dicken Stift auf die Tafel, während sein Kollege umherging und auf die zum Teil ausgebreiteten Entwürfe lugte.

»Weiter, weiter, hopphopp, nicht so schwerfällig«, munterte Ducci uns auf.

»Sonne.«

»Oase.«

»Kamelhaar.«

»Taschen.«

Ducci hob eine Augenbraue. Alle sahen zu mir. Ich wagte kaum zu atmen. Dann schrieb Ducci das Wort dazu. Ich schämte mich fürchterlich. Wieso ausgerechnet hatte ich »Taschen« gesagt?

»Turban.«

»Wind.«

»Sandsturm.«

»Nomaden.«

»Durst.«

Und so ging es eine ganze Weile weiter, bis die Tafel voll war. Ich hatte nicht gewagt, einen weiteren Begriff zu nennen.

Ducci steckte den Deckel auf seinen Stift. »Das ist ein Anfang. Und jetzt ...«

Galvani tippte ihm auf die Schulter. »Wir haben etwas vergessen. Die Namensschilder.« Er holte eine kleine Schachtel und verteilte an alle Teilnehmer ein kleines Plastikschild. »Hier, eure Namen. Heftet sie gut sichtbar an eure Shirts. Oh-kay?«

Ducci nickte. »Genau. Und dann pickt jeder sich eins dieser Wörter heraus und schreibt es auf.« Er ging von einem zum anderen und verteilte Zettel, die er von einem Block abriss.

»Nur ein einziges Wort?«, fragte ein blondes Mädchen, deren Jeans so löchrig war, dass sie praktisch in Fetzen an ihr herunterhing. Dazu trug sie ein ebenso löchriges weißes Top.

»Jawohl. Auf den Zettel.«

Als alle fertig waren, sagte er: »Und jetzt den Zettel an den rechten Nachbarn geben.«

Einige stöhnten, andere lachten. Ich reichte meinen Zettel an Winka weiter. Sie nahm ihn mit spitzen Fingern und las mit gerunzelter Stirn. Es war das Wort »Turban«. Ich hatte es gewählt, weil ich dazu schon ein paar Skizzen in der Mappe hatte und dachte, das konnte ja nicht schaden. Winka aber machte ein Gesicht, als hätte ich auf Chinesisch geschrieben.

Das Mädchen mit der zerrissenen Jeans reichte mir ihren Zettel. Erleichtert las ich »Oase«. Was auch immer nun unsere Aufgabe sein würde, daraus ließ sich doch bestimmt viel machen.

»Danke«, sagte ich und lächelte das Mädchen an. Auf ihrem Namensschild stand Josephine.

»Ich bin die Phine aus der Schweiz.«

»Hi«, antwortete ich leise. »Lil aus München.«

»Ah, fein. So einen schönen Namen hast du. Ist der echt oder ein Künstlername?«

Ich kam nicht mehr zum Antworten, denn Ducci ergriff wieder das Wort. »Leute, ihr habt somit eure erste Aufgabe. Jeder nimmt seinen Begriff und entwirft ein Kleid dazu!«

Wieder stöhnten ein paar. »Wie, was? Ein Kleid, was für ein Kleid? Ein langes, ein kurzes?«, gingen die Fragen durcheinander.

»Wie soll ich aus diesem Wort ein Kleid zeichnen?«, motzte Winka neben mir. »Ein Turban ist ein Turban und kein Kleid.«

Ich fand, sie stellte sich ganz schön an. Schließlich konnte sie ein Kleid mit Turban zeichnen. Oder ein Kleid, das wie ein Turban eng um den Körper gewickelt war. Wäre sie weniger abweisend gewesen, dann hätte ich gerne mit ihr darüber geredet und ihr auch beim Ideenfinden helfen können, aber so … Die war ja so was von feindselig und arrogant. Nur weil sie Nummer eins war, musste ich mich ja nicht in den Wüstenstaub vor ihr werfen.

Ich holte mir ein paar großformatige Blätter von einem der Materialtische in der Mitte. Dann setzte ich mich an meinen Platz und überlegte, was mir alles zu »Oase« einfiel. Auf jeden Fall verschiedene Farben, dachte ich, stand wieder auf, um mir vom sogenannten Farbentisch Buntstifte in mindestens zehn Grüntönen und außerdem in vielen verschiedenen Gelb-, Orange- und Rottönen zu holen.

Niemand sprach ein Wort. Ich fand die Atmosphäre ehrlich gesagt etwas bedrückend. So ernst und irgendwie auch verkrampft. Ich hatte einen lauten, fröhlichen, kreativen Workshop erwartet, aber die Leute hier waren ja verbissener als die größten Streber in der Schule. Außer Phine vielleicht, die wirkte ganz natürlich und nett. Immer wenn unsere Blicke sich begegneten, lächelten wir. Ein Hoffnungsschimmer.

Ich versuchte aber, nicht allzu oft nach rechts oder links zu schauen, sondern auf mein Blatt, wo ich mich an ein paar Pflanzen-Skizzen versuchte, aber die wirkten alle sehr deutsch. Ich probierte es mit Palmen. Wie sahen die noch mal genau aus?

Der Fotograf kam an meinem Tisch vorbei, lächelte und drückte ein paarmal auf den Auslöser. Oh Gott. Musste der mich unbedingt heute schon fotografieren, wo ich nicht mal eine Minute vor dem Spiegel verbracht hatte? Morgen würde ich unter allen Umständen früher ins Bad gehen und meine Haare bändigen.

Ich schielte zu den Materialtischen. Dort standen auch Nachschlagewerke und außerdem drei Laptops. Ob das seltsam aussah, wenn ich zum dritten Mal hinging und schaute, ob ich etwas über Wüstenpflanzen fand? Einer der Laptops war noch frei.

Neben mir zeichnete Winka wie eine Besessene. Leichte Panik erfasste mich. Was, wenn mir zu Oase doch nichts Tolles einfiel? Ich wollte aufstehen und zum Laptop gehen, als wieder mal die Eisentür quietschte. Wie alle anderen wandte ich den Kopf – und erstarrte.

In der Tür standen Mats und Jari, die Jungs aus dem ICE. Wie konnte das sein? Woher wussten die … was *machten* die hier … wieso …? In meinem Kopf ratterte es.

Die beiden sahen suchend umher, bemerkten mich aber nicht.

Ducci rief: »Tür zu!« Mats gehorchte.

Der Fotograf, der noch in meiner Nähe stand, winkte den beiden zu. Jari hob ebenfalls die Hand. Sie kamen näher. Plötzlich stutzte Mats, machte große, runde Augen und fing dann an zu grinsen. Er stieß Jari in die Seite.

»Lil?«, fragte Jari ungläubig.

Sie blieben stehen.

»Hey, voll nice, was machst du denn hier?«, fragte Mats.

»Was macht *ihr* hier?«

Mats schüttelte den Kopf. »Das gibt's doch nicht!« Er sah sich um. »Ist das ›Deutschland sucht den Superstar‹, oder was?«

»Ist ein Workshop von *StyleIn*, also Modedesign.«

»Wie, so spontan, oder was?«

Ich schüttelte den Kopf. Meine Kehle war irgendwie wie zugeschnürt.

»Nein. Schon länger geplant«, presste ich heraus.

»Und wo sind die anderen, Helli und Pego und so …?«, fragte Jari, der mich die ganze Zeit anstarrte.

»Ähm, ich weiß nicht, irgendwo, Schwimmbad oder so.«

»Ja, das hatten wir vielleicht auch vor. Die Hitze dörrt einem das Hirn aus.«

Tymon, der Fotograf, gesellte sich zu uns. »Na, kennt ihr euch?«

Jari nickte, schob die Hände in die Hosentaschen und zog einen Schlüsselbund heraus. »Yep. Aus dem Zug.« Er sah mich an. »Das ist mein Bruder. Wir bringen ihm seinen Schlüssel.«

Tymon steckte den Schlüssel ein. »Ja. Weil mein dusseliger Bruder beim letzten Besuch den einzigen Ersatzschlüssel verdödelt hat.«

Jari verdrehte die Augen. »Jetzt hast du ihn ja.«

Tymon zückte seine Kamera und drückte auf den Auslöser. »Genau. Dann könnt ihr jetzt abzischen.« Er lächelte mir zu und wandte sich wieder ab.

Ich war immer noch so überrascht, dass ich kaum wusste, was ich sagen sollte. Die beiden machten Anstalten zu gehen.

»Hey«, sagte Mats plötzlich und hielt mir die Hand hin.

Ich verstand nicht so ganz, was das sollte, aber schüttelte dann seine Hand. »Ja?«

»Wir könnten uns doch treffen, wenn du hier fertig bist.«

»Ähm, tja …« Ich überlegte kurz, was Helli und Pego davon halten würden.

»Ja, coole Idee«, sagte Jari. Er lächelte mich an, aber plötzlich hatte ich wieder diesen hässlichen Satz aus dem ICE im Ohr. *Du glaubst doch nicht, dass ich auf so eine Lockenmähne stehe! NIE IM LEBEN!* Also erwiderte ich sein Lächeln nicht. Oh nein, ganz bestimmt stand ich genauso wenig auf seine blöde ungekämmte Frise. Und er war mir ganz und gar wurst. Was ich ihm nun auch schön zeigen könnte.

»Okay, dann kommt doch um sechs hier vorbei. Ich gebe Helli und Pego noch Bescheid.« Ich gab mir Mühe, nur Mats anzulächeln.

Die beiden nickten.

Mats schielte neugierig zu meinen Zeichnungen. »Was malst du denn?«

Am Nachbartisch stöhnte Winka auf. »Number two, wenn du hier unbedingt lieber herumschäkern statt arbeiten musst, geh doch vor die Tür. Da stört's keinen.«

Ich hörte, wie einige kicherten. Tymon, der noch in unserer Nähe stand, gab seinem Bruder ein eindeutiges Zeichen mit dem Kopf. Richtung Ausgang.

»Ist ja riesige Stimmung hier«, flüsterte Mats.

Jari, der einen weiteren mahnenden Blick seines Bruders geerntet hatte, packte Mats an der Schulter. »Komm jetzt.«

»Lasst mal besser eure Handynummer hier«, sagte ich schnell. »Falls Pego und Helli nicht können oder meine Eltern schon etwas anderes geplant haben.«

Wir tauschten Nummern, was Winka zu zwei weiteren lauten Seufzern veranlasste, dann zogen die beiden ab. Ich gab mir Mühe, ihnen nicht hinterherzublicken. Auch als die Eisentür quietschte, sah ich mich nicht mehr um, denn ich wollte auf keinen Fall den Eindruck erwecken, dass mich diese überraschende Begegnung eben irgendwie aufgeregt hätte. Tat sie zwar, aber hier war definitiv nicht der Ort, um das zu zeigen. Neben mir stöhnte schon wieder dieses megaempfindliche Mädchen.

»Mann, mit so schwachen Nerven wirst du es aber schwer haben«, murmelte ich.

Mein Blick fiel auf ihre Zeichnung. Sie hatte ein sagenhaftes Turbankleid gezeichnet, eng um den Körper gewickelt, genau so, wie ich es mir auch kurz vorgestellt hatte, aber niemals hätte zeichnen können. Meine Güte, sie war wirklich talentiert!

»Schade, dass du nicht genauso nett wie begabt bist«, rutschte mir heraus.

Sie sah von der Arbeit auf. Auch die drei Mädchen in unmittelbarer Nachbarschaft schauten interessiert zu uns herüber.

»Wer bist *du* denn, dass du von Begabung sprechen kannst?«

Ich wartete neben dem Park-Café.

Es war kurz vor sechs. Die beiden Jungen aus dem Workshop standen noch vor der Halle und unterhielten sich. Der eine gestikulierte wild mit den Armen, es sah so aus, als würde er Ducci nachahmen. Sie lachten. Ja, bestimmt machten sie sich über den Designer lustig.

Ich hätte gerne gehört, was sie sagten, aber da sie mich nicht beachteten oder vielleicht auch gar nicht gesehen hatten, tat ich so, als hätte ich zu tun. Zuerst schickte ich eine Nachricht an Dennis, der mich gerade mit Pool- und Strandbildern aus Mallorca überschüttete, auf denen immer wieder dasselbe braun gebrannte, sehr hübsche blonde Mädchen zu sehen war. Typisch Dennis. Der dachte sich wirklich nichts dabei. Ich fand es nicht soooo schlimm, nur ein ganz klein wenig ärgerte es mich. Aber schließlich waren Dennis und ich gute Freunde. Wenn er sich dort in ein Mädchen verknallte, gönnte ich es ihm. Ich schickte ihm eines der Bilder, die ich am Nachmittag in der Workshop-Halle gemacht hatte, und außerdem noch, um ihn ebenfalls ein bisschen zu ärgern, eines von dem fantastischen Skatepark direkt vor meinen Augen. Mit zwei megatollen Halfpipes und richtig coolen Hindernissen. Der ganze Park hier war besser als die, die ich aus München kannte. Vielleicht waren deshalb so viele Leute unterwegs.

Vielleicht lag es aber auch nur am Wetter. Die Temperatur köchelte immer noch auf Hochtouren, obwohl es fast

Abend war. Der Himmel hatte sich zugezogen, es war diesig, drückend und so heiß, dass ich die Haare zu einem Dutt geknotet hatte, obwohl ich die Frisur nicht sonderlich an mir mochte. Anders aber war es im Moment nicht auszuhalten.

Ich sah auf die Uhr. Genau sechs. Jetzt konnten sie aber langsam mal kommen.

Dennis reagierte sofort auf das Foto vom Skatepark. »Da muss ich hin!«, schrieb er.

Die beiden Jungen aus meinem Kurs waren verschwunden. Dafür tauchten nun Helli, Pego und Arti auf. Wieso Arti? Als ich in der Mittagspause bei meinen Eltern angerufen und um Erlaubnis gebeten hatte, Mats und Jari zu treffen, war nur von Helli und Pego die Rede gewesen.

»Hey.« Pego zog zur Begrüßung an meinem Dutt, was ich hasste. »Na, Göttin der Modewelt, alles ausge*zeichnet*?«

»Ha, sehr witzig.« Ich umarmte Helli. »Wieso seid ihr zu dritt?«

Helli zuckte mit den Schultern.

»Weil dieses Riesenbaby so lange große Show gemacht hat, bis sie es mitgelassen haben. Und wir dürfen schön aufpassen.«

»Boah, Pego, sei nicht so gemein!« Arti stemmte die Hände in die Hüften. »Du willst immer alles dürfen, aber ich soll mit den Kleinen abhängen! Da habe ich keine Lust mehr drauf. Ich bin elf!«

»Ja, und elf ist eben Baby. So einfach ist das«, blaffte Pego zurück.

Arme Arti. An ihrer Stelle hätte ich auch keine Lust gehabt, immer mit den jüngeren Geschwistern in einen Topf geworfen zu werden. Das war wirklich nicht gerecht. Sie tat mir ein bisschen leid.

»Ey, Leute, ist doch egal. Hier ist genug Platz für alle.« Ich zeigte auf den Skatepark weiter vorne. »Schaut euch das an. Ich hätte gern mein Board dabei.«

Pego lachte auf. Aus irgendeinem Grund wirkte er ziemlich schlecht gelaunt. »Als würdest du hier einen Meter mithalten können!«

»Ich könnte üben.«

»Ja klar, üben. Was denn? Fallen?«

»Blödmann.«

Er fand sich selbst furchtbar lustig und lachte überheblich.

Selbst Helli schüttelte den Kopf. »Dir ist wohl die Hitze in den Kopf gestiegen.« Sie fühlte seine Stirn, als hätte er Fieber.

»Wo bleiben die eigentlich?«, fragte Arti, die sich nicht sonderlich fürs Skaten interessierte.

Ich schaute wieder auf die Uhr. »Frage ich mich auch.«

»Wie war dein erster Tag?«, wollte Helli wissen.

Ich hätte jetzt schwärmen und meine Geschwister schön neidisch machen können, und ich finde, ein bisschen hatten sie das auch verdient, aber meine beste Freundin wollte ich auf keinen Fall anlügen. »Ach, ganz gut. Aber nicht so mega.«

»Wie das?«

»Keine Ahnung. Die sind alle so ehrgeizig. Als wäre es ein Wettkampf.«

Arti zog die Brauen zusammen, sodass sich über ihrer Nase ein kleines v bildete. »Ist ja beknackt.«

»Ja, und ein Mädchen, ich sage euch, das ist so unglaublich verspannt. Zickt mich die ganze Zeit an. Dabei ist sie sowieso viel besser. Was total in Ordnung für mich ist. Aber sie führt sich trotzdem auf, als hätte ich ihr etwas Schlimmes getan.«

»Oha.«

»Da!«, rief Arti und zeigte auf zwei Gestalten, die auf der großen Wiese hinter dem Skatepark standen und winkten. »Da sind sie.«

Wir setzten uns in Bewegung und gingen ebenfalls zur großen Wiese. Überall saßen oder lagen Leute. Mats schwenkte seinen Arm. Er hielt etwas in der Hand.

Arti strahlte über das ganze Gesicht. »Er hat sein Minikicker dabei.«

Wir spielten eine Runde Minikicker und dann noch eine und noch eine. Aber schon bald hatte niemand mehr Lust, außer Arti. Es war einfach zu heiß. Außerdem mussten wir dauernd den winzigen Ball im Gras suchen.

»Jetzt ein Schwimmbad«, sagte ich und streckte meine müden Glieder. Der Workshop hatte mich ganz schön geschlaucht.

Arti legte sich neben mich. »Waren wir heute schon.«

Ich sah zu Pego und Helli. »Ihr auch?«

Sie nickten.

»Aha. Ich dachte, ihr wolltet eure eigenen Wege gehen?«

Pego warf ein Grasbüschel nach mir. »Was können wir dafür, dass die anderen auch ins Schwimmbad wollten?«

»Wir könnten morgen auch gehen«, schlug Jari vor und sah mich an. Ich schaute schnell zu Mats.

Der nickte. »Genau. Abends. Dann ist es auch nicht mehr so voll.«

Wir lagen nebeneinander im Gras und schauten in den milchigen Sommerhimmel. Jari warf ein Büschel Gras in die Luft. Danach Pego. Dann Mats. Und schließlich wir alle, nacheinander im Kreis. Sobald einer sein Büschel hochgeworfen hatte, begann der Nächste, Gras zu rupfen. Irgendwann hatten wir alle so viel Gräser im Gesicht, dass wir mit geschlossenen Augen rupfen und werfen mussten. Wir begannen zu raten, wer der Werfer war, und rieten nie richtig, aber das machte nichts, denn es machte auch so Spaß. Als ich meinen Arm hob, um mein Büschel zu werfen, stieß ich gegen einen anderen Arm.

Ich hob den Kopf. Er gehörte zu Mats.

»Oh, sorry!«, sagte ich.

»Selber sorry.« Er schaute mir in die Augen und wir lächelten uns an.

Arti setzte sich auf. »Ich habe keine Lust mehr.«

Ich wischte mir die Gräser aus dem Gesicht und warf ihr einen Blick zu. Ihre Augen funkelten böse.

»Ist was?«

Sie antwortete nicht.

Pego warf eine riesige Portion Gras in die Luft. »Arti ist eine Spielverderberin.«

Mats setzte sich ebenfalls auf. »Arti hat vielleicht einfach nur Durst. So wie ich.«

Ihre Miene hellte sich schlagartig auf. »Genau.«

»Wir könnten auf Tymons Dachterrasse gehen.« Jari bewarf seinen Freund mit einem kleinen Klumpen.

Mats nahm den Klumpen zwischen die Finger und betrachtete ihn. »Sag mal, ist das eine Schnecke?«

Jari machte ein unschuldiges Gesicht, aber seine Mundwinkel zuckten verräterisch. Im nächsten Moment landete die Schnecke oder das, was davon übrig war, in Jaris Haaren. Danach in Pegos. Und wieder ging es reihum. Als das Klümpchen bei Arti ankam, schaute sie es noch einmal näher an. »Uah. Tatsächlich. Es ist eine vertrocknete Schnecke. Die Arme.«

»Los, wirf«, forderte Pego.

Aber Arti schüttelte den Kopf. »Das ist Leichenschändung.«

Mats grölte. Arti tat so, als würde sie das Tier in der trockenen Wiese verscharren.

Ich griff Jaris Vorschlag auf, sah aber nur Mats an. »Wo ist denn die Dachterrasse?«

»Nicht sehr weit von hier.«

»Kann man hinlaufen?«

Mats nickte und sprang auf. »Getränke gibt es dort auch.«

»Und zu essen?« Ich hatte riesigen Hunger. Das karge Mittagessen aus zwei Brötchenhälften war lange her.

Das Haus, in dem Jaris Bruder wohnte, stand in einer Seitenstraße des Mehringdamms, einer breiten, befahrenen Straße. Wir klingelten, aber da Tymon offenbar nicht zu Hause war und die anderen leider keinen Schlüssel hatten, liefen wir den Mehringdamm zurück bis zu einem Supermarkt. Die Jungs deckten sich mit Red Bull ein, Helli und ich entschieden uns für Wasser. Arti wollte unbedingt Cola, aber Helli und ich fanden, Cola schmeckte nur eiskalt, und bis wir auf dem Dach waren, würde sie nur noch klebrig und süß und eklig sein.

»Dann nehme ich auch Red Bull«, motzte Arti.

»Ja, aber von deinem Geld.«

»Kein Problem.« Arti zückte ein kleines Ledersäckchen aus ihrer Hosentasche und zeigte uns zwei Zwanzigeuroscheine.

Mats legte den Arm um sie. »Da hat ja jemand fett Kohle. Lädst du mich ein?«

Arti strahlte ihn an. »Klar.«

Er drückte ihr seine Getränkedosen in die Hand. »Perfekt.«

Unsere Salzbrezel und Chips wollte Arti nicht bezahlen, also legten wir alle zusammen. Mir war schon ganz schlecht vor Hunger.

Zum Glück kam gerade jemand aus dem Haus, als wir wieder zu Tymons Adresse zurückkamen, sodass wir ins Gebäude und dann über ein gigantisches Treppenhaus bis hinauf zum Dach kamen. Dort lagen mehrere ziemlich schmutzige, aber gemütliche Loungekissen herum. Ich ließ mich sofort auf eines fallen und riss eine Chipstüte auf. Mit jedem weiteren Stockwerk war mir schwindeliger geworden.

»Oh Mann, so muss sich die Hölle anfühlen. Das sind doch bestimmt fünfundvierzig Grad.« Helli schob ein Kissen in meine Nähe.

Jari sah auf sein Handy. »Fünfunddreißig.«

Helli setzte sich neben mich. »Du siehst so seltsam fleckig aus. Irgendwie rot und blass.«

Alle sahen zu mir.

Pego lachte. »Im Ernst. Was hast du gemacht?«

Ich zuckte mit den Achseln und schob eine Handvoll Chips in den Mund. Das tat gut. Schön salzig und kartoffelig. Mein Bruder ging zu den anderen. Während sie weiter vorne die Aussicht betrachteten und diskutierten, wie weit es wohl bis zum Fernsehturm am Alexanderplatz war, saß ich einfach nur da, futterte und ließ mir hin und wieder von meiner treuen HALF die Wasserflasche reichen.

Pego kam zurück, setzte sich und lehnte den Kopf gegen Hellis Schulter. »Vielleicht ist es ein Hitzschlag?«

Täuschte ich mich oder sah er tatsächlich besorgt aus?

»Na, hoffentlich nicht.« Helli tätschelte mir die Wange.

Auf ihrem T-Shirt, das dunkelgrau war, stand mit weißer Schrift »Salz«, auf Pegos, einem weißen Shirt, stand in Grau »Pfeffer«.

»Es geht mir schon besser.« Ich zog mein Handy aus der Tasche und machte ein Foto von den beiden.

»Ich mag eure Shirts. Die Idee ist genial, Pego.«

Jari kam näher und hockte sich gegenüber auf den Betonboden. Er zeigte auf die Shirts. »Macht ihr die selbst?«

Pego nickte. »Yep. Ich habe fünfzehn Stück. Und das hier ist mein erstes Doppeldings.«

»Cool.« Jari grinste. »Kannst du eins für meinen Kumpel und mich machen?«

»Kannst du ganz leicht selber. Müssen nur die richtigen Shirts sein, weißt du, vom Stoff her. Nicht zu spackig.« Pego nahm einen Schluck aus seiner Red-Bull-Dose.

»Welches Doppeldings würdet ihr denn nehmen?«, fragte ich. Es war das erste Mal, dass ich mich direkt an Jari wandte.

»Hmm, weiß nicht. Müsli und Riegel?«

Wir lachten. Mats und Arti setzten sich dazu.

Pego schüttelte sich. »Du hast das System nicht kapiert. Müsli und Riegel, das gehört zusammen, ohne Gegensatz. Salz und Pfeffer aber, die passen zusammen, bilden aber auch einen Widerspruch, einen Kontrast.«

»Wovon redet ihr?« Mats schnappte sich eine Brezeltüte und riss sie so ungeschickt auf, dass die Hälfte des Inhalts auf uns herunterrieselte.

»Depp!« Jari klaubte ein paar zerbrochene Brezelstückchen vom Boden. »Depp und doof.«

Alle lachten.

»Nee. Du checkst es nicht. Depp und doof, da schlafen einem ja die Füße ein, so öde ist das.«

»Wir reden über Gegensatzpaare für T-Shirts«, erklärte Helli. »So wie Salz und Pfeffer.«

Mats plumpste neben Jari auf den Boden und streckte seine langen Beine aus. »Wie wär's mit Essig und Öl?«

»Ihr seid hoffnungslos.«

Mats grinste. »Alter Knabe?«

Arti, die sich zwischen Jari und Mats quetschte, hob den Daumen. »Find ich super.«

Pego hob die Augenbrauen. »Joah. Nicht schlecht.«

Jari wiegte den Kopf hin und her. »Na gut. Aber nur, wenn ich ›Alter‹ bin. Ich laufe nicht allein mit einem Shirt herum, auf dem ›Knabe‹ steht.«

Mats machte eine wegwerfende Handbewegung. »Und wennschon. Ich bin sowieso derjenige in unserer Beziehung, der sich aufopfert.« Und dann zerknüllte er seine leere Red-Bull-Dose und warf sie vom Dach.

Pego und Arti lachten sich kaputt.

»Spinnst du?« Helli sprang auf und rannte bis zur Brüstung. Sie versuchte, in die Tiefe zu spähen. »Stell dir vor, du triffst jemanden … eine alte Frau zum Beispiel, die schon wackelig auf den Beinen ist.«

Mats tat so, als würde er von einem Gegenstand am Kopf getroffen, und ließ sich gegen Arti fallen. Dann nahm er ihr die leere Dose aus der Hand, zerknüllte sie und warf sie haarscharf an Hellis Kopf vorbei über die Dachkante. Wieder lachten sich Pego und Arti schlapp.

Jari schüttelte den Kopf. »Ey! Helli hat recht. Das ist total assi.«

»Ja, stell dir vor, du triffst einen alten Knaben.« Mein Bruder schlug sich auf die Oberschenkel und lachte. Typisch Pegoist. Seine eigenen Witze mochte er am liebsten.

Mats hob die Hände.

»Sorry, Leute. Ich muss mich manchmal einfach abreagieren. Diese Hitze macht mich fertig.«

»Die macht jeden fertig.« Pego trank sein Red Bull leer.

Mats, der inzwischen sein zweites Red Bull geöffnet hatte, schielte auf Pegos Dose. »Wir könnten eine Dosen-Challenge veranstalten.«

»Und wie?«

»Wer am weitesten wirft, hat gewonnen, und wer verliert, muss Nachschub holen.«

Pego lachte. »Yeah.«

Helli und ich tippten uns an die Stirn. »Ganz bestimmt.«

Arti zog ihre zweite Dose auf.

Jari schaute sie an. »Hast du schon öfter Red Bull getrunken?«

Sie schüttelte den Kopf.

»Dann würde ich es nicht übertreiben.«

Mats schüttelte den Kopf. »Wie bist du denn drauf?«

»Kann schädlich sein. Hat meine Mutter letztens irgendwo gelesen.«

»Arti, gib am besten mir deine Dose, ich bin das Zeug gewohnt.« Mats hielt meiner Schwester die ausgestreckte Hand hin.

Sie zögerte. »Ich habe sowieso keinen Durst mehr«, sagte sie schließlich und drückte Mats die Red Bull in die Hand.

»Was ist nun mit dem Dosenwerfen?«, fragte sie.

»Mann, das ist doch voll blöd«, sagte ich.

Meine Schwester schmollte. »Ihr seid langweilig.«

»Ach ja? Sonst willst du auch immer die große Tier- und Umweltschützerin sein! Aber hier schmeißt du deinen Müll vom Dach?«

»Man könnte ja später hinuntergehen und alles wieder aufheben.«

Jari stellte seine leere Red-Bull-Dose ungefähr zwei Meter von uns entfernt auf. »Seht her. Wir machen das Flohspiel.« Er kramte in seiner Hosentasche und zählte ein paar Münzen ab. Die hielt er uns mit ausgestreckter Hand hin. »Sechs Cent. Für jeden einen. Und wer es *in* die Dose oder oben auf den Deckel schafft, muss schon mal keinen Nachschub holen. Einverstanden?«

Mats schnitt eine Grimasse, aber da alle anderen nickten, fügte er sich.

Jari holte die Dose wieder ein Stück näher. »So. Wir fangen mit einem Abstand von einem Meter an und dann erhöhen wir den Schwierigkeitsgrad nach jeder Runde.« Jari kniete sich hin, zielte und schnippte einen Cent Richtung Dose. Es machte *pling*, die Dose wackelte, fiel aber nicht um. Das Geldstück rollte zu Jari zurück. Wir lachten.

»Ah, sie ist nach Hause gekommen, das gibt Bonuspunkte!« Jari reckte die Faust.

»Nichts da!« Mats schob ihn mit dem Ellenbogen zur Seite. »Rein in die Büchse oder knapp daneben, so und nicht anders lautet die Herausforderung. Wer nach zehn Runden auf dem letzten Platz liegt, muss zum Supermarkt und außerdem noch eine Tüte Chips bezahlen.«

Alle waren einverstanden. Nach zehn Runden lag Mats vorn, gefolgt von Arti und Jari. Helli, Pego und ich hatten alle drei nur ein einziges Mal den Deckel getroffen. Wir spielten fünf Runden zu dritt, die Pego ganz knapp gewann.

Helli rappelte sich hoch. »Ich habe sowieso total Bock, zum Supermarkt zu gehen. Ist doch gut, Lil.«

»Ja, voll genial. Dort ist es wenigstens klimatisiert.« Wir sammelten von den anderen Geld ein.

Arti bestellte dieses Mal Fanta. »Aber die Chips bezahlt ihr!«

Helli und ich ließen uns Zeit mit dem Nachschub. Erstens erlaubte die Hitze gar keine schnellen Bewegungen, und zweitens war ich froh, mit meiner HALF alleine zu sein.

Noch im Treppenhaus sagte Helli, sobald wir außer Hörweite waren: »Du, das nervt so hart. Wie Pego sich beeinflussen lässt von Mats! Nur weil der seine Dosen vom Dach schmeißt, muss Pego das doch nicht nachmachen!«

Wir zogen die Haustür auf. Auf dem Gehweg lag eine Red-Bull-Dose.

Ich musste lachen und hob sie auf. »Pego würde auch ohne Mats Dosen schmeißen, glaub mir. Der ist haargenau so drauf. Aber Arti steht total unter Red-Bull-Einfluss.«

Helli schüttelte sich. »Wie kann man diese widerliche Brühe nur lecker finden?«

Wir kamen zur Fußgängerampel am Mehringdamm. »Sie findet das Zeug garantiert nicht gut. Sie tut nur so.«

Wir blickten nach rechts und links. »Weißt du noch, wo wir hinmüssen?«

»Ja, rüber und dann links. Oder?«

»Okay, glaube ich auch.«

Meine Hände klebten von der blöden Dose, und ich versuchte, sie an meinen weißen Shorts abzuwischen. Dabei stellte ich fest, dass die Hose ganz schön gelitten hatte an diesem Tag. U-Bahn fahren, Workshop, im Park sitzen, auf den schmuddeligen Dachkissen abhängen und jetzt noch Hände, die ich seit Stunden nicht gewaschen hatte. Egal.

Helli warf mir einen Blick zu. »Eigentlich ist Jari ganz nett, oder?«

»Hm. Weiß nicht so genau. Nett war auf jeden Fall *seine* Variante vom Dosenwerfen.«

Helli nickte. »Ja. Ich fand auch gut, wie er die Idee vorgeschlagen hat. Ohne Angeberei oder so.«

Weiter hinten leuchtete der Schriftzug des Supermarktes.

»Schau, wir sind gleich da.«

»Bist du noch sauer auf ihn wegen diesem Spruch im Zug?«

Ich starrte kurz auf ein sehr grelles Werbeplakat für ein Lockenshampoo und versuchte, mir den Namen einzuprägen. *Lollycurl.*

Helli knuffte mich. »Hey!«

»Wie? Was weiß ich. Ich glaube schon.« Ich dachte noch einmal über die Frage nach. »Ehrlich gesagt kann ich doch froh sein, dass ich das im Zug gehört habe. Sonst würde ich ihn vielleicht nett finden und mich in irgendwas reinsteigern.«

Wir waren am Supermarkt angekommen. Ich steckte die leere Dose in den Pfandautomaten, Helli schnappte sich einen Einkaufskorb. »Lil, es besteht immer noch die Möglichkeit B. Vergiss das nicht.«

»B?«

Wir liefen zielstrebig zum Getränkeregal. Ich nahm Wasser, Fanta und auch noch zwei Dosen des dämlichen Energydrinks für Pego und Mats.

»Er hat es vielleicht nicht so gemeint im Zug. Weil er Mats nicht auf die Nase binden wollte, wie toll er dich findet.«

»Ja, klar.« Wir gingen zum Regal mit den Knabbersachen.

»Ja. Und je länger ich Mats kenne, desto eher glaube ich das.«

»Glaub, was du willst.« Ich warf eine Chipssorte mit Schinkenaroma in den Korb.

»Schinken?« Helli sah mich fragend an.

»Kleiner Schwesterntest. Ich wette, wenn Mats die gut findet, dann futtert Arti sie auch.«

Helli lachte laut. »Schade, dass es keine Fanta mit Salamigeschmack gibt!«

»Ja, oder eine Dose Wurstwasser!«

Helli schüttelte sich. »Hör auf!« Sie stellte den schweren Korb ab und blickte mich plötzlich ganz ernsthaft an. »Ist dir eigentlich schon mal aufgefallen, dass ich mit sehr großer Treffsicherheit sagen kann, wer in dich verknallt ist?«

»Wie bitte?« Darüber konnte ich nur den Kopf schütteln. »Tut mir leid, aber das klingt ein bisschen größenwahnsinnig.«

»Denk doch mal nach. Bei Dennis wusste ich es und bei Paul wusste ich es auch. Und bei diesem Jonas damals aus dem Sportcamp genauso.«

An den Jungen aus dem Sportcamp konnte ich mich kaum erinnern, das musste in der Fünften gewesen sein. »Wie kommst du denn auf den? Der hat mich doch überhaupt nicht interessiert.«

»Ich sage ja auch nicht, dass du verknallt warst, sondern er.«

»Ach, Helli. So ein Blödsinn. Da kannst du ja jetzt praktisch jeden Namen nennen, denn beweisen lässt es sich sowieso nicht.« Ich schnappte mir den Korb und ging langsam Richtung Kasse.

Bei den beiden anderen Jungen lagen die Dinge anders.

Dennis war mein erster und bisher einziger Freund gewesen, und fest steht auf jeden Fall, dass ich in ihn bis zur Schmerzgrenze verliebt war. Paul dagegen, ein Junge aus unserer Schule, der mich gar nicht interessierte, hatte sich gegen Ende des letzten Schuljahres in mich verknallt, und es stimmte, Helli hatte das schon behauptet, lange bevor er es mir dann gesagt hatte.

»Also ehrlich, ich halte das für einen Zufallstreffer.«

An der Kasse war nichts los. Helli legte die Sachen auf das Band. »Wieso einen?«

»Bei Paul hast du zufällig richtig geraten. Glück. Bei Dennis hast du es genauso wenig gewusst wie ich!«

»Hallo! Leidest du an Gedächtnisschwund? Wer hat dir denn damals immer gut zugeredet und auf die Sprünge geholfen?«

Die Kassiererin blickte auf. Helli lächelte sie liebenswürdig an.

»Guten Tag«, sagte sie.

Die Kassiererin grinste. Dann schob sie unsere Sachen über den Scanner.

Helli angelte nach dem Geld in ihrer Hosentasche. »Wahnsinn, wie viel Kohle man bei dieser Hitze für Getränke ausgeben muss.«

Wir bezahlten und verstauten alles in zwei Tüten.

»Wenn das so weitergeht, bleibt nichts übrig von dem Taschengeld, das meine Eltern mir mitgegeben haben.« Helli seufzte theatralisch.

»Auf die Sprünge geholfen …«, wiederholte ich Hellis Behauptung. Ich blieb stehen und sah sie an. »Das stimmt. Ohne dich würde ich vielleicht auch selber herausfinden, wer in mich verknallt ist …«

»Vielleicht.«

»… aber ohne deine Megaratschläge und messerscharfen Beobachtungen und grandiosen Analysen wäre ich ja so was von aufgeschmissen!«

Helli klopfte mir auf die Schulter, während wir versuchten, im schmalen Schatten des Gebäudes nebeneinanderher zu gehen. »Ja. Genau. So sehe ich das auch.«

Am nächsten Morgen kam ich rechtzeitig ins Bad und konnte mich angemessen um Frisur und Outfit kümmern.

Helli half mir. Während wir im Geiste unsere Klamotten durchkombinierten, wobei mir netterweise auch Hellis Reisegepäck zur Verfügung stand, flocht meine HALF zwei eng anliegende Zöpfe an meinen Kopf. Das war wirklich das Praktischste bei diesem Wetter und brachte außerdem die Locken zum Verschwinden. Einziger Nachteil: Ich sah noch jünger aus. Die anderen Workshop-Teilnehmer waren alle schon vierzehn oder fünfzehn und ich die einzige Dreizehnjährige. Nicht zu ändern. Nächsten Monat wurde ich vierzehn, so riesig war der Unterschied also nicht.

Ich trug eine sehr verwaschene, kurze blaue Jeans und dazu eine ärmellose weiße Bluse, die beinahe durchsichtig war, weshalb ich den Bikini drunterzog, damit es nicht so unterwäschemäßig wirkte.

Mama runzelte zwar trotzdem ein wenig die Stirn, aber nachdem ich sie auf die Affenhitze draußen und auf den hohen modischen Anspruch eines Designworkshops aufmerksam machte, dem ich keineswegs gerecht wurde, weil mir einfach die richtigen Klamotten dafür fehlten, lächelte sie.

Dann stürmte ich aus dem Haus, wie immer etwas zu spät und heute mit einem viel zu dicken Rucksack, in dem sich außer meiner Zeichenmappe auch noch ein Badehandtuch, eine große Flasche Wasser und eine Packung Kekse befanden. Der diesige Himmel von gestern war verschwunden. Heute leuchtete er in perfektem Postkartenblau.

Ducci schaute zweimal, als ich die Halle betrat, und ich schätzte, es lag an meinen Zöpfen. Ich merkte, wie meine Ohren erröteten, und verfluchte die Frisur. Mist, das hatte ich nicht bedacht. Wenn meine Ohren glühten, was ungefähr einhundert bis zweihundert Mal pro Tag passierte, waren sie normalerweise gut unter den Haaren versteckt. Ich überlegte kurz, ob ich die Zöpfe öffnen sollte, aber wie sah das aus? Erstens wahrscheinlich total dämlich und zweitens auch so, als wäre mir die Frisur peinlich. Also ging ich tapfer zu meinem Arbeitsplatz. Meine Nachbarin Winka, bereits eifrig am Zeichnen, hob kurz den Kopf und nickte hoheitsvoll. Phine, die auf ihrem Schreibtisch saß und in einem Buch blätterte, lächelte und winkte mir zu.

»Hey.«

Ich ging zu ihr hinüber. »Hi. Tolles Kleid. Selbst genäht?«

Sie nickte, sprang vom Tisch und drehte sich einmal um die eigene Achse. Das Kleid war hellgrau, ärmellos, am Hals relativ eng geschlossen, dafür unten weit und flatterhaft und außerdem mit einem raffinierten großen Rückenausschnitt versehen, den ich erst auf den zweiten Blick entdeckte. Vorne rechts befand sich eine Tasche, die offensichtlich mit Absicht schief aufgenäht war.

»Es ist super«, meinte ich mit ehrlicher Bewunderung. »Ich möchte auch so nähen können«, fügte ich etwas leiser hinzu.

»Ehrlich gesagt, das hilft schon.« Sie kicherte. »Du musst ja deine eigenen Entwürfe ausprobieren und schauen, ob sie etwas taugen.«

»Das stimmt.«

»Good morning, boys and girls!« Ducci und Galvani winkten mit ihren Kaffeetassen. Wir versammelten uns um die Tische mit Stoffmustern, Nachschlagewerken und Laptops.

Ducci stellte seinen Kaffee ab und rieb die Hände. »Ihr Lieben. Hoffentlich hattet ihr trotz Wüstenklima einen duften Abend und seid frisch und voller Tatendrang hier zu eurem zweiten Workshop-Tag. Wir freuen uns, dass ihr hier seid!«

Galvani lächelte. »Wir werden uns heute mit Stoffen befassen.« Er ging zu den Stellwänden, schob zwei davon auseinander und zog eine lange Kleiderstange auf Rollen hervor, die wir vorher gar nicht gesehen hatten. Daran hingen, dicht an dicht, farblich sortiert, Stoffmuster.

»Das ist euer Plan für den Vormittag: Nehmt euren Entwurf von gestern, und schaut, mit welchem Material er optimal aussehen könnte.« Ducci hob den Zeigefinger. »Seid nicht leichtfertig mit eurer Entscheidung! Der Entwurf ist eine Sache. Aber erst der Stoff gibt ihm eine Seele.«

Eine Seele, auch das noch, dachte ich und ging zögernd hinter den anderen zu der Kleiderstange, die mindestens drei Meter lang war. Ehrfürchtig befühlten wir die Stoffproben. Es war von allem etwas dabei. Feine, leichte, schwere, dichte, dicke, sanfte, glatte, raue, grobe, weiche, flauschige, gestrickte, gewebte, sogar bestickte Stoffe. Jeder einzelne fühlte sich toll an. Und es kamen noch mehr. Alle machten »ah« und »oh« und »ui«, als Galvani einen zweiten Kleiderständer in die Halle schob, den er aus einem Nebenraum geholt hatte.

»Wenn ihr Fragen habt: Nur zu!«

Während ich neben Phine einen Stoff nach dem anderen durchsah, befühlte und manchmal sogar beschnupperte, weil ein so eigentümlicher pudriger Geruch von ihnen ausging, sah ich, wie Jaris Bruder und sein Assistent die Halle betraten. Ich winkte ihnen zu. Tymon hob die Hand. Er lächelte genau wie Jari, ansonsten sahen sie sich, bis auf die blonden Haare, nicht besonders ähnlich. Winka und einer der beiden Jungen hängten sich stapelweise Stoffproben über den Arm und schleppten sie zu ihren Tischen. Als wir anderen das sahen, taten wir es ihnen gleich. Ich bediente mich hauptsächlich bei den Grün- und Brauntönen, weil ich hoffte, dort etwas für mein Oasenkleid zu finden, das leider noch nicht ganz fertig war. Ich überlegte, ob ich erst weiterzeichnen und dann die Stoffe aussuchen sollte, aber die fast schon hektische Betriebsamkeit der anderen machte mich so nervös, dass ich entschied, zunächst die Stoffe zu wählen.

Mein Kleid bestand aus vielen verschiedenen kleinen Blättern, die ähnlich wie Pailletten aneinandergenäht werden sollten. Es mussten also viele verschiedene Grüntöne und auch unterschiedliche Stoffarten sein. Ich kombinierte und kombinierte, kam aber zu keiner Entscheidung. Die Designer gingen umher und kommentierten die Entscheidungen der einzelnen Leute.

Als ich um meinen Tisch herumging, um meine bisherige Auswahl von einer anderen Perspektive zu betrachten, sah ich ein paar Stoffproben auf dem Boden liegen. Offenbar hatte einer der anderen Teilnehmer sie versehentlich fallen lassen. Ich hob sie auf und legte sie auf meinen Tisch.

Kurz darauf näherte sich Ducci. Ich fand meine Stoffe noch nicht überzeugend und legte deshalb meine Mappe auf einen Teil von ihnen. Ducci blieb stehen und betrachtete mit gerunzelter Stirn meine Zeichnung. Plötzlich hellte sich seine Miene auf. Er hielt die drei Stoffe, die ich gerade vom Boden aufgehoben hatte, gegen das Licht. Dann nickte er zufrieden und legte sie neben meine Zeichnung. Ich war so überrascht darüber, dass er sich die zufälligen Fundstoffe ausgesucht hatte, dass ich nichts sagte. Als Ducci wieder aufblickte, hatte ich das Gefühl, dass er mich zum ersten Mal richtig ansah, neugierig und irgendwie auch durchdringend. Schon wieder stieg mir die Hitze in die Ohren.

»Schaut euch das an!« Ducci wirbelte herum und hielt die Stoffe hoch wie eine Fahne. »Das nenne ich eine originelle Lösung.«

Er wedelte mit der Stofffahne und bedeutete allen, näher zu kommen. Ich sah, wie Winka widerwillig aufstand.

Als sich alle um meinen Arbeitsplatz versammelt hatten, auch Galva, zeigte Ducci auf meinen Entwurf. »Hier. Ein Kleid zum Thema Oase. Nicht gerade eine geniale Idee, diese Ansammlung von Blattwerk, sondern eher eine einfache, direkte Botschaft. Aber egal. Ich würde sage, es ist ordentlich gezeichnet und ganz ansprechend. Und jetzt seht, wie …«, er schielte auf mein Namensschild, »… wie Lil mit diesen ausgewählten Stoffen aus einer eher durchschnittlichen Zeichnung, die jeden einen irgendwie grünes Kleid erwarten lässt, einen tollen Wurf macht!« Ducci legte die Stoffe neben meiner Zeichnung ab und fächerte sie auf. »Sie nimmt nämlich gar kein Grün, sondern das hier.« Er rieb den Stoff zwischen den Fingern. »Wüstensand. Herrlicher, durchscheinender Crêpe de Chine. Daneben …«, er zeigte auf einen haarigen, fast pelzigen Stoff in Rostrot, »… trampeln die Kamele durch die Oase, seht ihr's?« Ein paar kicherten. »Und schließlich kommen wir zur Wasserstelle.« Der dritte Stoff war von hellem Blau und schimmerte tatsächlich ein wenig wie eine Wasseroberfläche. Ducci hob den Daumen. »Gut umgesetzt.«

Galvani nickte. »Ja. Das ist es doch, was du dir dabei gedacht hast, stimmt's?«

Ich spürte die zum Teil neidischen und sogar giftigen Blicke der anderen. Winkas Augen brannten sich förmlich in meinen Entwurf, als wollte sie, dass er sich in Rauch auflöste.

Ich nickte verlegen und räusperte mich. »Äh, ja, so ungefähr.«

»Die Stoffe hatte ich auch«, murmelte der größere der beiden Jungen.

Er hieß Leo und sah sich suchend um, wahrscheinlich um zu überprüfen, ob sie auf seinem Tisch lagen. Garantiert hatte er die drei Stoffe aus Versehen fallen lassen.

Mein Herz klopfte bis zum Hals. Ich hätte es richtigstellen können und zugeben, dass ich an langweilige, durchschnittliche Grüntöne für meine Blätter gedacht hatte. Aber ich stand nur da. Ich konnte noch nicht mal verhindern, dass ich lächelte, und vielleicht wirkte es auf die anderen sogar stolz oder überheblich. Tymon tauchte auf und machte ein paar Bilder, ausgerechnet in diesem Moment, wo ich umringt von allen dastand und Ducci mich ansah, als wäre ich der neueste Stern am Modehimmel.

»Also, den nehmen wir auf jeden Fall in die Präsentation.« Ducci nickte mir noch einmal zu, dann scheuchte er alle zurück an ihre Plätze.

Ich setzte mich und starrte auf meinen Entwurf. Er würde präsentiert, am Samstag, auf der *fashion victory*, der bekannten Modemesse! Oh Gott, war das aufregend und, ja, auch peinlich. Ich freute mich riesig und gleichzeitig schämte ich mich.

In der Mittagspause spazierte ich mit Phine zum Kiosk neben der Skateanlage. Wir holten uns ein Eis und setzten uns im Schatten eines Baums auf die angrenzende Wiese.

Bei den Skatern war die Hölle los. Ich musste daran denken, was Pego gestern gesagt hatte, nämlich dass ich hier auf meinem Board höchstens hinfallen würde. Das stimmte wahrscheinlich. Die Jungs hatten es wirklich drauf, die meisten waren sogar besser als Dennis. Es fuhren auch ein paar Mädchen und eines konnte es besser als alle Jungs.

Unser Eis schmolz so schnell dahin, wir kamen kaum hinterher mit dem Lecken. Längst lief es mir über die Finger.

Phine bekleckerte ihr schönes Kleid. »Blöder Mist!«

Ich bot ihr meine Wasserflasche an. »Lässt sich bestimmt auswaschen.«

Wir vertilgten so schnell wie möglich das restliche Eis, und dann half ich ihr, den Fleck auszuwaschen. Es sah ziemlich dämlich aus, weil Phine am Ende einen riesigen dunklen Fleck mitten auf der Brust hatte.

»Bescheuert.«

»Das trocknet ganz schnell.«

Und wirklich, wir konnten dabei zusehen, wie der Fleck verschwand.

»Die Luft ist wie ein Föhn«, sagte Phine und legte den Kopf so weit in den Nacken, dass ihre Haare die Wiese berührten. Ihr Haar war der absolute Hammer und genau so, wie ich mir meines immer wünschte: üppig, dick und gleichzeitig seidig glänzend, leicht gewellt und fließend. Ich konnte nicht anders, ich musste es anfassen. Natürlich fühlte es sich herrlich an.

In der Ferne kam Winka durch den Park geschlendert. Offenbar hatte sie die Pause alleine verbracht.

»Willst du später wirklich Modedesignerin werden?«, fragte ich.

Phine zuckte mit den Achseln. »Möglich. Aber ich habe schon den Eindruck, dass es ein hartes Pflaster ist.«

»Was meinst du damit?« Ich schüttete mir etwas Wasser über die klebrigen Hände.

Phine zeigte mit dem Kinn in die Richtung, aus der Winka auf uns zukam. »Alle im Workshop sind mehr oder weniger wie die da, findest du nicht? Und sie sind noch nicht einmal erwachsen. Wie werden die mit fünfundzwanzig sein?«

Ich dachte an das fette Kompliment, das ich erst vor ein paar Stunden per Zufall und zu Unrecht eingeheimst hatte. »Vielleicht denken die anderen das Gleiche von uns? Oder sie sind schüchtern.«

»Hm. Du meinst, sie sind eigentlich total nett, wissen aber nicht, wie sie es zeigen sollen?« Phine zwinkerte mir zu. »Dann lass uns den Nettigkeitstest machen.« Phine hob die Hand und gab Winka, die nur noch wenige Meter entfernt war, ein Zeichen.

Winka runzelte die Stirn. Misstrauisch sah sie sich um, wohl um zu schauen, ob wir nicht jemand anders gemeint hatten. Aber da dort niemand aus unserem Workshop ging oder stand, kam sie zögernd zu uns.

»Na.«

»Willst du dich zu uns setzen?«

Mehr oder weniger widerwillig hockte sie sich neben uns. Auf ihrer Nase standen Dutzende winziger Schweißperlen.

Ich versuchte, sie anzulächeln. »Ganz schön heiß, was?«

Sie blies sich eine ihrer hellbraunen Haarsträhnen aus der Stirn. »Du sagst es.«

»Wo kommst du eigentlich her?«, fragte Phine und lächelte liebenswürdig.

»Berlin.«

»Ach, echt! Wie praktisch. Da kannst du uns ja ein paar Tipps geben, was man hier so machen kann und so.«

Winka sah uns erstaunt an. »Wieso? Ihr habt doch sowieso keine Zeit.«

Phine begann, ihre Haare seitlich zu einem Zopf zu flechten. »Doch, abends haben wir schon Zeit, oder?«

Winka schob trotzig die Unterlippe vor, als hätte Phine etwas Gemeines gesagt.

»Wir gehen später ins Schwimmbad.« Ich zupfte am Bändel meines Bikinis. »Deshalb das Outfit.«

»Habe ich schon gesehen. Ist ja auch irgendwie daneben.«

Phine und ich sahen uns an. Was meinte sie denn damit? Sollte ich darauf einsteigen? Ich entschied mich dagegen und wandte mich stattdessen an Phine: »Wenn du magst, kannst du mitkommen. Mein Bruder, meine Freundin und wahrscheinlich meine kleine Schwester und noch zwei Jungs aus dem Zug kommen auch mit. Sie holen mich nachher ab.«

Phine streifte ein Haargummi von ihrem Handgelenk und befestigte den fertigen Zopf. »Oh, das wäre toll, aber ich treffe meine Tante. Ich wohne bei ihr, solange ich in Berlin bin. Meine Eltern kommen erst am Samstag zur Präsentation.«

»Und du, Winka, hast du Lust?«, fragte Phine. Die Nettigkeitsfrage. Ganz schön gewagt. Offen gestanden hatte ich keine große Lust, dieses Mädchen mit ins Schwimmbad zu nehmen.

Winka schaute stur geradeaus, als suchte sie etwas, was

sich irgendwo weit hinten auf der Wiese abspielte. Ich dachte schon, sie würde gar nicht antworten, als sie plötzlich tief Luft holte und beim Ausatmen dann, es klang wie ein Seufzer, sagte: »Ganz bestimmt *nicht.*«

Helli, Pego und Arti warteten vor der Halle, als ich um Viertel nach sechs endlich fertig war.

Wir hatten noch alle Stoffmuster ordentlich zurückhängen müssen, deshalb wurde es etwas später.

»Mann«, motzte Pego. »Wir stehen hier schon eine halbe Ewigkeit.«

»Gestern habe ich auf euch gewartet.«

Helli und Arti betrachteten neugierig die anderen Kursteilnehmer, die hinter mir durch die Eisentür kamen. Phine wurde von einer jungen Frau abgeholt, die eher wie eine ältere Schwester als eine Tante aussah. Winka ging erhobenen Hauptes und ohne zu grüßen an uns vorbei.

»Ist das die Zicke?«, fragte Arti ziemlich laut, weshalb ich ihr am liebsten eine gescheuert hätte.

»Hey, Arti. Du hast hier über niemanden aus meinem Kurs zu lästern«, zischte ich.

Meine kleine Schwester winkte ab. »Ist ja gut. Man wird wohl noch mal fragen dürfen.«

»Nicht, wenn du die Person vor der Nase hast.«

Helli schaute Winka hinterher. Als sie außer Hörweite war, sagte sie: »Etwas an ihr ist seltsam.«

»Das kannst du laut sagen. Alles, was sie von sich gibt, ist entweder unfreundlich oder richtig gestört.«

Wir setzten uns in Bewegung. Um zum Schwimmbad zu gelangen, wo wir mit Mats und Jari verabredet waren, mussten wir die U-Bahn nehmen, und das hieß erst einmal ein gutes Stück Fußweg.

Unterwegs brachten wir uns gegenseitig auf den neuesten Stand. Arti hatte heute mit Mama, Papa und den Kleinen einen Ausflug zum Pergamonmuseum gemacht, Pego und Helli waren zum berühmten Ku'damm gefahren und hatten ungefähr fünfzig Klamottenläden abgegrast, wie Pego erschöpft erzählte.

Helli widersprach, denn in ihrer Erinnerung waren es höchstens dreißig gewesen, und außerdem hatte sie nur in dreien etwas gekauft. Weshalb nur die wirklich zählten, meinte sie.

Ich berichtete von dem seltsamen Zufall mit den Stoffen für mein Oasenkleid und wie gleichzeitig megacool und schrecklich es war, vor allen Workshop-Teilnehmern zu Unrecht gelobt zu werden.

»Kannst du ja nichts dafür, wenn drei Stoffe vom Himmel fallen«, meinte Helli und zwinkerte mir zu.

Pego legte den Arm um sie. »Sehe ich auch so. Manchmal hat man einfach Glück. Und dagegen ist doch nichts zu sagen.«

Ich fand es sehr nett, dass sie sich hinter mich stellten.

Die U-Bahn hielt und wir stiegen aus. Helli studierte die Hinweisschilder, die zu verschiedenen Ausgängen führten. Sie zeigte nach rechts. »Da lang.«

»Aber du hättest ja auch zugeben können, dass es nicht deine Stoffe waren«, nahm Arti den Faden noch mal auf.

»Boah, Arti, du bist ja noch schlimmer als Miss Correct Lil!« Kopfschüttelnd wäre Pego fast gegen einen Getränkeautomaten gedonnert, der plötzlich im Weg stand, wenn Helli ihn nicht noch rechtzeitig zur Seite gezogen hätte.

»Immer langsam!«

Wir lachten.

»Er ist offensichtlich geschwächt von eurem Shopping-Marathon.«

»Armer Pego.«

»Speiübelst.« Pego ballte die Fäuste und fuchtelte Arti und mir damit vor der Nase herum.

Mein großer Bruder war froh, als wir im Schwimmbad auf die anderen Jungs stießen, denn auch wenn er natürlich gern mit Helli zusammen war, diese geballte Ladung Mädchen und dann auch noch in Gestalt von Schwestern fand er schnell nervig. Ich erkannte es an der Art, wie er immer häufiger und bei jedem bisschen seine Fäuste in die Luft reckte. Als leidenschaftlicher Boxer tat er das sowieso ungefähr tausendmal pro Tag, aber wenn seine Geschwister ihm auf die Nerven gingen, nahm er die Hände praktisch gar nicht mehr runter.

Mats und Jari lagen ganz nahe am Beckenrand. So hatten wir es verabredet, damit wir sie im Gewimmel auch finden konnten. Was sich als kluge Voraussicht herausstellte, denn auf den Wiesen ringsum und natürlich auch in den Schwimmbecken war es unbeschreiblich voll. Obwohl es schon ziemlich spät war.

Zur Begrüßung klatschten wir uns einer nach dem anderen ab. Pego legte sein Handtuch neben Mats, und da rechts und links kein Platz mehr neben den Jungs war, legten wir Mädchen unsere Handtücher eine Reihe weiter nach hinten. Hellis Handtuch grenzte an Pegos, Artis an Mats' und meines an Jaris.

Mein Bruder riss sich sofort Shirt und Hose vom Leib. »Leute, ich muss ins Wasser.«

Alle bis auf Mats und mich sprangen auf. Arti und Helli,

die ebenfalls den Bikini drunter trugen, mussten sich nur die trägerlosen Kleider über den Kopf ziehen und die Flipflops von den Füßen schütteln.

Ich blickte hinüber zum Becken. »Also, diese trübe Brühe reizt mich irgendwie überhaupt nicht.«

»Stell dich nicht so an!« Helli zog sich das Zopfgummi aus den Haaren, die sie zu einem Pferdeschwanz gebunden hatte. »Los!«

Die anderen stürzten sich einfach ins Getümmel, aber ich konnte mich nicht dazu durchringen. Stattdessen ging ich, nachdem ich Shorts und Bluse in den Rucksack gestopft hatte, zur Dusche und brauste mich ab. Das war wahrscheinlich erfrischender als das aufgewärmte, schmutzige Wasser im Schwimmbecken. Aus dem Augenwinkel beobachtete ich Mats, der noch auf dem Handtuch saß und irgendwie missmutig den anderen beim Planschen zuschaute.

Ich ging zurück und setzte mich zu ihm. »Na.«

»Na.«

»Warst du schon im Wasser?«

Er nickte. »Zehnmal. Wir sind schon den ganzen Tag hier.«

Ich zeigte auf seine Schultern. »Ganz schön rot. Habt ihr keine Sonnencreme?«

Er zuckte mit den Achseln. »Keine Ahnung.«

Ich schaute in meinen Rucksack, ob Mama mir vielleicht eine Creme eingepackt hatte, und da ich dort nichts fand, sah ich auch noch in Artis Tasche nach. Sie hatte welche. Ich hielt sie Mats hin.

Er schüttelte den Kopf. »Egal. Die Sonne ist eh gleich weg.«

Ich verteilte noch etwas Sonnencreme auf meinen Schultern, denn mit meiner hellen Haut wollte ich nichts riskieren.

Im Wasser tauchten Helli, Pego und Jari um die Wette. Arti saß als Schiedsrichterin am Beckenrand.

»Kennt ihr euch eigentlich schon lange, Jari und du?«, fragte ich.

»Seit dem Kindergarten.«

»Lustig, wie Helli und ich.«

Mats kniff die Augen zusammen, als würde er etwas in weiter Ferne fixieren. Er machte irgendwie einen traurigen Eindruck. Ich war erstaunt, ihn so zu sehen, denn ich hatte gedacht, er wäre immer laut und fröhlich und gut drauf.

»Er kann schon ein richtiger Arsch sein, dieser Penner.«

Überrascht sah ich zu Mats. »Wer? Jari?«

»Yep.« Mats wandte seinen Blick vom Wasser ab und sah mir direkt in die Augen. »Weißt du, du darfst dich von ihm nicht einwickeln lassen. Er ist nämlich ein verdammter Blender. Aber mich hat er ganz schön hängen lassen.«

Mich fröstelte. Vielleicht, weil die Sonne gerade hinter den großen Eichen am Wiesenrand zu verschwinden begann, vielleicht, weil Mats' düsterer Blick mich beunruhigte. Ich wusste nicht so recht, wie ich ihn einschätzen sollte. Heute wirkte er ganz harmlos, aber die Sache mit den Dosen gestern fand ich schon schräg.

»Er hat dich hängen lassen? Wie denn, ich meine, was hat er getan?«

Mats schnitt eine Grimasse. »Ach, vergiss es. Ich kann ja schlecht meinen Kumpel in die Pfanne hauen. Aber eins sage ich dir: Ich tue alles für ihn, jeden einzelnen Tag. In Mathe *und* Chemie habe ich ihn gerettet, sonst wäre er nämlich eine Klasse tiefer gelandet dieses Jahr! Aber wenn ich ihn um einen winzigen Gefallen bitte, dann lässt er mich hängen.«

Ich hätte sehr gern gewusst, um welchen winzigen Gefallen es ging, aber es imponierte mir auch, dass Mats dichthielt. Schließlich fand ich ja auch, Freunde sollten sich nicht verpetzen, sondern zusammenhalten und sich aufeinander verlassen können. Deshalb fragte ich nicht weiter nach. Gleichzeitig merkte ich, wie sich Mats' Enttäuschung wie ein blöder Schnupfen übertrug. Je länger ich rumhockte und den anderen beim Herumalbern im Wasser zusah, desto stärker wurden die Symptome. Am Ende saß ich traurig da, wegen der Sache, die Jari Mats angetan hatte, von der ich aber gar keine Einzelheiten wusste.

Wir blieben nicht lange im Schwimmbad, sondern brachen bald wieder auf, weil Mats und Jari uns unbedingt den »Klunkerkranich« zeigen wollten. Sie verrieten nicht, was es war, erklärten aber, es sei ein Geheimtipp von Tymon und eine »echt megacoole Location«. Sie trieben uns zur Eile an.

»Sonst verpassen wir den Sonnenuntergang«, sagte Jari.

Es war zum Glück nicht weit. In der Prinzenstraße stiegen wir in die U-Bahn bis zum Rathaus Neukölln. Dort betraten wir nach ungefähr hundert Metern ein Einkaufscenter.

»Was wollen wir denn *hier*?«, fragte Helli, die gerne noch etwas länger im Schwimmbad geblieben wäre.

»Abwarten.« Mats lotste uns zu einem Aufzug und drückte den Knopf. Wir fuhren in die oberste Etage.

Meine Schwester zog die Brauen zu ihrem Arti-typischen v zusammen. »Hä? Das ist doch das Parkdeck!«

Ich musste plötzlich an die Red-Bull-Dosen denken. »Hey, das wird doch nicht irgendeine komische Sache, oder?«

Die Aufzugtüren öffneten sich. Vor uns standen parkende Autos.

»Jetzt bin ich aber mal gespannt auf eure Megalocation.« Pego klang, als ginge ihm demnächst ebenfalls die gute Laune aus.

»Haltet durch. Wir sind gleich da.«

Aus dem Nachbaraufzug traten mehrere junge Leute und liefen zielstrebig an den Autos entlang zu einer Rampe, die weiter hinten zu einem höheren Parkdeck zu führen schien. Wir folgten ihnen und bogen auf die Rampe ab. Ich wunderte mich, weil nun plötzlich lauter bunte Blumentöpfe herumstanden und überall rankende Grünpflanzen den Weg in die nächste Ebene schmückten. Wie hübsch. Hätte man hier nicht erwartet. Und dann war da oben plötzlich gar kein Parkplatz, sondern ein Open-Air-Café mit Pflanzen, Tischen, Bänken, Bars, Kunstobjekten und sogar Live-Musik. Über uns der blaue Abendhimmel, ringsum die Dächer von Berlin.

»Wie cool!«

»Wow.«

»Joah, nicht übelst.«

»Noch besser als gestern.«

Mats schob uns vorwärts. »Gestern, das war nur ein kleiner Vorgeschmack.«

Es war total voll, und da wir sowieso keine Chance auf einen Sitzplatz hatten, gingen wir zum hinteren Ende des Decks und genossen erst einmal die Aussicht.

»Wehe, ihr schmeißt hier Dosen runter«, sagte Helli.

Wir lachten. Ich hatte vorhin auf einer kleinen Holztür das Schild für Toilette gesehen und sagte den anderen, dass ich kurz verschwinden würde.

Da hier Männer und Frauen dasselbe Klo benutzten und es außerdem nur eines zu geben schien, hatte sich vor der Holztür schon eine Schlange gebildet. Ich reihte mich ein. Hinter mir, praktisch in der Mitte des Parkdecks, befand sich eine Art Holztribüne. Hier saßen und lagen auch überall Leute.

Und da sah ich Winka. Sie trug ein anderes Outfit als tagsüber, eine sehr knappe kurze Hose sowie ein Bandeau, und rekelte sich auf dem Holzpodest. Neben ihr saß eine sehr dünne Frau, die schmalen, langen Beine angezogen, und redete auf sie ein. Winka lächelte. Sie sah dabei ganz hübsch aus. Mir fiel auf, dass ich sie bisher nur in motziger Miene kannte. War die Frau ihre Schwester? Oder die Mutter? Die Frau war jung, aber deutlich älter als Winka.

Als ich aus der Toilette kam, waren Winka und ihre Begleiterin verschwunden. Dafür stand Jari vor mir.

»Hi.« Er kratzte sich nervös am Kopf.

»Ah, hi. Wartest du hier?«, fragte ich.

»Äh, ja, äh, nein.« Er lächelte schüchtern. »Warten ja, aber nicht in der Schlange.«

Ich schaute über die Dächer hinweg in die Ferne. Die Sonne stand schon ziemlich tief. Es sah wunderschön aus.

»Gehen wir zu den anderen?«

Ich wollte mich an ihm vorbeischieben, aber er trat praktisch in meinen Weg. Dabei berührte seine Hand meine Schulter, ganz leicht nur und wahrscheinlich unabsichtlich, aber es fühlte sich doch irgendwie an, als wollte sie mich aufhalten. Ich blickte ihn direkt an. Seine Augen waren so blau, als wollten sie dem Himmel Konkurrenz machen.

»Du, Lil, ich wollte fragen, ob du einen Punsch willst, sie

machen welchen, da drüben an der Bar, also Fruchtpunsch. Wenn du willst, lade ich dich ein …?«

»Vielen Dank, aber ich will nicht.«

Wir starrten uns an, beide erschrocken über meine schroffe Reaktion. Jari nagte an seiner Unterlippe. Dann öffnete er den Mund, als wollte er etwas erwidern, aber offensichtlich hatte es ihm die Sprache verschlagen.

»Na dann …«, murmelte er irgendwann schwach und schaute verlegen zur Seite.

Ich versuchte, den Stoß etwas abzumildern. »Ich habe keinen Durst. Komm, wir gehen zu den anderen.« Damit ließ ich ihn stehen.

Fünf Minuten später, ich stand schon wieder bei den anderen, kam Jari mit fünf Punschbechern zurück, die er auf einem Tablett balancierte. Er verteilte an alle, außer an mich.

»Hey, Alter, voll nice.« Pego klopfte Jari auf die Schulter, dass der Punsch überschwappte.

»Ja, danke!«

»Geschenkt?«, fragte Helli und nahm sich einen Becher.

»Klar.«

»Der alte Wohltäter«, witzelte Mats, aber es klang irgendwie angesäuert.

»Willst du nichts?«, fragte Helli, als sie merkte, dass die fünf Becher nicht für alle reichten.

Obwohl meine Kehle sich staubtrocken und kratzig anfühlte, schüttelte ich den Kopf und zeigte auf meinen Rucksack. »Nö. Ich habe noch meine Wasserpulle vom Workshop.«

Helli sah mich durchdringend an, aber sie sagte nichts. Wir würden später darüber reden. Zum Glück verstanden wir uns manchmal auch ohne Worte.

Der Punsch schien superlecker zu schmecken, und während alle an den eisgekühlten Drinks nippten und dabei der Sonne beim Verschwinden hinter den Dächern zusahen und zahllose Fotos und Selfies machten, stand ich durstig am Rand und ärgerte mich über meine Dummheit. Wieso hatte ich geglaubt, Jari würde allein mich auf einen Drink einladen? Wie bescheuert musste ich ihm vorgekommen sein! Und wie unhöflich, denn wahrscheinlich hatte er mich gefragt, weil er dachte, ich würde ihm dann beim Tragen helfen.

Aber ich hatte keinen Drink gewollt von einem Jungen, der doof über meine Locken redete und der seinen Kumpel hängen ließ. Denn eines stand für mich fest: Freunde mussten zusammenhalten. Für Helli und mich zum Beispiel war das so etwas wie ein Gesetz. Aber da ich ja gar nicht wusste, weswegen Jari Mats im Stich gelassen hatte, und da Jari auch überhaupt nicht wissen konnte, dass ich etwas wusste, konnte ich ihm all das auch nicht sagen.

»Mensch, Lil, dieser Workshop macht dich noch ganz depressiv!« Helli zog mich lachend an ihre Seite und zückte ihr Handy. »Los, lächeln! Super Bild.« Und dann drückte sie so lange auf den Auslöser, bis ich endlich lächelte.

Eigentlich sollten wir um neun Uhr zu Hause sein, aber wegen des Sonnenuntergangs und auch weil niemand auf die Uhr geachtet hatte, kamen wir erst später los. Ich schickte Mama eine Nachricht. Da Jari und Mats fast den gleichen Nachhauseweg hatten, fuhren wir zusammen. Mats und Arti hockten nebeneinander in der Bahn und tuschelten und kicherten die ganze Zeit. Jari quatschte mit Pego übers Boxen. Seit der Punschsache hatte er nicht mehr mit mir geredet. Noch nicht einmal angesehen hatte er mich.

Helli und ich saßen ein Stück weiter weg. Meine HALF stupste mich an, sie hatte den Blick auf Arti und Mats gerichtet. »Ich frage mich, was die beiden die ganze Zeit zu bereden haben.«

»Ja, ein kleines bisschen rätselhaft ist das schon«, antwortete ich. »Sie mögen sich offenbar.«

»Eindeutig. Was man hier ja nicht von allen behaupten kann, oder was ist da zwischen dir und Jari? Ihr habt euch ja den ganzen Abend gemieden.« Helli sah mich an.

Leise erzählte ich ihr von Mats' seltsamer Bemerkung und dann auch von der Sache mit dem Punsch.

Helli streckte ihre langen Beine in den Gang und schüttelte den Kopf. »Mats kann viel behaupten. Solange er nicht genau sagt, was passiert ist, würde ich Jari da nichts übel nehmen.«

»Hm.«

»Im Übrigen hatte er uns *nicht* vorher gefragt, ob wir Punsch wollen. Dich schon.«

»Echt?«

»Ja. Die Teile kosten mindestens drei Euro pro Glas. Ich denke nicht, dass er vorhatte, uns alle einzuladen. Aber nach deiner Abfuhr hat er sich damit doch clever aus dem Schlamassel gezogen.«

Da hatte Helli vielleicht recht. Ich bedauerte ein wenig, Jari in diese Situation gebracht zu haben.

»Ich wollte einfach keinen Drink von jemandem, der seinen Freund hängen lässt. Außerdem war er blöd im Zug.«

Als wir an der Straßenecke standen, an der Mats und Jari rechts und wir anderen links abbiegen mussten, sagte Arti unvermittelt: »Ich gehe noch mit den beiden.«

Pego tippte sich an die Stirn. »Jo. Klar. Hast du einen Sonnenstich?«

»Nö, habe ich nicht. Wir wollen noch ans Spreeufer. Also Mats und ich. Jari muss sowieso erst noch den Schlüssel von Tymon abholen, der ist bei seiner Freundin.«

»Ja, kein Problem, Mann«, sagte Mats. »Ich bringe sie später heim.«

»Kommt überhaupt nicht infrage.« Ich warf meiner kleinen Schwester einen ärgerlichen Blick zu. »Du spinnst wohl.«

»Ich mache es aber.«

»Machst du nicht.«

»Arti, es ist gleich halb zehn.«

»Du redest wie Mama und Papa.« Sie verschränkte trotzig die Arme vor der Brust. »Es ist Sommer. Und es ist fast noch hell.«

»Ja, macht euch locker, was ist schon dabei? Es sind Ferien. Ich liefere sie später heil wieder ab.«

Pego sah zu Helli. Die winkte ab. »Familienangelegenheit. Da halte ich mich raus.«

»Sag mal, wie kommst du überhaupt nur auf die *Idee*? Wir können nicht ohne dich nach Hause kommen, das ist dir schon klar, oder?«, motzte ich.

»Ach, ihr seid so viele, ich wette, die merken es gar nicht, wenn ihr es geschickt anstellt. Und in einer Stunde schick ich euch eine WhatsApp und dann macht einer von euch leise die Tür für Arti auf und das war's.«

Pego lachte. »Alter, ihr seid ja krass drauf.« Er schaute wieder zu Helli. »So könnte es gehen, oder?«

»Nein!« Ich boxte Pego gegen den Arm, was mir im nächsten Augenblick leidtat, denn natürlich schlug er sofort zurück, allerdings viel fester als ich. »Au! Hast du den Verstand verloren?«

»Du hast angefangen.«

Jari schien die Diskussion zu langweilen, er zog mit dem Fuß Kreise auf dem Gehweg. »Wenn ihr nichts dagegen habt, ziehe ich schon mal los, den Schlüssel holen.« Er hob die Hand und verabschiedete sich. »Bis dann.«

»Ey, warte.« Mats hielt Jari am Arm. »Das ist doch noch gar nicht entschieden.«

»Es ist entschieden, ich gehe mit«, sagte Arti.

»Jetzt reicht es mir.« Ich packte meine kleine Schwester und versuchte, sie fortzuziehen, aber sie widersetzte sich mit aller Kraft.

»Arti!«, keuchte ich. »Du hast doch mitgekriegt, was Mama letztens zu mir gesagt hat, von wegen abends noch allein unterwegs sein! Und du bist mehr als zwei Jahre jünger! Dir ist doch klar, dass du den Rest der Woche in der Ferienwohnung verbringst, wenn du das jetzt durchziehst!«

»Aber Mama und Papa werden es gar nicht merken.«

»Doch, werden sie. Denn ich spiele nicht mit, sorry!«

Sie wand sich in meinem Griff und riss sich los. »Du bist so bescheuert!«

»Mir egal. Sieh es, wie du willst. Mama und Papa erwarten, dass wir auf dich aufpassen. Und du hast jetzt die Wahl, du Nervensäge: Entweder du kommst mit oder du kriegst für den Rest der Woche Hausarrest.«

Mats blies die Wangen auf. »Boah. Familie!« Er sah zu Arti. »Du gehst besser mit.« Er zwinkerte. »Du weißt schon …«

Arti nickte. Alle atmeten auf. Wir verabschiedeten uns.

»Was sollte denn dieses ›Du weißt schon‹?«, fragte Pego, als wir fast vor unserer Haustür standen.

»Gar nichts.«

Ich blieb stehen und hielt meine Schwester am Arm. »Arti, ich warne dich. Mach keinen Scheiß. Wenn du willst, dass wir deine absurde Idee von eben nicht herumerzählen, dann halte dich an die Spielregeln.«

Sie wich meinem Blick aus. »Ja, ist schon klar.«

Wir kamen zu Hause an. Vom Spielplatz vor dem Haus drang noch Kinderlachen. Arti schaute sehnsüchtig zu ihnen hinüber. Pego klingelte. Ich legte den Arm um meine Schwester. »Versprochen, Arti?«

Sie schüttelte mich ab. »Lass mich.«

Der dritte Workshop-Tag begann mit einem kleinen Schock.

Zumindest für mich.

Wir hatten gerade die morgendliche Besprechung hinter uns, in der Ducci für den Nachmittag den Besuch einiger *StyleIn*-Leute ankündigte, woraufhin ein paar, besonders Winka, direkt glasige Augen bekamen, als die Eisentür quietschte und Tymon in die Halle kam. Wie immer winkte ich ihm zu, und da sah ich, dass nicht sein Assistent, sondern Jari die Fotoausrüstung hinter ihm hertrug. Jari schaute kurz zu mir, lächelte schüchtern und schaute dann wieder weg.

»Und was soll das jetzt?«, hörte ich neben mir Winka fragen, die anscheinend das Gleiche beobachtet hatte. Ihr entging wirklich nichts, das musste man ihr lassen.

Ich schob die Hände in die Taschen meiner Shorts und schlenderte zu der Ecke, wo Tymon und Jari ihre Ausrüstung abluden.

»Na, ihr.«

»Na, du«, sagte Tymon und riss die Kamera hoch, als wollte er ein Foto von mir schießen. Ich musste lachen. Jari kniete am Boden und kramte in einer der schwarzen Taschen. Tymon zeigte mit dem Daumen auf ihn. »Mein neuer Assi. Der andere ist krank.«

»Echt jetzt?« Oh Gott. Ich stellte mir vor, wie Jari mich den ganzen Tag vor der Linse hatte und vielleicht, weil er ja bestimmt sauer auf mich war, ständig hässliche Fotos machte. Bei der Vorstellung wurde mir etwas übel. »Für länger?«

Es klang wohl ziemlich panisch, denn Tymon lachte. »Wahrscheinlich schon. Was ein bisschen blöd ist, weil ausgerechnet heute meine Auftraggeber von *StyleIn* hier aufkreuzen. Aber was soll's. Nicht zu ändern.«

Jari kam vom Boden hoch, zeigte auf seinen älteren Bruder, und als hätte er meine Gedanken gelesen, sagte er: »Keine Angst, die Fotos macht nur er.«

»Kommt drauf an«, meinte Tymon. »Wenn du dich nicht ganz dumm anstellst, lasse ich dich vielleicht mal ran.«

Jari grinste zufrieden.

Ich versuchte zu lächeln. »Okay, viel Glück. Ich gehe dann mal wieder. Wir sehen uns.«

Jari erregte bei den Kursteilnehmerinnen mehr Aufmerksamkeit als der andere Assistent. Nicht weil er absichtlich das Interesse auf sich gelenkt hätte, nein, er folgte nur brav Tymon bei seiner Arbeit und machte dabei auch keinen Lärm oder so. Auch sprachen die beiden immer sehr leise miteinander. Aber wenn sie an einen Tisch kamen, um jemanden oder einen Entwurf zu fotografieren, hörte ich immer wieder Kichern oder dieses typische mädchenhafte Glucksen, das man nur hört, wenn Jungs in der Nähe sind.

Ganz extrem wurde es, als sie auf Winka stießen. Sie bestand darauf, Jari und Tymon all ihre Arbeiten zu zeigen, weshalb sie bestimmt eine halbe Stunde an ihrem Tisch verbrachten. Am Ende posierte Winka auf ihrer Tischplatte, neben den schönsten Entwürfen, mit einem angezogenen und einem geziert weggespreizten Bein. Ich konnte es kaum fassen und hatte auch das Gefühl, Tymon fand das als Motiv nicht so gut. Aber wer weiß, vielleicht täuschte ich mich auch, und sie fanden genau das total heiß.

Jedenfalls tauschten Jari und sie am Ende sogar Handynummern aus.

Meine Güte, dieses Mädchen verlor keine Zeit! Was Helli und ich während einer fünfstündigen Zugfahrt nicht auf die Reihe gekriegt hatten, schaffte sie in dreißig Minuten. Und damit nicht genug. Sie fragte ihn auch rundheraus, ob er Lust hatte, die Mittagspause mit ihr zu verbringen. Obwohl sie ja wissen musste, dass Jari mein Bekannter war und deshalb eigentlich mit mir Pause machen müsste.

Müsste er? Nein, natürlich nicht, vor allem nicht nach der schroffen Abfuhr, die ich ihm gestern erteilt hatte. Von der Winka aber ja nichts wissen konnte. So gesehen war das also ganz schön dreist von ihr. Aber wie ich es nun betrachtete, spielte keine Rolle. Ich hockte mit glühenden Ohren auf meinem Stuhl und tat so, als zeichnete ich hochkonzentriert einen Badeanzug, aber in Wahrheit folgte ich gebannt dem Geplänkel vom Nachbartisch.

Ein klein wenig schien Jari zu zögern. »Ähm, keine Ahnung, wohin gehst du denn?«

»Vorne zum Mehringdamm. Beste Currywurst der Stadt.«

»Cool. Klar.«

Mit Currywurst konnte man also einen Jungen herumkriegen. Das musste ich mir merken. Mein Magen knurrte, und ich wäre sehr gern auch zu diesem Imbiss gegangen, aber unter gar keinen Umständen mit diesem Mädchen. Winka sprach unüberhörbar laut. Möglicherweise weil sie wollte, dass ich alles mithörte.

Weil ich derart mit den beiden am Nachbartisch beschäftigt war, bemerkte ich nicht, wie Ducci sich näherte. Plötzlich stand er hinter mir. Sein Atem roch nach Kaffee, daran merkte ich es. Ich drehte mich um.

»Oh, das Mädchen hat den siebten Sinn!«, rief er, offenbar erschrocken. Ich konnte ihm schlecht sagen, dass sein Atem zehn Meter gegen den Wind müffelte, deshalb lächelte ich nur.

»Nun, wie sieht es aus mit der Bikini-Kollektion?«

»Ich weiß nicht …«

»Du weißt es nicht? Das ist eine ganz schlechte Antwort, die du nach Möglichkeit niemals geben solltest.«

»Auch wenn ich es nicht weiß?«

Ducci rollte die Augen. »Mädchen. Du sollst hier allen das Gefühl geben, dass du es draufhast, nicht wahr?« Er fächerte ein paar Blätter auf, die auf meinem Tisch lagen. »Schau her, das ist doch schon recht vorzeigbar.« Er blätterte weiter. »Jaja, gar nicht mal schlecht«, schnurrte er wie ein zufriedener Kater. »Überhaupt nicht übel.«

Er nahm sich einen Bleistift und begann, meinen Badeanzug zu bearbeiten.

Keine großen Veränderungen, nur eine zusätzliche Naht hier und ein Schleifchen da, ein höherer Beinausschnitt und ein wesentlich tieferes Dekolleté, und schon sah das Ganze heiß aus.

»Toll«, stammelte ich.

Er klopfte mir auf die Schulter. »Du musst etwas mehr auf die Kacke hauen, Mädchen.«

Bestimmt hatte er wieder meinen Namen vergessen, und da ich für heute mein Schild noch nicht angesteckt hatte, konnte er ihn auch nicht ablesen.

»Auf die K…?« Ich war mir nicht ganz sicher, was er meinte, und wollte, für den Fall, dass ich mich verhört hatte, das Wort lieber nicht wiederholen.

»Ganz genau. Etwas vornehmer könnte man sagen, du

sollst dein Licht nicht unter den Scheffel stellen. Wird es damit klarer?«

Ich schüttelte den Kopf. »Das sagt mir nichts. Aber ich glaube, ich weiß ungefähr, was Sie meinen. Ich soll weniger schüchtern sein?«

Nebenan hatten Winka und Jari ihr Gespräch unterbrochen. An Winkas Gesichtsausdruck konnte ich ablesen, wie sehr es sie fast schon körperlich schmerzte, wenn andere Duccis Aufmerksamkeit genossen und dann auch noch Lob einheimsten. Normalerweise bin ich nicht so ein missgünstiger Typ, aber diesem Mädchen gönnte ich ihren Neid von Herzen.

Duccis Lachen schepperte durch die Halle. Spätestens jetzt drehten sich auch die anderen nach mir um. Aber der große Meister ging schon weiter.

»Zuckersüß und schüchtern«, murmelte er vor sich hin, womit er möglicherweise mich meinte.

Winka lachte affektiert. Musste sie eigentlich alles kommentieren? Und durfte sie einfach Jari anbaggern? Das Blut stieg mir zu Kopf, so sehr regte ich mich plötzlich auf. Ich warf ihr einen sehr wütenden Blick zu, woraufhin sie zu lachen aufhörte und sich achselzuckend wieder auf ihren Platz setzte. Immerhin.

Jari schraubte inzwischen ein paar Schritte von uns entfernt an einer Studioleuchte herum, die sein Bruder aufbaute. Ich dachte zuerst, sie wollten damit die mobilen Stellwände anstrahlen, aber das war es nicht. Sie richteten einen Minibesprechungsraum her, bestehend aus zwei Tischen, Stühlen, einer Grünpflanze und ein paar Stellwänden.

Nachdem die Designer Platz genommen hatten, riefen sie nacheinander die einzelnen Teilnehmer zu sich. Und während sie die Entwürfe besprachen, Tipps gaben und Verbesserungsvorschläge machten, sprang Tymon, dicht gefolgt von seinem Bruder, um sie herum und schoss Fotos.

Ich versuchte, mich nicht allzu sehr ablenken zu lassen und die Zeit zu nutzen, bis ich an die Reihe kam. Ducci hatte bei einem meiner Badeanzüge ja schon ein paar neue Ideen skizziert und so ähnlich setzte ich die nun auch bei den übrigen Kleidungsstücken um. Tiefere Ausschnitte, hier und da ein Schleifchen oder Sternchen oder auch Blättchen, denn ich befand mich immer noch im Oasenstadium. Das war bis zum Ende der Woche mein übergeordnetes Thema.

Die Designer nahmen sich Zeit und sprachen mit jedem ausführlich. Ich kam als Letzte an die Reihe. Inzwischen war fast Mittag, und ich hatte Zeit gehabt, alle bisherigen Zeichnungen noch einmal zu verfeinern. Während ich mich an den Besprechungstisch setzte, versuchte ich, Tymons und Jaris Anwesenheit auszublenden. Die Studioleuchten heizten ganz schön ein.

»Los, jetzt noch ein Foto, und dann macht die Scheißdinger endlich aus, wir verglühen hier sonst.« Ducci tupfte sich die Stirn ab, dann beugte er sich über meine Zeichnungen.

Galvani setzte die Brille auf, die er aber für jedes Foto dann extra wieder abnahm. Ich verdrängte den Gedanken an eine unmögliche verschwitzte Haarmähne und Schweißperlen auf meiner Stirn. Es ließ sich nicht ändern. Immerhin war das hier ja auch kein Modelcasting, sondern ein Workshop. Ich fand es nicht so schlimm, wenn man sah, wie hart wir hier arbeiteten. Am ersten Tag hatte ich das noch anders empfunden, aber mittlerweile war das für mich eher nebensächlich. Weil alle anderen so einen Aufstand darum machten und mir das gegen den Strich ging.

Galva kritisierte die vielen Schleifchen, Ducci fehlte in manchen Entwürfen die Leidenschaft, wie er es nannte, womit ich nicht so viel anfangen konnte. Alles in allem meckerten sie aber nicht sehr viel, auch wenn Galva sich immer wieder mal über die kurzen Beine meiner Modelle lustig machte.

Als ich zu meinem Platz zurückkam, schlenderte Jari vorbei. Winka war nirgends zu sehen.

»Magst du mit zur Currywurstbude kommen?«, fragte er.

Damit hatte ich nicht gerechnet. Vor lauter Überraschung stammelte ich herum. »Wie? Äh? Ich glaube … ich gehe schon mit Phine …«

»Die kann ja mitkommen.« Er sah sich um, aber Phine stand in der Teeküche und redete lebhaft mit Leo.

»Ach, weißt du, heiße Wurst bei dem Wetter ist irgendwie nicht so mein Ding.«

Jari lächelte schmal, es wirkte ein wenig gekränkt. Was ja nicht verwundern musste, schließlich erteilte ich ihm hier die zweite Abfuhr innerhalb von vierundzwanzig Stunden. Ich wäre ja eigentlich auch ganz gerne mitgegangen, aber mein Stolz ließ das einfach nicht zu. Ich wollte nicht zugeben, dass mir die Punschgeschichte im Nachhinein peinlich war, und außerdem, was noch wichtiger war, wollte ich nicht als Anhängsel dieses dummen Mädchens hinterherlaufen.

»Was macht ihr heute Abend?«, fragte ich, um von der Currywurst wegzukommen.

»Kein Plan. Vielleicht noch mal Schwimmbad. Und ihr?«

»Irgendwas mit meinen Eltern. Die fühlen sich etwas vernachlässigt.«

Jari grinste. »Kann ich mir vorstellen.«

Ich fand es nett, dass er das sagte und nicht etwa über meine anhänglichen Eltern lästerte.

Aus Richtung der Toiletten kam Winka durch den Raum gefegt, geradewegs auf uns zu. Unweigerlich zog ich den Kopf ein. Es sah so aus, als würde Jari beinahe seufzen, aber vielleicht täuschte ich mich auch.

Winka schlug ihm temperamentvoll und für mein Empfinden viel zu fest auf die Schulter. »Was ist? Gehen wir?« Sie sah durch mich hindurch, als wäre ich gar nicht da.

Jari zeigte auf ein aufgerolltes Kabel, das über seinem Arm hing. »Klar. Ich räume das noch weg.«

Nach der Mittagspause war es leider unerträglich heiß in der Halle, weil irgendein Dussel die Eisentür für längere Zeit hatte offen stehen lassen. Ducci schäumte. Erstens, weil er nun pausenlos seine Glatze abtupfen musste, und zweitens, weil das eine Zumutung für die *StyleIn*-Leute war. Er sagte nicht Leute, sondern das englische People. »Was sollen die *StyleIn*-People von uns denken?!« Ich verstand ehrlich gesagt nicht, warum er sich und diese People mehr bedauerte als uns Teilnehmer, schließlich mussten wir doch bis zum Abend genauso hier ausharren.

»Das ist so eine Erwachsenendenke, die ich echt beknackt finde«, flüsterte ich in Phines Ohr, die neben mir auf dem Tisch saß, die Beine baumeln ließ und versuchte, ihr langes blondes Haar in einen Knotenturm zu verwandeln.

»Ich auch. Als würden wir nicht schwitzen.«

Tymon und Jari schleppten zwei tragbare Ventilatoren an und stellten sie so, dass sie in Richtung der Designer bliesen.

»Euch würden sowieso nur die Entwürfe wegflattern«, sagte Galvani ungerührt. Selbst wenn er damit recht hatte, nett war es nicht.

Mir blieb aber nicht viel Zeit, um mich darüber zu ärgern, weil jetzt zwei ziemlich junge Frauen, vielleicht Mitte zwanzig, die Halle betraten. Beide waren sehr hübsch, die eine braun-, die andere schwarzhaarig. Die Braunhaarige kam mir bekannt vor. Genau, es war dieselbe Frau, die gestern neben Winka im Klunkerkranich gesessen hatte.

»Besuch für Number one«, wollte ich gerade zu Phine sagen, als mir der Satz im Hals stecken blieb, denn die beiden gingen schnurstracks zu unseren beiden Designern und ließen sich umarmen und Küsschen, Küsschen rechts und links auf die Wange geben.

»Moment mal«, murmelte ich.

»Die *StyleIn*-People«, flüsterte Phine.

»Ja, aber …« Ich sah mich nach Winka um, aber die war offenbar noch nicht von der Wurstbude zurück. »Die kenne ich«, sagte ich sehr leise.

Phine schaute mich interessiert an. »Wirklich? Woher denn?«

»Die Braunhaarige war gestern mit Winka im Klunkerkranich.«

»Im wo?«

»Auf einem Parkdeck, wo so eine Art Biergarten ist.«

»Und die da«, Phine zeigte verstohlen auf die Braunhaarige, »war dort mit *Winka*?«

»Hundertpro.«

»Ist ja der Hammer.«

Wir sahen uns an und dann wieder hinüber zu den Designern und den beiden Frauen.

»Ich erkenne eine gewisse Ähnlichkeit«, sagte Phine.

Ich nickte.

»Die hat sich hier reinschmuggeln lassen.«

»Wer?«

»Na, Winka. Ihre Dingsda, Mutter, Schwester, Tante, was weiß ich, hat sie auf den ersten Platz gehoben. Was natürlich verboten ist. Angehörige der *StyleIn*-Mitarbeiter waren vom Wettbewerb ausgeschlossen.«

Ich musste schlucken. Dreizehnjährige waren auch vom Wettbewerb ausgeschlossen gewesen.

Phine bemerkte mein Unbehagen nicht. Sie lächelte triumphierend. »Da haben wir ein schönes kleines Geheimnis. Wenn sie uns dumm kommt, können wir sie auffliegen lassen.«

»Hm, ich weiß nicht«, erwiderte ich unentschlossen. Wir wurden von Ducci unterbrochen, der uns alle jetzt zu sich bat, weil er uns den *StyleIn*-Frauen vorstellen wollte. Genau in dem Moment betraten auch Winka und Jari wieder die Halle.

Und dann verbrachten wir den ganzen Nachmittag damit, Entwürfe für die große Präsentation zu besprechen. Die Entscheidungen lagen eigentlich bei den Designern, aber die beiden Redakteurinnen, die wir Annika und Elise nennen sollten, wollten trotzdem ein Wörtchen mitreden. Was verständlich war, weil sie nämlich für das nächste Heft eine große Fotostrecke planten, über die Modemesse, über den Workshop und natürlich die Entwürfe der jungen Talente.

Mein Oasenkleid vom ersten Tag schaffte es in die engere Auswahl, wurde plötzlich wieder aussortiert und gelangte am Ende dann doch wieder hinein, unter der Bedingung, dass ich beim Kolorieren die Beschaffenheit der einzelnen Stoffe herausarbeitete. Zwei Bikinis und ein Top von mir kamen auf den *Vielleicht*-Stapel, so wie Dutzende anderer Entwürfe meiner Kollegen auch. Wenn ich die zwei fabelhaften Entwürfe von Winka mal ausblendete, die es auf Anhieb in die Endauswahl schafften, konnte ich ganz zufrieden sein.

Als Winka an der Reihe war, beobachtete ich sie ganz genau. Sie war offensichtlich nervös. Außerdem wagte sie es nicht, die beiden Frauen anzusehen. Eigentlich hätte es jedem auffallen müssen, tat es aber nicht. Alle waren viel zu sehr mit sich beschäftigt.

Den meisten anderen Teilnehmern war es auch nicht besser ergangen als Winka oder mir. Im Gegensatz zu ihnen fand ich es aber nicht so schlimm. Wir waren schließlich keine Stars, sondern hier, um zu lernen. Außer Phine hielten sich hier alle für modisch Hochbegabte, und ich war mittlerweile an einen Punkt gelangt, wo mich das nicht mehr einschüchterte, sondern nervte.

Ich hatte meine Familie gebeten,
mich vorne am Skatepark abzuholen,
aber natürlich hielt sie sich nicht daran.

Direkt vor der Halle wartete das große April-Empfangskomitee. Acht Leute plus Hund, aufgereiht wie Fußballer kurz vorm Spiel. Wenigstens sangen sie nicht die Nationalhymne, als ich aus der Tür trat.

Nike rannte sofort auf mich los und sprang mir in den Arm, gefolgt von Pan. Ich gab meiner Schwester einen Kuss und unserem Hund einen Klaps. »Na, ihr beiden.«

»Lil, ist dadrin dein Workshop?«

Phine kam hinter mir aus der Tür. Wir winkten uns zu.

»Ist das die Doofe?«, wollte Nike wissen.

»Scht.« Wir gingen zu den anderen. »Nein. Die Doofe ist noch drin und macht sich wichtig.«

»Ich will sie sehen!«

»Quatsch. Wir gehen jetzt.«

Ich umarmte Helli und klatschte Pego ab.

»Tut mir leid, dass wir quasi vor deiner Haustür aufkreuzen, aber diese Kids hier ließen sich nicht davon abbringen«, sagte Mama und strich mir eine meiner verschwitzten Strähnen aus der Stirn.

»Schon okay. Nur schnell weg hier. Ich bin echt fertig.«

Unsere Minireisegruppe setzte sich in Bewegung.

»Lil, darf ich mal ganz kurz dein Handy?«, bettelte Arti.

»Warum?«

»Nur so. Bitte. Du bekommst es sofort zurück.«

»Meinetwegen.« Ich gab es ihr.

»Wie war's, Lil?«, fragte Papa, der Pan jetzt an die Leine nahm. Wir schlenderten an den Skatern vorbei Richtung Parkausgang.

»Boah, so megaheiß und anstrengend. Und außerdem haben wir einen blinden Passagier an Bord!« Ich nahm Mamas Wasserflasche und trank einen Schluck. »Aber ich bin gelobt worden, und mindestens einer meiner Entwürfe ist am Samstag bei der Ausstellung dabei!«

»Blinder Passagier, wieso blinder Passagier?«, wollten alle wissen.

Ich erzählte, was ich gestern im Klunkerkranich und dann heute in der Halle beobachtet hatte.

»Bist du dir ganz sicher?«, wollte Papa wissen.

»Ja. Kein Zweifel.«

Meine Eltern sahen sich an und schüttelten die Köpfe.

»Na ja, du bist ja auch nicht ganz legal dort«, warf Pego ein.

»Totaler Blödsinn!«, regte ich mich auf. »Die *wissen* nämlich, dass ich dreizehn bin, ich habe mein Alter nicht verheimlicht. Ich habe mich ganz normal beworben.«

»Ph. Die anderen Workshop-Teilnehmer wissen es garantiert nicht.«

Helli kam mir zu Hilfe.

»Ich finde, Lil hat recht. *StyleIn* hätte ihre Bewerbung aussortieren können. Haben sie aber nicht gemacht, also ist sie ganz legal drin. Diese Winka aber scheint sich hineingemogelt zu haben.«

Ich blieb stehen und sah mich um. Ein paar der anderen Workshop-Teilnehmer standen keine hundert Meter von uns entfernt vor der Halle.

»Danke, Helli. Wobei ich mal fairerweise sagen muss:

Winka ist total doof, aber sie hat es echt drauf. Kann super zeichnen.«

»Na also. Dann hat sie den ersten Platz doch verdient.«

»Mann, Pego, du nervst!«

Warum hielt mein Bruder zu Winka, obwohl die Sache hier doch ganz offensichtlich stank?

Mama klatschte in die Hände. »Solange Winka dort im Kurs genauso behandelt wird wie alle anderen, würde ich das ganz locker sehen, Lil.« Sie strahlte mich an. »Ich bin so gespannt auf Samstag!«

Wir gingen weiter.

Nike schob ihre kleine Hand in meine und hopste neben mir her. »Kommen da auch Models?«

»Klar. Die laufen auf dem Catwalk.«

»Wo?«

»Über den Laufsteg. Wie im Fernsehen.«

»Cool. Und wir dürfen hin?«

Die Vorstellung, am Samstag mit meiner bunten Familie auf der Präsentation zu erscheinen, flößte mir schon jetzt Unbehagen ein. »Wahrscheinlich ja, wenn ich es nicht verhindern kann.«

Meine kleine Schwester ruckte an meiner Hand. »Hey, sei nicht so gemein!«

Ich seufzte, blieb stehen und blickte mich nach Helli und Pego um, die etwas abseits über etwas redeten. Noch weiter hinten erspähte ich Arti mit meinem Handy.

»Hey«, rief ich und winkte. »Ganz kurz ist jetzt vorbei!«

Arti setzte sich in Bewegung.

»Was hat sie gemacht?«, fragte Nike.

»Leute gestalkt wahrscheinlich.«

»Kinder!«, rief Papa, der schon mit Pan, Mama, Triton und Orion an der Straße wartete. »Beeilt euch.«

Arti gab mir das Handy zurück.

»Was hast du gemacht?«

Sie grinste verschwörerisch. »Nichts.«

Ich öffnete die Nachrichten-App und schaute, ob ich etwas Auffälliges erkennen konnte. Als zuletzt geöffneten Kontakt sah ich Mats.

»Ich kann mich nicht erinnern, gestern mit Mats geschrieben zu haben. Kannst du dir das erklären, Arti?«

Sie zuckte mit den Schultern. »Wollte nur mal schauen, was er dir so schreibt.«

»Sag mal, geht's noch? Du kontrollierst mich? Du spinnst wohl!«

»Ph«, machte Arti nur und lief schnell zu Papa und Pan.

An der Ampel trieb Papa zur Eile an. »Kommt, Kinder, bleibt etwas näher zusammen.«

Ich steckte mein Handy ein und wartete auf Helli und Pego. Auf Pegos dunkelblauem Shirt stand in weißer Schrift »always late«.

»Schönes Shirt«, sagte ich.

»Yes.« Pego sah mich verschwörerisch an. »Aber das Schönste, Schwester«, er senkte die Stimme, »… das Schönste wird bald mein neues Tattoo sein!«

Ich sah, wie Helli die Augen rollte.

»Neues Tattoo? Klingt, als hättest du schon eins.«

Pego winkelte lachend den rechten Arm an und zeigte seinen fetten Bizeps. Ehrlich, seine Muskeln waren beeindruckend.

»Was meinst du dazu, Lil?« Er tippte auf den prallen Muskel. »Genau dahin.« Er strahlte. »Das wird so megaoberspeiübelst.«

»Das glaube ich auch. Mit Betonung auf ›spei‹«, meinte Helli skeptisch.

Pego legte einen Arm um ihre Schultern. »Hey, Hel, lass dir von deiner Freundin mal sagen, dass Tattoos eine fette Sache sind.«

Helli schüttelte sich. »Frag lieber deine Eltern.«

»An welches Motiv hast du denn gedacht?«, fragte ich.

Wir liefen zum S-Bahn-Gleis.

Pego kramte einen Zettel aus seiner Jeans. »Hier. In unserem Stadtteil gibt es einen Megatattooladen. Die haben es voll drauf. Und ich habe mir das hier ausgesucht.«

Papa, der eine Gruppenkarte für uns gelöst hatte, stand am Gleis und winkte uns heran.

Ich betrachtete Pegos Bild. Es zeigte ein Tattoo von zwei Boxhandschuhen.

»Du willst für den Rest deines Lebens Boxhandschuhe auf deinem Arm spazieren tragen?«

»Klar.« Pego schaute ganz verliebt auf sein zukünftiges Tattoo.

Triton, der unseren Wortwechsel aufgeschnappt hatte, kam näher und riss mit einer schnellen Bewegung das Bild aus Pegos Hand. Sein Kopf zuckte mehrmals hintereinander heftig nach rechts.

»Ey, Zwerg! Was fällt dir ein!« Wütend versuchte Pego, Triton zu erwischen, aber der schlug Haken wie ein Kaninchen und jagte über den Bahnsteig.

»Triton! Halt!«, schrie Mama. »Du kommst sofort hierher! Jeden Moment fährt die Bahn ein!«

Mein mittlerer Bruder gehorchte, versteckte aber das Bild

hinter seinem Rücken. Pego packte ihn am Genick und schüttelte ihn. »Au! Au! Mama! Er soll das lassen!«

Sofort war Orion zur Stelle und entwendete den Zettel. »Schaut mal, es ist ein Tattoo!« Er sah fragend zu Pego. »Ein Tattoo?«

Pego erwischte Orion am T-Shirt und zerrte grob. Es machte *ratsch*. Das Shirt riss bis zur Schulter ein.

In diesem Moment kam die S-Bahn.

»Herrgott, Kinder, jetzt benehmt euch!«, herrschte Mama meine Brüder an.

Pego ließ locker. Orion zog an seinem eingerissenen T-Shirt, Triton schnappte sich erneut das Bild. Wir drängten alle in die Bahn und verteilten uns auf den Sitzplätzen. Es war nicht viel los.

Papa sah Triton über die Schulter. »Pego, dir ist klar, dass du dich an den Kosten für ein neues T-Shirt beteiligst. Oder du nähst es.«

Alle lachten. Pego schnitt eine Grimasse.

»Und worum geht es da nun, wenn ich fragen darf?« Papa schaute Pego und Orion herausfordernd an.

»Das ist mein Tattoo«, antwortete Pego, nahm das Bild und hielt es in die Runde, damit jeder es sehen konnte.

Papa, der als Einziger nicht saß, tauschte einen Blick mit Mama. Das machten sie oft. Ihnen reichte dann ein Blick, um sich zu verständigen. Um einer Meinung zu sein. Wie auch jetzt, ich sah es genau.

»Wie darf man das verstehen, *dein* Tattoo?«

Pego schob das Bild zurück in die Jeans und klopfte sich auf den Bizeps. »Ich werde es mir stechen lassen. Hier in Berlin.«

»Wie bitte?«

»Waaas?«

»Wann?«

»Darf er das?«

»Ja, genau, darf er das?«

Mama und Papa wechselten wieder einen Blick.

»Das muss ein Scherz sein«, sagte Mama.

Pego schüttelte den Kopf. »Nein. Kein Scherz. Voller Ernst.«

»Echt? Cool!« Orion schaute Pego bewundernd an. »Mama, ich will auch ein Tattoo.«

»Du kriegst ein abwaschbares, Zwerg«, sagte Pego und lachte. Triton und Arti lachten mit.

»Mein lieber Pegasos, ein abwaschbares Bild darfst auch du dir gern auf die Haut pappen, aber …«, Papa senkte die Stimme, weil rechts und links mal wieder alle hoch interessiert unsere Diskussion verfolgten, »… auf keinen Fall wirst du eine echte Tätowierung bekommen.«

Mama schüttelte den Kopf. »Wie kommst du auf die absurde Idee, wir könnten das erlauben?«

»Ja, total absurd!«, rief Arti, und selbst Orion und Nike lachten jetzt.

»Mann! Ihr seid so …«, Pego suchte nach Worten, »… so schlimm spießig und … alt!« Er spielte wieder mit seinen Muskeln. »Es ist *meine* Haut.«

»Finde ich auch«, meldete ich mich zu Wort. Ehrlich gesagt, Pegos Motiv gefiel mir nicht besonders gut. Zwei Boxhandschuhe, na schön. Aber, und darauf kam es ja an, sie waren ein Symbol für Pegos größte Leidenschaft. Und zu seinen großen Leidenschaften sollte man doch stehen dürfen, ganz und gar. »Pego wird immer mit dem Herzen ein Boxer sein, selbst wenn er in zwanzig Jahren vielleicht nicht mehr im Ring steht. Aber ich bin sicher, er wird das nicht bereuen. Und er hat recht, es ist seine Haut. Warum stellt ihr euch so an?«

»Danke, Lil.« Mein großer Bruder lächelte.

»Ja, super, Lil«, giftete Helli mich plötzlich von der Seite an. »Ist ja seine Haut! Weißt du, wie so ein Ding nach ein paar Jahren aussieht? Hast du dir mal alte Tattoos im Internet angesehen? Boah, soooo hässlich, so beknackt. Und dann mitten auf dem Oberarm. Du hast dann mit fünfundzwanzig schon eine hässliche braune Stelle auf dem Arm. Für den Rest deines Lebens. Das ist *meine* Meinung. Ich kann voll verstehen, wenn deine Eltern es verbieten!«

»Aber, Helli«, wandte ich mich an meine HALF, »das ist doch Pegos Entscheidung.«

»Es ist eine Fehlentscheidung. Und davor muss man ihn bewahren.«

»Helli, das nervt so hart!«, fuhr mein Bruder seine Freundin an. »Vielen Dank auch!«

»Bitte schön. Ich tue es für deine schöne, intakte Haut.« In Hellis Augen standen Tränen. Ich legte eine Hand auf ihren Arm, aber sie schüttelte mich ab. »Lass. Ich verstehe nicht, wieso du diese beknackte Idee auch noch unterstützt.«

Sollte ich mich das auch fragen? Komisch, ich verstand wirklich nicht, warum sich die anderen so aufregten. Erstens fand ich Tattoos nicht so schlimm, und zweitens war ich sicher, dass Pego das nicht bereuen würde. Ich kannte ihn. Seine riesige Boxmarotte ging mir oft auf die Nerven und natürlich auch seine typische blöde, großspurige Pegoistenart. Aber Boxen war für ihn wie für mich Zeichnen, er liebte es. Ich konnte verstehen, dass er ein Tattoo mit sich herumtragen wollte.

»Ich weiß nicht, was ihr alle habt«, sagte ich. »Ist doch halb so wild. Ein Tattoo, na und? Millionen von Menschen haben eins. Die sind doch deswegen nicht irgendwann unglücklich.«

Neben Mama wurde ein Platz frei. Papa setzte sich. »Das können wir nicht wissen. Vielleicht sind sie sogar sehr unglücklich.«

Mama nickte. »Manche nehmen kostspielige Operationen auf sich, nur um das lästige Tattoo wieder loszuwerden.«

Pego hielt es nicht mehr auf seinem Sitz. »Ihr könnt sagen, was ihr wollt, ich werde es machen.«

Papa schob die Augenbrauen hoch. Sein Blick war jetzt sehr streng, was so viel hieß, die Phase des Miteinanderredens ging dem Ende entgegen. »Das kannst du gerne tun. Wenn du volljährig bist. Vorher mit Sicherheit *nicht.*«

Die S-Bahn hielt, die Türen gingen auf. Zwei Männer, die in unserer Nähe gesessen hatten, gingen grinsend an uns vorbei. Einer von beiden war auf beiden Armen tätowiert.

»Armer Pego«, sagte er und klopfte doch tatsächlich meinem Bruder auf die Schulter, bevor er ins Freie sprang.

Pego zuckte zusammen. Und was tat er dann? Er hüpfte hinterher! Kaum war er draußen, gingen in der nächsten Sekunde auch schon die Türen wieder zu!

»Hey …!«

»Das darf doch nicht …«

»Pego!«

Helli sprang auf und rannte zur Tür. Der Zug fuhr an. Wir alle klebten an der Fensterscheibe. Pego stand auf dem Gleis, die Arme vor der Brust verschränkt, und blickte trotzig. Im Hintergrund gingen die beiden Männer lachend weiter und schauten sich nach meinem Bruder um.

Helli brach in Tränen aus. »Du Idiot«, flüsterte sie. Ich stand auf und ging zu ihr, aber sie drehte sich demonstrativ weg. »Lass mich bloß in Ruhe.«

Ich sah zu meinen Eltern. Papa schüttelte den Kopf, Mama seufzte. Meine jüngeren Geschwister redeten durcheinander.

»Wie viele Stationen sind es noch bis zum Fernsehturm?«, fragte ich.

»Erst einmal müssen wir umsteigen. An der nächsten Haltestelle.«

»Na super.«

»Findet Pego uns wieder?«, fragte Triton besorgt.

»Natürlich.« Mama hielt sich den dicken Bauch, als hätte sie Sorge, dass ihr noch ein Kind abhandenkommen könnte. »Er weiß ja, wohin wir wollen. Und zur Not hat er eine App auf dem Handy.«

»Das denke ich auch.« Papa scheuchte uns von den Plätzen. »Los, Kinder, wir steigen aus und wechseln zur S1.«

Helli stand immer noch abgewandt da. Sie schniefte. Ich wusste nicht, was ich machen sollte.

Mama schob sich an mir vorbei und legte einen Arm um Hellis Schultern. »Mach dir keine Sorgen. Der kommt in Kürze nach.«

Helli wischte sich die Tränen ab und sah Mama mit ihren großen Teddybäraugen an. »Sicher?«

»Ganz sicher. Ich kenne meinen Pegoisten.«

Helli lächelte ein bisschen. Unsere Blicke begegneten sich. Sofort verdüsterte sich ihr Gesicht.

»Hör mal, mach mich nicht verantwortlich«, begehrte ich auf. »Pego wäre auch ausgestiegen, wenn ich vorher zu dir gehalten hätte.« Die Bahn bremste scharf, als sie in den nächsten Bahnhof einfuhr, und ich hätte fast das Gleichgewicht verloren. »Ich bin nun mal anderer Meinung als du in dieser Sache. Das ist ja wohl erlaubt. Oder willst du es mir verbieten?«

Helli stierte vor sich hin. Mama warf mir einen Blick zu, der so viel besagte wie »Lass sie einen Moment in Ruhe«.

Meine kleinen Brüder und Nike hatten den Vorfall schon wieder abgehakt und unterhielten sich nun darüber, wie weit man vom Fernsehturm wohl schauen konnte und ob es oben im Turm einen Souvenirshop gab oder nicht.

Arti fragte zum zehnten Mal nach der Uhrzeit.

Mama sah sie prüfend an. »Man könnte meinen, du bist verabredet. Warum fragst du die ganze Zeit, Arti?«

Arti tat so, als hörte sie nicht hin. In diesem Moment zog eine leise Ahnung in mir auf, warum sie vorhin so dringend mein Handy gebraucht hatte.

Meine Vorahnung sollte sich bestätigen. Als wir am Alexanderplatz am Ticketschalter des Fernsehturms eintrafen, standen Mats und Jari da.

»Hey! So ein *Zufall!*«, rief Arti erfreut und hüpfte den beiden entgegen.

Nike und Orion rannten, ebenso begeistert, hinterher. Sie hatten die beiden seit der Hinfahrt im ICE nicht mehr gesehen.

»Habt ihr Minikicker dabei?«, wollte Orion wissen.

Mats schüttelte lachend den Kopf. »Nee.«

»So ein gerissenes Ding«, murmelte ich.

Mama und Papa ließen sich nicht anmerken, ob sie überrascht waren oder nicht, sondern taten so, als sei es das Normalste von der Welt, in einer Millionenstadt zufällig zwei

Bekannte zu treffen. Aber ich wusste genau, dass Arti dahintersteckte. Sie hatte die beiden hierherbestellt! Auf so eine Idee wäre ich niemals gekommen.

Ich stellte meine Eltern und die Jungs einander vor. Mats und Jari schüttelten brav Hände.

»Ja, wir wollten auch gerade auf den Turm!« Mats lächelte charmant. Jari stand etwas schüchtern daneben.

»Okay, dann nichts wie los.« Ich weiß nicht, ob die anderen dieses komische Zittern in meiner Stimme bemerkten. Ich konnte es mir selbst nicht erklären. Was war los? Ich schielte zu Helli. Sie stand abseits und sah mich mit gerunzelter Stirn an, was mir sagte, sie hatte es bemerkt. Dann schaute sie jedoch gleich wieder auf ihr Handy, wahrscheinlich weil sie auf eine Nachricht von Pego wartete.

»Ich bleibe hier unten«, sagte sie, ohne sich weiter zu erklären.

»Oh, Helli, würdest du dann solange Pan nehmen? Wir kommen später runter und lösen dich ab. Bis dahin ist vielleicht auch Pego da«, sagte Mama.

Helli nickte und nahm die Hundeleine. »Alles klar.«

Mats und Jari schienen jetzt erst zu bemerken, dass einer fehlte.

»Wo steckt der Boxer?«, fragte Jari.

»Der ist unterwegs aus der Bahn gesprungen!«, rief Orion laut. Ringsum lachten die Leute vor Vergnügen. »Weil er ein Tattoo will.«

Mats und Jari grinsten. »Was? Wie das?«

Mama legte Orion zwei Finger an die Lippen. »Nicht so laut, mein Schatz.« Sie wandte sich an Mats und Jari. »Sagen wir mal, wir haben ihn unterwegs verloren. Aber er kommt bestimmt gleich.«

Papa verteilte Tickets, auch an Mats und Jari. Das fand ich sehr nett.

Mats bedankte sich überschwänglich. »Oh, vielen Dank. Das war aber nötig!«, sagte er.

Alle lachten, außer Helli. Ich wäre gerne noch einmal zu ihr gegangen und hätte unseren Streit beigelegt, aber wir mussten uns nun in die Schlange vor den Aufzügen einreihen, die uns zur Aussichtsplattform brachten, während Helli und Pan draußen vor dem Gebäudeeingang blieben.

Während wir warteten, redete Mats ununterbrochen auf mich ein. Wie cool Berlin sei! Dass er gern mit so einem Doppeldeckerbus fahren würde, die überall die Touristen durch die Stadt karrten. Wie lustig es wäre, oben vom Deck kleine Bonbons auf die Menschen hinunterzuwerfen, wie an Karneval, bei den großen Umzügen. Und ob wir nicht Lust hätten, das zu tun?

Arti war begeistert. Sie hing an seinen Lippen. Und schlagartig wurde es mir klar: Meine Schwester musste total verknallt sein. Genau, das war es! Deshalb diese hirnrissige Aktion gestern Abend, deshalb die Verabredung am Fernsehturm. Arti hatte sich in Mats verliebt.

Ich hätte gern auf der Stelle Helli um ihre Einschätzung gebeten, aber leider stand meine HALF ja gerade mit mir auf Kriegsfuß. Blöder Mist. Ich hasste es, wenn wir Streit hatten, und sie hasste es auch, das wusste ich. Deshalb passierte es auch ganz selten.

Jetzt zerrte Arti an meinem Top. »Ja, Lil? Machst du mit? Wollen wir Bonbons kaufen und vom Bus werfen?«

»Ich glaube, diese Bustouren sind extrem teuer«, wich ich aus.

Triton mischte sich ein. »Genau. Papa und Mama haben gesagt, für so etwas werfen sie kein Geld aus dem Fenster.«

»Wieso aus dem Fenster?«, fragte Nike.

»So nennt man eine unnötige finanzielle Ausgabe«, erklärte Papa und strich Nike über den Kopf.

Arti seufzte. »Menno. Nie machen wir etwas, was Spaß macht.«

»Hallo? Kann es sein, dass dich im Moment das Unzufriedenheitsvirus erwischt hat?« Mama schüttelte den Kopf.

Nein, Arti hatte etwas ganz anderes erwischt, so viel stand fest. Niemand außer mir, vielleicht nicht einmal meine Schwester selbst, schien es zu wissen. Aber ich behielt es für mich. Es würde mir nicht im Traum einfallen, Arti an irgendjemanden zu verpetzen. Verliebtheitsgefühle waren etwas sehr Heikles und Heiliges, fand ich. Allerhöchstens würde ich Helli ins Vertrauen ziehen, aber das war etwas anderes.

Die Aussicht aus der Turmkugel fanden alle toll. Bei diesem unbeschreiblichen Wetter konnte man extrem weit sehen, bis zu einem Freizeitpark, der ungefähr sechzig Kilometer entfernt lag, erklärte uns Papa, der sich in Berlin und Umgebung gut auskannte. Er wurde nicht müde, uns auf all die wichtigen und vielleicht auch weniger wichtigen historischen Gebäude aufmerksam zu machen.

Triton saugte jedes Detail in sich auf und auch ich hörte eine Weile zu. Schließlich aber konnte ich mir die vielen verschiedenen Kirchen, Museen und Stadtteile nicht mehr merken und setzte mich etwas von unserer Reisegruppe ab. Die Zwillinge liefen Runden und rasten zum dritten Mal an uns vorbei, sodass Orions eingerissenes T-Shirt im Wind flatterte. Etwas weiter hinten standen Arti, Mats und Jari. Ich schlenderte zu ihnen. Sie redeten immer noch – oder schon wieder – von der Bustour.

»Habt ihr das Thema noch nicht abgehakt?«

»Nein, schau, da unten ist so einer! Siehst du?« Arti wippte die ganze Zeit auf und ab und rempelte dabei ständig gegen Mats. Es schien ihn nicht zu stören.

»Wie war die Currywurst?«, wandte ich mich an Jari, weil ich fand, es war an der Zeit, ein paar Worte mit ihm zu wechseln. Er war auffallend schweigsam und außerdem schon mehrmals meinem Blick ausgewichen. Gleichzeitig fühlte ich mich manchmal von ihm beobachtet, heute während des Workshops und auch jetzt.

»Extrem lecker.« Er schloss die Augen und tat so, als spürte er noch einmal einem unvergesslichen Geschmack nach. Mir fielen zum ersten Mal seine langen Wimpern auf. Fast mädchenhaft und in jedem Fall schön.

»Und Winka? Hast du irgendwelche Neuigkeiten über sie für mich, die mir nützlich sein könnten?«, fragte ich betont ironisch.

»Du meinst, als ihre schärfste Konkurrentin?«

»Haha, genau.«

»Sie ist verdammt überzeugt von sich. Aber das ist dir bestimmt auch schon aufgefallen.«

»Allerdings.« Wir gingen langsam hinter Arti und Mats her. Ich überlegte kurz, ob ich Jari erzählen sollte, dass Winka wahrscheinlich geschummelt hatte, aber dann ließ ich es. »Also war es ganz nett?«

Jari zuckte mit den Schultern. »Ja, war ganz nett.« Er blieb stehen. »Schau mal, dahinten.«

Es dämmerte bereits ein klein wenig. Am Horizont hatte die Sonne begonnen, sich in einen leuchtenden hellroten Ballon zu verwandeln.

»Wie schön!«

»Ja.«

»Der Sonnenaufgang ist bestimmt auch toll von hier oben«, sagte ich.

Jari zog die Nase kraus. »Ich glaube, ich habe noch nie einen Sonnenaufgang gesehen.«

Ich dachte nach. »Ich auch nicht! Massenhaft Untergänge, aber keinen einzigen Aufgang, in dreizehn Jahren!«

»Das ist echt hart.« Zum ersten Mal an diesem Tag lächelte Jari. »Aber früh aufstehen ist halt auch echt blöd.«

»Das stimmt.«

Mein Handy meldete *dingding* für eine Nachricht. Sie kam von Pego. »Gehe mit Helli und Hund spazieren.«

Er war also aufgetaucht. Gut. Und wenn er mit Helli spazieren ging, redeten sie wahrscheinlich auch wieder miteinander.

Arti und Mats stießen zu uns. Augenblicklich rückte Jari für ein paar Zentimeter ab. Sein Gesicht verschloss sich. Seltsam. Warum war er so reserviert, sobald die anderen dazukamen?

»Wir gehen Helli ablösen«, verkündete meine Schwester mit unverkennbarem Stolz.

»Nicht nötig. Sie und Pego gehen mit Pan Gassi.«

Artis Enttäuschung war so groß, als hätte ich ihr gesagt, zum nächsten Weihnachtsfest bekäme sie keine Geschenke. »Wie dumm.«

»Wir können ja trotzdem runter, oder?« Mats sah etwas gelangweilt aus. »Hier oben haben wir alles gesehen. Kommst du auch mit, Lil?«

Arti zog eine Schnute, sagte aber nichts. Warum fragte Mats mich und nicht Jari, der danebenstand? Mir fiel wieder ein, was Mats mir im Schwimmbad erzählt hatte. Jari hatte ihn hängen lassen. Und ich hätte zu gern gewusst, weswegen. Und wieso. Und ob deswegen vielleicht schlechte Stimmung herrschte zwischen ihnen.

Nike hüpfte schon um Viertel nach sechs in mein Bett und kitzelte mich wach.

»Ich bin sieben, ich bin sieben!«, rief sie kichernd und wälzte sich über mich.

Ich rieb mir die Augen. »Du bist ein Monster«, krächzte ich.

Helli zog sich die Decke über den Kopf. »Kannst du bitte leise sieben werden?«, grunzte sie.

Meine kleine Schwester lachte nur und kitzelte Helli an den Füßen.

»Oh Mann! Geschwister sind so eine Plage! Hör auf!«

Helli war Einzelkind, und normalerweise wiegelte sie immer ab, wenn ich sie darum beneidete. Sie erklärte dann, wie viele Nachteile das hätte. In ihren Augen war es mit Geschwistern besser.

»Siehst du, ich sage doch, Einzelkinder sind zu beneiden.«

»Ich gebe dir recht«, grummelte sie unter der Decke. »Oder höchstens jüngere Geschwister.«

Ich dachte an Pego und konnte ihr nicht so richtig zustimmen. Nike stürzte sich mittlerweile in der gegenüberliegenden Zimmerecke auf Arti.

Ich stand auf und zog die Rollläden ein Stück hoch. Es sah, wie die ganze Woche schon, nach einem perfekten, blauhimmeligen Tag aus.

Nike kam zum Fenster gehüpft. Ich drückte ihr einen Kuss auf den kleinen braunen Schopf.

»Alles Gute zum Geburtstag.«

»Danke.« Sie strahlte mich an. »Können wir was spielen?«

»Weil du Geburtstag hast?« Das war einfach zu viel verlangt um diese Uhrzeit. »Verschone mich.«

»Geh mal rüber zu deinem Zwilling«, murmelte Arti aus ihrer Ecke.

»Menno.« Nike tapste über die Holzdielen und verschwand nach nebenan. Zehn Sekunden später hörten wir lautes Geschrei. Ich warf mich mit einem Hechtsprung zurück neben Helli, deren Schopf wieder aufgetaucht war. Sie hielt die Augen geschlossen.

Wir hatten gestern Abend unsere Meinungsverschiedenheit noch geklärt, zum Glück, und uns darauf geeinigt, dass jede die Meinung der anderen gelten lassen konnte.

Nebenan rumste und polterte es, offenbar war eine Rangelei im Gange.

Kurz darauf stolperten die Zwillinge ins Zimmer.

»Die haben uns rausgeschmissen!«

Arti warf ein Kissen nach den beiden. »Haut ab! Geht zu Mama und Papa!«

Dort hatten sie wohl mehr Glück. Für ungefähr eine halbe Stunde herrschte noch einmal herrliche morgendliche Stille, die Helli und Arti sofort zum Weiterschlafen nutzten. Ich lag wach und dachte an den bevorstehenden Workshop. Heute war schon Donnerstag, es blieb also nicht mehr viel Zeit, um die Zeichnungen fertig zu kriegen. Ich hatte erst ein Kleid und ein paar wenige Accessoires. Nun musste ich endlich das Thema Schuhe angehen und dann brauchte ich mindestens noch zwei Tops und eine kurze Hose. Oder einen Rock.

Um kurz nach sieben drangen die gedämpften Stimmen von Mama und den Zwillingen sowie fröhliches Klappern aus unserer Ferienküche. Sie deckten den eigenen Frühstückstisch und plötzlich taten sie mir ein bisschen leid. Wenn wir Älteren Geburtstag hatten, erwartete uns immer ein schön gedeckter Tisch, und ganz oft beteiligten sich vor allem die beiden Kleinen beim Herrichten. Weil es für sie auch immer noch aufregend war, wenn andere Geburtstag hatten.

Ich konnte mich jetzt trotzdem nicht dazu aufraffen, rüberzugehen und zu helfen, und tröstete mich mit dem Gedanken, dass Nike und Orion es wahrscheinlich gar nicht merkten und mit Begeisterung zugange waren. Also nutzte ich die frühe Uhrzeit für eine schöne, lange Dusche.

Gegen acht Uhr saßen schließlich alle beim Frühstück. Und weil Zwillinge zu zweit sind, sangen wir für sie wie immer zwei Geburtstagslieder. Dann packten sie ein paar kleinere Geschenke aus, unter anderem ein Minikicker, worüber beide sich sehr freuten.

»Zwei größere Geschenke warten dann zu Hause auf euch«, erklärte Mama. »Die hätten wir im Zug nicht transportieren können.«

»Das klingt gut!«, rief Orion. »GROOSSS!«

»Groß muss nicht immer auch gut sein«, gab Triton zu bedenken.

Pego kippte sich eine Handvoll Cornflakes in den Mund. »Eben. Vielleicht kriegt ihr GROOOSSEN Mist!«

»Gar nicht wahr! Gell, Mami, wir bekommen etwas Schönes!?«

Mama verteilte Berliner Brötchen oder Schrippen, wie sie hier im Laden hießen, nach rechts und links. »Natürlich. Etwas Superschönes.«

»Ätsch.« Orion streckte Pego die Zunge heraus.

»Groß, größer, der größte Mist!«, sagte der nur. Helli stieß ihn in die Seite, woraufhin er eine Grimasse schnitt. Er war wegen der Tattoosache immer noch schlecht auf unsere Eltern zu sprechen. Mit seiner Freundin hatte er sich aber wieder versöhnt. Pego hielt es überhaupt nicht gut aus, wenn Helli sauer auf ihn war.

»Also, Zwillinge, heute ist euer Tag. Was wollt ihr unternehmen?«, fragte Papa fröhlich und rieb sich die Hände. »Ein toller Museumsbesuch gefällig?«

»Nein!«, schrien beide gleichzeitig. »Schwimmbad!«

Arti stöhnte. »Oah. Schon wieder.«

Mama überhörte es. »Gut. Und heute Abend besuchen wir die Glaskuppel im Reichstag, da kann Lil dann auch dabei sein. Einverstanden?«

Pego wechselte einen Blick mit Helli. »Megaspeiübelst. Aber ich will ja kein Spielverderber sein.«

Arti verschränkte die Arme vor der Brust. »Ich habe schon etwas anderes vor«, verkündete sie.

Mama und Papa lächelten, sie hielten es offenbar für einen Scherz, aber Helli, Pego und ich verstanden es sofort. Helli verschluckte sich und konnte gerade noch rechtzeitig in die Serviette husten, sonst hätte es vermutlich Mohnkrümel geregnet. Pego klopfte ihr kräftig auf den Rücken.

Dann wandte er sich an Arti. »Und wovon träumst du nachts?«, schnauzte er sie an.

Sie blaffte zurück: »Es ist mein Ernst. Ich bin verabredet. Ich kann leider nicht ins Schwimmbad mitkommen.«

»Mit wem bist du denn verabredet?«, fragte Mama belustigt, die das Ganze immer noch für einen Witz hielt.

»Mit Mats.«

»Mit Mats?«

Papa sah irritiert in die Runde. »Ist das der Dunkelhaarige oder der Blonde?«

»Der Dunkle«, klärte ich ihn auf.

»Oha.«

Arti straffte die Schultern. »Was soll ›oha‹ denn bitte heißen, Papa?«

Mama wischte ein paar Krümel von ihrem Kleid. Dann sah sie Arti in die Augen. »Mein Engel, das kann nicht ernst gemeint sein. Erstens bist du zu jung, um dich in einer riesigen Stadt allein zu verabreden, zweitens haben die Zwillinge Geburtstag, und drittens kennen wir den Jungen kaum.«

»Also dreimal Oha.« Pego lachte. Seine Laune schien sich zu bessern, jetzt, da sich mal jemand anders als er in die Schusslinie brachte.

Triton fand es auch witzig, denn er lachte laut und klatschte sich auf die nackten Oberschenkel, dabei zuckte sein rechtes Augenlid wie verrückt. Die Zwillinge schauten stocksauer zu Arti. Wie konnte etwas anderes wichtiger sein als ihr Geburtstag?

»Wir kennen uns sehr gut«, begann Arti und stand vom Stuhl auf. »Ich habe mich verabredet und kann ihn jetzt nicht hängen lassen.«

Irgendwie klingelte dieses Hängenlassen in meinem Ohr, aber nur kurz, denn ich verfolgte viel zu gebannt, wie meine Schwester ihr erstes Date durchzusetzen versuchte.

»Oh doch, du wirst ihn hängen lassen, denn du hast eines vergessen, Arti. In deinem Alter fragt man *zuerst* die Eltern und *dann* verabredet man sich. Nicht umgekehrt.«

Arti stampfte mit dem Fuß auf. »Aber warum?«

»Die Gründe wurden dir gerade mitgeteilt.«

»Aber das ist dumm! Ihr seid gemein!«

Papa erhob sich ebenfalls. »A danger foreseen is a danger avoided.« Er schaute zu Pego, Helli und mir. »Und, kann das jemand übersetzen?«

Seit Neuestem machte uns Papa mit seinen englischen Sprichwörtern echt das Leben schwer.

Helli und ich sahen uns an. »Avoided?«

Pego, der immerhin schon zwei Jahre länger Englisch hatte als meine HALF und ich, kramte in seinem Gedächtnis. »Eine gesehene Gefahr ist eine vermiedene Gefahr?«

Papa wiegte den Kopf. »So könnte …«

»Gefahr erkannt, Gefahr gebannt!«, rief Triton triumphierend.

Papa klopfte ihm auf die Schulter.

»Sind dir die griechischen Sprichwörter ausgegangen oder warum müssen wir uns das jetzt immer auf Englisch anhören?«, fragte ich.

»Genau. Die griechischen hast du wenigstens auf Deutsch gesagt, da wussten wir gleich, was los war«, beschwerte sich Nike.

»Nee, wussten wir nicht und ihr schon lange nicht, Zwerge«, lachte Pego. »Weil sie noch unverständlicher waren als Chinesisch.«

Wir lachten. Papa ließ sich davon nicht beeindrucken. Er schaute zu Arti. »Mein lieber Schatz, du musst auf dieses Abenteuer, die Hauptstadt mit einem uns fast völlig fremden Jungen zu erkunden, noch ein wenig warten.« Er stapelte ein paar Teller übereinander und trug sie zur Spüle. »So ungefähr zwei bis drei Jahre, würde ich sagen. In der Zwischenzeit ist das Thema erledigt.«

Arti knallte ihr Brotmesser auf den Tisch und fuhr in einer jähen Bewegung gegen ihren Stuhl, sodass er umkippte und zu Boden donnerte. Wütend und ohne den umgefallenen Stuhl zu beachten oder aufzuheben, verließ sie die Küche. Wir schauten erschrocken hinterher. Unsere Schlafzimmertür knallte.

»Meine Güte, seit wann hat sie so ein Temperament?«, seufzte Mama.

»Ich kann mir denken, was da los ist …«, begann Triton, aber bevor er weitersprach, schickte ich zwei Blickpfeile in seine Richtung.

»Du kannst auch einfach mal die Klappe halten, Superhirn. Und Papa beim Abräumen helfen. Küchendienst. Schau mal auf den Plan.«

Triton streckte mir die Zunge raus.

Durch die Wand hörten wir Arti schluchzen und gleichzeitig wild vor sich hin schimpfen.

»Ich gehe mal zu ihr«, sagte ich.

»Tu das«, sagte Mama.

Als ich an der Tür war, fügte sie hinzu: »Sagt mal, ihr Großen, gibt es etwas, was wir wissen müssten über Arti und diesen Jungen?«

Ich hatte nicht vor, Mama und Papa von Artis Schnapsidee vorgestern Abend zu berichten, und checkte mit einem raschen Blick, dass Pego und Helli es auch nicht vorhatten. Eltern mussten wirklich nicht alles wissen und das hier würde sie nur unnötig beunruhigen.

»Mama! Was soll es da schon geben.«

»Keine Ahnung. Sag du es mir?«

Ich verließ die Küche. »Keine Sorge. Da gibt es nichts.«

Arti motzte immer noch lautstark, als würde sie jemand anders zur Schnecke machen. »Und das ist so gemein! Nie darf ich was! Ausgerechnet heute, wo ich mich verabredet habe!«

Zwischendurch schüttelten sie immer wieder heftige Schluchzer.

Ich drückte die Klinke.

»Geh weg!«, dröhnte es von innen.

»Arti, ich bin's«, rief ich.

Keine Antwort.

Ich schob die Tür einen Spalt auf und schaute hinein. Meine Schwester stand mit zerzausten Haaren und verweinten Augen neben ihrem Bett. Sie hatte die Bettwäsche und das Laken heruntergerissen und war offenbar darauf herumgetrampelt. Jetzt ließ sie sich auf die nackte Matratze fallen.

»Ich hasse die! Nur weil ich mich verabreden will!«

Ich schloss die Tür und ging zu ihr. Durch die Fenster schien bereits mit voller Kraft die Morgensonne. Ich sah kurz auf mein Handy. In einer Viertelstunde musste ich spätestens los.

»Hey, nimm es nicht persönlich. Sie würden es jedem verbieten.«

»Nein«, begehrte sie auf. »Dir würden sie es erlauben.«

»Da bin ich nicht sicher. Aber ich bin ja auch zwei Jahre älter. Mit elf hätte ich es auf keinen Fall gedurft.«

»Mir doch egal. Ich bin schon alt genug und kann auf mich aufpassen.«

»Aber du kannst doch nicht im Ernst gedacht haben, dass Mama und Papa es erlauben. Du kennst sie doch.«

»Rieke aus meiner Klasse hat mit David eine Radtour gemacht. Allein. Über Nacht.«

»Wie, über Nacht?«

Arti blies sich eine ihrer Haarsträhnen aus dem Gesicht. »Übernachtet eben. Bei Davids Oma, glaube ich.«

Ich verstand den Sinn dieses Beispiels nicht so ganz, hatte aber auch keine Lust, mir Näheres über die Radtouren anderer Elfjähriger anzuhören, deshalb wich ich aus. »Okay, dann hat Rieke eben Glück gehabt. Die meisten in eurem Alter dürften es nicht, würde ich sagen.«

Arti runzelte die Stirn und zeigte mit dem Kinn Richtung Tür. »Heißt das, du hältst zu denen da?«

Statt einer konkreten Antwort versuchte ich es mit einem neuen Argument. »Wir kennen Mats nicht wirklich gut. Erst vier Tage. Und ich finde schon, dass er manchmal etwas seltsame Ideen hat. Dass er Dosen von Dächern wirft und Bonbons von Bussen werfen will, findest du das nicht komisch?«

»Nein. Das ist doch lustig.«

»Ja klar. Trotzdem … man kann nie wissen.«

Arti zog an meiner Hand. Ich setzte mich neben sie.

»Lil, bitte, du musst noch mal mit Mama und Papa reden.«

Ich rückte ein paar Zentimeter ab. »Hat keinen Zweck.«

»Doch bitte. Auf dich hören sie.«

»Das ist Quatsch. Die haben längst entschieden.«

»Du bist gemein.«

Ich stand auf. »Gemein! Von wegen. Ich *kann* da nichts dran ändern, Arti! «

Meine Schwester schnappte sich ein Kissen und pfefferte es in meine Richtung. »Zu Pego hältst du, aber zu mir nicht, wenn ich mal was Cooles machen will! Blöde Schleimerin! Hau bloß ab!«

Das saß, obwohl das Kissen mich verfehlte. Ich hob es auf und warf es zurück aufs Bett. Ich hätte gerne noch etwas gesagt, um mich zu erklären, um ihr klarzumachen, wie verschieden für mich die Dinge lagen. Was hatte Pegos Tattoo mit ihrer Verabredung zu tun? Nichts. Oder doch? Sollte ich ganz allgemein zu meiner Schwester halten, wenn ich in einer anderen Sache zu meinem Bruder hielt?

Da mir nichts Passendes einfiel, ging ich einfach hinaus.

»Ihr werdet euch noch alle wundern!«, schrie Arti so laut, dass man es wahrscheinlich in den anderen Stockwerken des Hauses hören konnte und vielleicht sogar noch auf dem Spielplatz. Diesen Spruch hörten wir in unserer Familie ständig und deshalb schenkte ich ihm keine Beachtung. Hätte ich es getan, dann wäre mir möglicherweise aufgefallen, dass es dieses Mal vielleicht keine leere Drohung war.

Als ich an diesem Morgen
Jari wieder als Tymons Assistenten entdeckte,
machte mein Herz einen kleinen Hüpfer.

Sofort ärgerte ich mich darüber. Ich wollte das nicht! Ich konnte einfach diese hässliche Reaktion im Zug nicht vergessen. Aber was, wenn Helli doch richtiglag und Jari diesen Spruch im ICE vielleicht nur aus Selbstschutz gesagt hatte? Und wer wusste schon, weswegen Mats sich über Jari geärgert hatte? Solange ich das nicht genau sagen konnte, sollte ich Jari vielleicht nicht vorschnell verurteilen.

Nach einem kurzen inneren Widerstreit meiner Gefühle entschied ich, mich doch ein kleines bisschen über seine heutige Anwesenheit beim Workshop zu freuen.

Das dauerte ungefähr zwei Minuten. Dann betrat Winka die Szene.

»Jaaaaari! Du musst unbedingt mal kommen!«, flötete sie.

Phine und ich wechselten einen Blick und prusteten los. Ich hätte mich gern zusammengerissen, aber es war wirklich zu komisch. Weniger lustig hingegen fand ich es, als Jari tatsächlich brav wie ein Schoßhündchen angesaust kam. Und das alles wegen einer leckeren Currywurst? Das konnte ich mir beim besten Willen nicht vorstellen.

Phine schlenderte zu mir herüber und beugte sich über meinen Tisch. »Was hat sie, was wir nicht haben, außer dass sie mit Frau *StyleIn* verwandt ist?«, flüsterte sie. Wir kicherten.

Winka erklärte Jari gerade, welche ihrer neuesten Meisterwerke unbedingt fotografiert werden mussten. Wie es schien, hatte sie seit gestern unzählige neue Zeichnungen angefertigt.

»Wann macht sie das alles?«, murmelte ich und blickte Phine an, die sich mit zwei, drei lässigen Handgriffen einen perfekten Pferdeschwanz band. »Ich habe abends einfach keine Zeit. Du?«

Sie schüttelte den Kopf. »Und ehrlich gesagt auch keine Lust.«

Ich war froh, dass sie das sagte. »Wenn du mich fragst, wir sind die Einzigen hier, die das so sehen, glaubst du nicht auch?«

»Wir sind die einzigen Normalen«, antwortete sie trocken.

Tymon kam hinzu und machte, ohne eine Miene zu verziehen, ein paar Aufnahmen von Winkas neuen Entwürfen. Ob er die Sachen gut fand, konnte ich nicht erkennen. Klar, wenn Winka ihn rief, musste er ja Fotos machen, schließlich war das sein Job. Wenn ich ihn darum bitten würde, dann käme er bestimmt auch zu mir. Aber warum sollte ich? Es gab immer noch viel zu wenig zu sehen auf meinem Schreibtisch.

»Ich muss heute echt ranklotzen.«

Phine nickte. »Geht mir genauso.«

Vorne am Tresen klatschte Galvani in die Hände. »Ohkay, Leute, spitzt mal eure Öhrchen.«

Alle verstummten, Tymon hörte auf zu fotografieren, sogar Winka klappte ihren Mund zu. Auf Zehenspitzen stand sie neben Jari, einen Ellenbogen locker auf seiner Schulter abgelegt. Es schien ihn nicht zu stören. Bevor ich darüber grübeln konnte, begann Galvani mit einem kleinen Vortrag.

»Ducci kommt heute etwas später, falls ihr euch fragt.« Er wirbelte eine der Stellwände herum. Darauf war die Zeichnung eines nackten Körpers zu sehen. »Unser heutiges Thema heißt Anatomie.« Er zeigte auf ein braunhaariges Mädchen mit hervorstehenden Wangenknochen. Es hieß Julia, kam aus Österreich, wirkte immer nervös und saß ganz in Galvanis Nähe. »Du. Weißt du, was das ist, Anatomie?«

Sie errötete und ihre Lider flatterten. »Nein.«

Winka riss den Arm hoch, der eben noch auf Jaris Schulter gechillt hatte. »Ich! Ich weiß es!«

Galvani nickte. »Wir sind hier nicht in der Schule. Spuck's einfach aus.«

»Anatomie ist die Lehre vom Körper.« Winka schaute umher, als erwartete sie Applaus. Niemand tat ihr den Gefallen.

»Ganz recht.« Galvani lächelte milde. »Es ist, noch etwas präziser, die Lehre von unserer Gestalt und der Struktur unserer Gestalt«, ergänzte er und schlenderte durch die Reihen. Hier und da besah er sich ein paar Zeichnungen. »Und genau damit werden wir uns heute etwas näher befassen.« Er kam bei Phine und mir vorbei. »Denn eure Arbeiten sehen zum Großteil so aus, als wäre euch diese Lehre zumindest teilweise unbekannt.« Er griff wahllos nach einem Blatt, das auf meinem Schreibtisch lag, und hielt es in die Höhe. »Schaut her. Seht ihr diese Arme und diese Beine? Diesen *Hals*! Da fehlen die Pro-por-tio-nen!«

Ich löste in Windeseile meinen Dutt, damit meine Locken über zwei heiße und unter Garantie glühend rote Ohren fielen. So etwas Peinliches.

»Aber jeder Körper ist doch anders«, wandte Phine ein, was ich sehr mutig von ihr fand. Ein paar nickten zustimmend.

Galvani winkte ab. »Aber es gibt Grundlagen. Die sind immer gleich. Zum Beispiel liegt der Mittelpunkt eines Erwachsenen nicht in Taillenhöhe, sondern …«, er tippte an den Gürtel seiner sehr tief sitzenden Jeans, »hier auf den Hüften. Die wiederum sind bei Frauen etwas breiter, bei Männern schmal. Frauen haben dafür schmalere Schultern, Männer in der Regel breite. Die Finger reichen bei beiden ungefähr bis zur Hälfte der Oberschenkel.«

Galvani setzte seine Ausführungen fort. Erklärte uns, dass Kleidung die Bewegung des Körpers mitmachen und entsprechend gezeichnet werden musste und dass der menschliche Körper in acht gleich große Abschnitte unterteilt werden konnte. Dann hielt er wieder mein Blatt hoch.

»Das hier ist ein super Beispiel, was man alles falsch machen kann. Diese Ärmel sind unrealistisch, sie sind viel zu lang. Das Dekolleté: Kein Busen der Welt sitzt so tief!«

Ein paar kicherten, am Nebentisch gluckste Winka mit sichtlicher Wonne.

Galvani hob beschwichtigend eine Hand. »Nicht persönlich nehmen! Damit kommen wir nicht weiter. Ihr wollt schließlich etwas lernen.«

Er ging zu Phines Tisch und riss eine ihrer Zeichnungen hoch, und zwar, wie ich fand, eine ihrer schönsten. »Genau dasselbe Drama. Laaaaange Arme, laaaaange Beine. Was sind das bloß für Körper?«

Plötzlich reichte es mir. Gegen seine Kritik an meinen Entwürfen hätte ich nichts einzuwenden gewagt, weil das ja sowieso nur so aussehen würde, als wäre ich beleidigt und in meinem Ego gekränkt, aber jetzt, da er Phines tolle Zeichnung auf dem Kieker hatte, kam Leben in mich.

»Kein Model der Welt hat eine realistische Figur!«, rief ich mit wackeliger Stimme. »Die haben unnormal lange Beine und unnormal lange Arme.«

»Ja, und die meisten haben noch nicht mal Brüste!«, ergänzte Phine.

Ein paar lachten. Aus dem Augenwinkel sah ich Tymon, der seine Kamera zückte und unseren kleinen Disput ablichtete. Na toll. Hoffentlich setzte *StyleIn* kein Foto ins Heft, auf dem ich mit hochrotem Kopf dastand und meinen Workshop-Leiter angiftete, der sich von uns aber übrigens nicht beeindrucken ließ. Ich sah schon meine Münchner Klassenkameraden vor mir, wie sie sich schieflachten beim Durchblättern der Zeitschrift.

Galvani wischte unseren Einwand mit einer energischen Handbewegung weg. »Ach, alles Käse. Jeder Mensch und deshalb jedes Model unterliegt den Gesetzen der Anatomie. Wer das nicht tut, und ich meine damit zum Beispiel kleinwüchsige Leute, liegt nicht in der Norm, und das heißt dann auch nicht *normal.* Capito?!«

»Das ändert aber nichts daran, dass Models keine *normale* Figur haben«, erwiderte ich hartnäckig. »Genauso wenig wie Barbies.«

Galvani zog die Luft ein, er wirkte genervt. »Oh-kay, keine Barbie-Diskussion, bitte. Es gibt hier zwei Möglichkeiten. Entweder ihr versucht, euer zeichnerisches Talent so zu entwickeln, dass es den Grundlagen der Anatomie nahekommt, oder ihr lasst es bleiben. Wer sich für Letztes entscheidet, kann das gerne tun, wird in diesem Job aber nicht weit kommen. So einfach ist das.« Er händigte Phine und mir die Zeichnungen aus und schnalzte dabei seltsam mit der Zunge. »Nehmt den in euren Augen besten Entwurf und überarbeitet ihn. Und dann den zweitbesten. Und so weiter. Kurz vor der Mittagspause schauen wir uns alles an.«

Phine grinste mich mit der rechten Gesichtshälfte an. »Na, dann viel Spaß.«

»Eher viel Glück.«

Alle kramten hektisch in ihren Papieren, um die schönsten Entwürfe von den weniger schönen zu trennen. Nach längerem Zögern entschied ich mich für das Oasenkleid, das eigentlich schon ausgewählt war für die Präsentation. Dummerweise hatte es Ärmel und, tja, die waren nach meinem jetzigen Kenntnisstand eindeutig zu lang. Vielleicht nur um zwei Zentimeter, aber wenn ich mir die Anatomie der Modelle anschaute, die Galvani für uns an die Stellwände gepinnt hatte, dann musste ich kürzen. Und auch das Dekolleté etwas höher ansetzen. So ein blöder Mist. Wieso hatten sie das nicht am ersten Tag gesagt? Das hätte doch viel mehr Sinn gemacht, zumindest in meinen Augen.

Jari und Tymon, die offenbar eine kleine Pause draußen vor der Tür gemacht hatten, kamen zurück in die Halle, gefolgt von Ducci, der ein rosafarbenes ärmelloses Muskelshirt, weiße Jeans und einfache Zehentrenner aus Leder trug.

»Hey, Kids«, rief er in die Runde und schwenkte einen seiner bunten Arme. Ich versuchte, mich nicht mehr ablenken zu lassen, und widmete meine volle Aufmerksamkeit einer Neuanfertigung des Oasenkleids.

Jari tauchte neben mir auf. Ob es damit zusammenhing, dass Winka gerade nicht an ihrem Platz saß? Ich hätte es gern gewusst, aber natürlich wollte ich ihn nicht fragen.

»Na.« Er lächelte.

Ich lächelte zurück. »Selber na.«

»Wie läuft's?«

Ich schaute wieder auf mein Blatt. »Geht so. Könnte besser sein.«

Er lehnte sich gegen meinen Tisch, was diesen zum Wackeln brachte, und, ratsch, flutschte mir die Bleistiftmine übers Papier.

»Verdammt!«

Er wich erschrocken zurück. »Shit, war ich das?«

»Ja«, knurrte ich. Ich radierte den ungewollten Strich weg.

»Tut mir leid.«

»Schon okay. Ich kriege es sowieso nicht gebacken.«

Er beugte sich über meinen Entwurf. »Wieso? Sieht doch total geil aus.«

»Aber es entspricht nicht den Gesetzen der Anatomie. Und überhaupt …« Ich wollte eigentlich nicht jammern, schon gar nicht hier und jetzt, eher schon bei meiner Familie oder bei Helli, wenn ich in Sicherheit war. »Schon gut«, sagte ich deshalb nur.

»Was ist denn los?«

»Nichts.«

»Nichts ist auch was.«

»Hä?«

»Fiel mir gerade so ein. Klingt doch philosophisch, oder?«

Weiter hinten sah ich Winka mit Ducci reden. Beide gestikulierten wild mit den Händen – es hätte beinahe ein Tanz sein können, den sie aufführten. Irgendwie erinnerte mich Winkas Auftreten auch ständig an eine Show. Eine Show, in die sie sich eingeschlichen hatte. Meine Laune verdüsterte sich immer mehr.

Ich sah Jari in seine blauen Augen. »Du, nimm es mir nicht übel, aber ich muss mich hier voll ranhalten, sonst schaffe ich es nicht.«

Er nickte verständnisvoll. »Bin schon weg.« Dann drehte er sich noch einmal um und sprach ganz leise, als würde er mir ein Geheimnis anvertrauen. »Nimm es nicht so ernst. Die anderen sind ja auch alle älter.«

»Wie bitte?« In meinem Inneren schrillte eine Alarmglocke.

»Na ja, du hast doch erzählt, dass du jünger bist als der Rest, und vielleicht hängt es auch damit zusammen.« Er strich sich seine blonden Locken aus der Stirn. »Hey, wer ist schon mit dreizehn perfekt?«

»Willst du mir sagen, dass ich zwar leider schlechter bin, mich aber nicht verrückt machen soll, weil ich ja jünger bin?«

Er wehrte ab. »Quatsch. Ich finde nur … du bist bestimmt nicht schlechter. Du sollst dich nicht so stressen. Bringt doch nichts.«

Wahrscheinlich lag es gar nicht an Jaris Worten, sondern an dem, was Galvani zuvor gesagt und getan hatte. Wie er mich mit dem hochgehaltenen Blatt blamiert hatte. Ja, so war es mir vorgekommen. Meine Wangen, meine Ohren, mein ganzer Kopf glühten.

»Bringt nichts? Weil ich es nicht bringe?«, zischte ich.

»Nein. Mann, so habe ich das gar nicht gemeint.« Er schaute sich vorsichtig zu den Designern um. »Ich fand es total gut, wie du vorhin widersprochen hast.«

»Du lenkst vom Thema ab.«

Er wollte sich rausreden, das kannte ich schon. Schien eine Spezialität von Jungs zu sein. Machten meine Brüder auch immer, alle drei.

Jari machte eine wegwerfende Handbewegung. »Vergiss es.«

»Gute Idee.«

Ich spitzte mit Feuereifer meinen Bleistift und wandte mich dann wieder dieser dämlichen Zeichnung zu, ohne Jari ein weiteres Mal anzusehen. Er stand noch einen Moment unschlüssig herum, dann verkrümelte er sich.

Ich hätte am liebsten auf der Stelle alles hingeknallt und wäre gefahren. Nicht in die Ferienwohnung, sondern nach München, nach Hause.

Nach dem Abendessen – die Zwillinge hatten sich für eine Pizzeria in unserem Stadtteil entschieden – brachten wir zuerst Pan zurück zur Wohnung und fuhren dann alle zusammen mit der U-Bahn zum Reichstag. Mama hatte Tickets für die berühmte gläserne Kuppel organisiert. Arti wollte bei Pan bleiben, aber Papa fand, unser Hund würde es problemlos zwei Stunden ohne menschlichen Beistand aushalten. Arti schmollte, aber das war ja nichts Neues im Moment. Im Grunde hatte sie den ganzen Tag durchgemotzt, erzählte mir Helli, die ich in der U-Bahn endlich mal alleine zu fassen kriegte.

Wir saßen etwas abseits der anderen. Pego stand weiter weg bei Mama und Papa, wahrscheinlich diskutierten sie immer noch über englische Boxklubs, so wie eben schon im Restaurant. Die vier Kleinen hockten müde nebeneinander auf einer Bank und machten keinen Mucks. Leise berichtete ich Helli von meinem Workshop-Tag, wie Galvani meine Zeichnung hochgehalten hatte, wie Phine und ich versucht hatten, uns zu wehren, und wie ich mich schließlich auch noch mit Jari in die Haare bekommen hatte.

»Ich glaube, er hat es einfach nur nett gemeint«, sagte Helli.

»Nein, glaube ich nicht.«

»Und warum?«

Die Bahn fuhr in einen Bahnhof ein, die Türen schoben

sich auf. Mehrere Menschen kamen herein und stellten sich vor uns, sodass meine Familie aus unserem Blickfeld verschwand.

»Weil! Weil er das im ICE gesagt hat, weil ich glaube, er steht auf diese Winka, und weil er es ja auch hätte anders sagen können.«

»Er steht auf diesen blinden Passagier?«

»Davon weiß er ja nichts. Aber ja, hundertpro steht er auf sie. Die muss nur mit dem Finger schnipsen und er ist sofort zur Stelle.«

Helli machte ein nachdenkliches Gesicht. »Ich weiß nicht. Vielleicht will er einfach nur einen guten Job als Tymons Assi machen. Und auf dich wirkt es nur so, als hätte er Interesse an dieser Tussi.«

»Ja. Es wirkt so, weil er so einen Aufriss für sie macht. Nur für sie übrigens. Die anderen und ich, wir sind ihm egal.«

Helli schnipste mit beiden Händen vor meinem Gesicht herum. »Könnte es sein, dass du und die anderen ihn nicht ständig herbeizuschnipsen versucht?«

»Hm.« Ich überlegte. »Möglich.«

Helli nahm die Hände runter. »Siehst du. Er ist immerhin Tymons Assistent und muss sich anstrengen, damit er keinen Rüffel von seinem Bruder bekommt.«

»Du meinst, er interessiert sich vielleicht nicht für Winka?«

»Meine ich.«

»Aber er hat mit ihr Mittagspause gemacht. Schon wieder.«

»Was weiß ich! Jungs sind bequem, sagt meine Ma immer. Du bist ja offenbar sauer auf ihn, also was soll er machen? Er geht mit der Nächstbesten Currywurst essen. Na und?«

Helli könnte recht haben. Aber sicher war es keineswegs.

»Schick ihm doch eine WhatsApp und sag, dass du überreagiert hast und so weiter, heute Morgen.«

»Waas?«

»Mach schon, er freut sich bestimmt.«

Ich schüttelte heftig den Kopf. »Für den Fall, dass du richtigliegst, freut er sich vielleicht. Aber wenn du das doch falsch einschätzt und ich ihm egal bin, Helli, dann lacht er sich schlapp über eine seltsame WhatsApp. Was soll ich da schreiben deiner Meinung nach? ›Tut mir leid, dass ich so zickig war‹?«

»Ja, warum nicht? Guter Anfang.«

Ich dachte einen Moment darüber nach.

»Ach, was soll das denn bringen? Ich warte lieber morgen ab. Und ich habe wirklich überhaupt keine Lust, mich bei einem Jungen, dem ich egal bin, für meine Zickigkeit zu entschuldigen.«

»Du bist ihm nicht egal.«

»Ja, glaubst du, aber du weißt es nicht.«

Wir näherten uns dem nächsten Halt. Nikes Kopf tauchte zwischen den Armen der Umherstehenden auf. »Hey, ihr, wir steigen gleich aus.«

Helli und ich standen auf und gingen Richtung Tür.

»Er könnte mir ja genauso eine Nachricht schicken, oder?«, sagte ich gerade so laut, dass nur Helli mich verstehen konnte. »Handys funktionieren in beide Richtungen.«

»Und was sollte er deiner Meinung nach schreiben?«

»Keine Ahnung, war ein blödes Missverständnis, zum Beispiel.«

»Hatte er das nicht heute Morgen schon gesagt?«

Ich versuchte, mich an den Wortlaut des Gesprächs zu erinnern. »Nein. Nicht richtig. Es sei nicht so gemeint gewesen, hat er gesagt.«

»Na, also! Das ist doch das Gleiche.«

»Nein, ist es nicht. Und es beweist außerdem nur, dass Jungs bequem sind. Als er nämlich gemerkt hat, dass seine Kritik extrem schlecht bei mir ankommt, ist er schnell zurückgerudert.«

Nach und nach umringten uns meine Eltern und Geschwister. Damit war unser kurzer Gedankenaustausch leider schon beendet. Pego legte einen Arm um Hellis Schultern und lehnte seinen Kopf an ihren. Sie gab ihm einen Kuss.

Der Freitagmorgen verlief ungewöhnlich ruhig.

Ganz kurz brachte mich die Anwesenheit von Tymons altem Assistenten aus dem Konzept, aber dann merkte ich, wie schnell ich mich entspannte. Es war besser ohne Jari. Und plötzlich störte mich auch Winkas ständiges Heischen um Aufmerksamkeit nicht mehr. Ich konzentrierte mich voll auf den Zeichenblock und ließ mich nicht mehr ablenken.

Mit einem Mal purzelten die Ideen wie reife Früchte direkt aufs Papier. Ich zeichnete und zeichnete. Sandstürme. Obst. Eine Karawane. Ich entwarf einen Hut, der beinahe aussah wie eine Ananas, einen Rock in Mango-Orange sowie mehrere exotische Tops, über die Kamele in verschiedenen Schattierungen trampelten. Ich wusste nicht, ob alles zusammenpasste, aber ich gab einfach mein Bestes und behielt die anatomischen Regeln im Hinterkopf. Phine schien es heute ähnlich zu gehen. Ab und zu schauten wir hoch und lächelten uns an. Die paar Stunden bis zur Mittagspause vergingen wie im Flug.

»Was hältst du von Currywurst?«, fragte Phine grinsend, als die Designer uns wie immer mit einem Klatschen in die Pause schickten.

»Oh ja, gerne. Da muss es doch irgendwo in der Nähe die beste Wurst der ganzen Stadt geben!«

»Genau. Ich habe da einen Geheimtipp.«

Unsere Taschen ließen wir in der Halle, bei der Hitze war jedes Stück zu viel. Ich nahm nur meinen Geldbeutel und mein Handy mit. Wir traten durch die Eisentür in die Mittagshitze. Ich wollte mein Handy in die Hosentasche schieben, als mein Blick auf das Display fiel. Dort stand eine Nachricht, die ich noch nicht bemerkt hatte. Ich wischte über den Bildschirm.

»Lass die Finger von Jari. Sonst kriegst du Ärger.«

Ich starrte auf diesen seltsamen Text.

Phine sah mich an. »Was ist los?«

Ich hielt ihr das Handy hin.

»Von wem ist das?«, fragte sie.

Der Absender war eine Nummer, die ich nicht kannte. »Das frage ich mich auch.«

»Kann ja eigentlich nur unsere reizende Kollegin gewesen sein, oder?«, sagte Phine.

»Winka? Meinst du?«

»Wer sonst?«

»Ja, wer sonst?

»Ist ja voll daneben. Was soll das?«

Wir schlenderten nachdenklich nebeneinander Richtung Parkausgang. Eine Horde Kinder sauste so knapp an uns vorbei, dass eines von ihnen mich fast umriss.

»Mann!«, schimpfte ich und stolperte. Ich blieb stehen. »Vielleicht hat Jari zu Hause in Nürnberg eine Freundin, die eifersüchtig ist.«

Phine sprang einer weiteren Kindergruppe aus dem Weg, die auf uns zugerast kam. Offenbar verfolgten sie die anderen, jedenfalls machten sie ein ziemliches Geschrei.

»Und woher hat diese angebliche Freundin dann deine Nummer?«, fragte Phine.

»Was weiß ich, sie könnte Jari gezwungen haben, sie ihr zu geben.«

»Unsinn. Das macht doch kein normaler Mensch.«

»Dann hat sie die Nummer vielleicht von Mats.«

»Ist das Jaris Kumpel?«

»Ja, er war am Montag dabei, als sie Tymon den Schlüssel gebracht haben.«

Phine nickte. »Und dem traust du das zu?«

»Ich weiß nicht.«

Wir verließen den Park und überquerten eine mehrspurige Straße.

»Woher kennst du Jari eigentlich?«, wollte Phine wissen.

Ich erzählte ihr, wie wir die beiden im ICE kennengelernt hatten und wie wir uns zufällig wiederbegegnet waren, weil Jari der Bruder unseres Workshop-Fotografen war. Was Jari im Zug gesagt hatte und auch was Mats gesagt hatte, ließ ich weg.

Phine hörte zu, während wir den Mehringdamm entlangliefen. Von Weitem sahen wir schon die Warteschlange vor dem Wurstimbiss.

Ich hatte plötzlich gar keinen Hunger mehr. »Die blöde WhatsApp ist mir auf den Magen geschlagen.«

»Quatsch. Irgendjemand wollte dich ärgern, mehr nicht. So sehe ich das.«

»Ich wüsste gern, ob es Winka war. Ich muss sagen, *wenn* sie es war, dann wäre es der Oberhammer.«

»Allerdings. Erst lässt sie sich in den Workshop einschleusen und jetzt spinnt sie eine Intrige gegen dich.«

»Ja. Was zu viel ist, ist zu viel.«

»Wenn wir ihre Handynummer hätten, wüssten wir es.« Phine sah mich prüfend von der Seite an. »Findest du ihn gut, diesen Jari?«

»Was?« Ich spürte, wie ich errötete. »Nein. Ich weiß nicht.

Mal so, mal so. Es schwankt dauernd. Und zwar mehrmals täglich.«

Wir sahen uns an und kicherten.

Die Currywurst schmeckte so gut, dass mein Appetit mit dem ersten Bissen zurückkehrte. Auch die Pommes waren superknusprig. Wir konnten das Essen trotzdem nicht in Ruhe genießen, denn sobald wir bezahlt und unseren Imbiss auf der Hand hatten, liefen wir im Laufschritt zum Workshop zurück. Der Plan war, dass ich zunächst verschwand, damit Phine Winka ganz unverfänglich fragen konnte, ob sie ihr bitte testweise eine SMS oder WhatsApp schicken könnte, weil ihr Handy angeblich keine Nachrichten mehr empfangen könnte. Wenn Winkas Nachricht dann ankäme, hätte Phine automatisch ihre Telefonnummer, die wir dann vergleichen könnten.

Im Park trennten wir uns. Ich setzte mich zu den Skatern und sah, wie Phine die Eisentür öffnete und in der Halle verschwand. Mit klopfendem Herzen hockte ich da und knabberte an meinen Pommes. Was sollte ich eigentlich tun, wenn Winka sich als die Urheberin der WhatsApp entpuppte? Sie offen darauf ansprechen? Das brachte sicher so viel, wie einem Ochsen ins Horn zu petzen, und würde im schlechtesten Fall auf einen blöden Streit hinauslaufen, den ich nicht gebrauchen konnte. Am besten wäre es vielleicht, es zu ignorieren. Das würde Winka möglicherweise sogar am meisten ärgern.

Ich schaute auf mein Handy. Phine war schon fünf Minuten weg und unsere Mittagspause in drei Minuten vorbei. Hinter unserer Halle wehten bereits die Fahnen der *fashion victory*, die morgen früh beginnen würde, auf dem Messegelände gleich neben unserer Halle. Ich wollte gerade aufstehen, um meinen leeren Pappteller zu entsorgen, als die Eisentür aufschwang und Phine mir entgegengaloppierte. Sie schwenkte ihr Handy. Ich lief ihr entgegen.

»Das ist soooo krass!«, keuchte sie und hielt mir das Telefon unter die Nase.

Ich schaute auf den Sperrbildschirm. »Was denn?«

»Oh, sorry. Warte.« Phine gab ihren Code ein und entsperrte das Handy.

Ich sah ein klitzekleines Foto von Winka. »Was ist das?«

»Daaaaa! Schau hin! Sieh doch!« Phine tippte aufgeregt auf eine Stelle unter dem kleinen Foto. »Es ist ein Schülerausweis. Und hier, da steht der Name!«

Das Bild war ein klein wenig verwackelt. Ich entzifferte mit Mühe den Namen. Da stand Winka Weidemann.

In meinem Kopf ratterte es. »Wieso nennt sie sich Da Vinci, wenn sie Weidemann heißt?«

»Das ist doch sonnenklar! Sie hat den gleichen Namen wie die *StyleIn*-Frau!«

»Elise? Hieß die Weidemann?«

»Keine Ahnung. Aber das wette ich!«

Aus dem Augenwinkel sah ich die beiden Jungs und Julia aus unserem Kurs auf die Halle zusteuern. Und weiter hinten kamen ein paar einzelne Nachzügler.

»Sie hat sich einen anderen Namen gegeben, damit der Betrug nicht auffliegt.«

»Sieht so aus.« Phine schnaubte. »So eine Heuchlerin!« Sie stemmte die Arme in die Hüften. »Ich hätte große Lust, es den Designern zu sagen.«

»Warte«, bat ich. »Lass uns nichts überstürzen.«

Ich lief so hastig, dass ich fast über meine Füße stolperte, zu dem Mäuerchen zurück, auf dem ich bis eben gesessen hatte. Phine folgte mir.

»Wo hast du das Foto eigentlich her?«, fragte ich.

»Na ja, also, ganz legal konnte ich es nicht machen«, wich sie aus. »Winka war nicht da, als ich in die Halle kam, aber ihre Tasche stand auf ihrem Tisch und hat mich so einladend angeschaut.« Sie grinste. »Da habe ich mal schnell reingespickt. Der Ausweis lag lose darin, ich musste nicht suchen.«

Die Erkenntnis traf mich wie plötzliches grelles Licht. »Deshalb ist sie so komisch«, sagte ich langsam. »Sie hat bestimmt schon die ganze Zeit Angst aufzufliegen und tut deshalb so überdreht.«

»Ja. Genauso ist es. Sie spielt Theater, um wie eine abgedrehte Künstlerin zu wirken. Aber sie hat diesen Workshop nicht verdient.«

Ich musste es jetzt sagen. Sonst wäre ich kein bisschen besser als Winka. Phine war so nett, sie hatte Ehrlichkeit verdient.

»Kannst du etwas für dich behalten?«

Phines Blick verdüsterte sich. Sie beäugte mich misstrauisch. »Was? Bist du auch unter falschem Namen hier?«

Wir lachten, doch dem Lachen folgte ein drückendes Schweigen. Schließlich gab ich mir einen Ruck.

»Ich werde erst nächsten Monat vierzehn. Das heißt, ich bin unter dem Mindestalter.«

Phine öffnete den Mund und starrte mich kopfschüttelnd an. »Du …?«

»Ja. Es gab auch tierischen Ärger deswegen zu Hause. Ich habe mich hier heimlich beworben.«

Sie sprang auf. »Boah, Mann, ich frage mich gerade, was

die anderen wohl zu verstecken haben. Vielleicht sollte ich eine Umfrage machen.«

»Es ist mir echt peinlich.« Zum ersten Mal sah ich meine Bewerbung in einem anderen Licht. Ich hatte anderen Bewerbern, die das Mindestalter besaßen, vielleicht eine Chance genommen. »Ich habe mein Alter nicht wirklich verheimlicht. Sie sind bei der Auswahl vielleicht einfach darüber hinweggegangen. Oder haben es nicht bemerkt. Keine Ahnung.« Ich ließ den Kopf hängen. »Ich bin auch nicht besser als Winka.«

Phine fuhr zu mir herum und legte mir eine Hand auf die Schulter. »Oh doch, das bist du! Du hast nicht geschummelt. So sehe ich das. Denn wenn dein Geburtsdatum dastand, dann hätten sie dich aussortieren können.«

»Aber Winka ist wirklich begabt und insofern hat sie den Platz auch verdient.«

Phine dachte nach. »Das stimmt. Eines muss man ihr lassen. Sie hat Talent.«

Sie schaute auf die Uhr. »Wir müssen los. Schon fünf nach.« Sie setzte sich in Bewegung, doch ich hielt sie zurück.

»Lass uns sie nicht verpetzen. Bitte. Es kommt mir so kleinlich vor.«

»Okay.«

Wir gingen zurück zur Halle. Dort ging Phine nicht an ihren Platz, sondern schnurstracks zu Winka. Mir blieb fast das Herz stehen. Was machte sie? Die anderen waren alle schon in ihre Arbeit vertieft, Winka auch. Sie saß am Tisch, die geöffnete Tasche stand immer noch neben ihr.

»Hey, Winka, kannst du mir mal schnell eine SMS schicken, ich glaube, mein Handy spinnt«, sagte Phine ganz locker.

Winka hob den Kopf und sah sich suchend um, offenbar nach mir. »Wieso fragst du nicht die da?«

»Akku leer.« Phine lächelte gewinnend. »Hier ist meine Nummer. Geht doch ganz schnell.«

»Hab keine Lust. Frag jemand anderen.«

»Das gibt es doch nicht! Wieso kannst du mir nicht einen winzigen Gefallen tun?«

»Weil ich keine Lust habe, kapiert? Ich mache jetzt meine Sachen hier und sonst gar nichts.«

Phine beugte sich über Winkas Arbeitsplatz und spähte in die Tasche.

»Soso. Deine Sachen machst du hier, Winka ...«, sie senkte die Stimme, doch ich konnte es noch gut verstehen, »... Weidemann.«

Mit einem grellen Schrei sprang Winka auf und riss die Tasche an sich. »Verschwinde!«, fauchte sie.

Aber sie hatte längst die Aufmerksamkeit aller auf sich gezogen. Ducci und Galvani, die mit ihren ewigen Kaffeebechern an der Theke lehnten, hoben synchron die Augenbrauen.

»Irgendwelche Probleme, Girls?«, fragte Ducci.

Winka zeigte mit dem Finger auf Phine. »Die da lässt mich nicht in Ruhe. Ich soll ihr eine Scheiß-SMS schicken!«, gellte sie. »Aber ich will nicht!« Sie blickte panisch umher, in ihren Augen schimmerte es verdächtig.

Ein paar um uns herum kicherten.

Ducci setzte den Becher ab und kam näher. »Mädchen, was geht hier ab? Ihr habt noch genau drei Stunden, dann muss alles für die Präsentation stehen. Wenn es also fachliche Fragen gibt, könnt ihr gerne damit kommen. Aber euren privaten Mist klärt bitte unter euch. Nach dem Workshop.« Er ging wieder zurück. »Kindergarten«, brummte er.

Winka stand immer noch da, die Tasche fest an sich gepresst. Ich ging zu ihr.

»Komm mit, oder sollen wir hier laut vor allen anderen über Elise Weidemann reden?«, sagte ich leise. Ich wusste nicht mit Sicherheit, ob der Nachname stimmte, aber ich riskierte es einfach.

Offensichtlich traf ich ins Schwarze. Winka wurde blass. Sie warf einen schnellen Blick zu Ducci, der schon wieder den nächsten Kaffee nachschenkte und sich dann seinem Kollegen zuwandte.

Ich ging voraus Richtung Damentoilette, Winka folgte mir. Phine zögerte, blieb dann aber zurück. Das war auch besser, denn wenn drei Mädchen verschwanden, würde das schon seltsam aussehen.

»Ich habe dich im Klunkerkranich gesehen. Mit Elise. Und ich kann eins und eins zusammenzählen.«

Winka blickte zu Boden. Von ihrer großtuerischen Art war nichts mehr zu spüren.

»Angehörige von *StyleIn*-Mitarbeitern durften sich gar nicht bewerben, stimmt's?«

Sie regte sich immer noch nicht, sondern sah nur zu Boden.

»Mensch, Winka, jetzt sag mal was! Fünf Tage lang machst du hier einen auf dicke Hose, da musst du jetzt nicht so schüchtern daherkommen.«

Da hob sie den Kopf und sah mich an. »Meine Schwester verliert ihren Job, wenn du uns auffliegen lässt! Bitte, Lil.«

»Sie ist deine Schwester?«

Winka nickte. »Ja. Es ist meine Schuld. Ich habe nicht eher Ruhe gegeben, bis sie mich auf die Liste gesetzt hat.«

»Mit dem Namen Da Vinci. Wie der große Erfinder. Gar nicht übertrieben.«

»Aber ich kann doch zeichnen! Ich hab's verdient!«

Plötzlich hatte ich keine Lust mehr, mit diesem Mädchen herumzustreiten. Wahrscheinlich kämpfte sie, so wie alle anderen, auch nur für ihren Traum. »Ob du es verdient hast, das weiß ich nicht, und ich will das auch nicht entscheiden. Aber dein blödes, lautes Getue geht mir echt auf die Nerven, Number ONE! Halte dich mal ein bisschen zurück, du drängst nämlich alle anderen an den Rand.«

Ich wollte mich zum Gehen wenden, da fiel mir die WhatsApp wieder ein.

»Eins noch, und sei bitte ehrlich: Hast du eine WhatsApp an mich geschickt?«

»Hä?« Winka runzelte die Stirn. »Was wollt ihr denn mit dieser WhatsApp? Ich verstehe gar nicht, was das soll.« Sie sah mir geradewegs ins Gesicht, und es hatte wirklich den Anschein, als hätte sie keine Ahnung.

»Schwörst du es?«

Sie hob beide Hände. »Ey, ich weiß nicht, wovon du redest. Ehrenwort.«

Ich glaubte ihr. »Okay. Vergiss es.«

Wir gingen schweigend zu unseren Plätzen zurück. Als Winka bei Phine vorbeikam, machte sie halt, beugte sich zu Phine hinunter und flüsterte ihr etwas ins Ohr. Phine schaute mich verständnislos an. Ich zuckte nur mit den Achseln. Später würde ich Phine erzählen, was wir in der Damentoilette besprochen hatten.

Winka begann sofort zu zeichnen. Ich starrte auf meine Entwürfe.

Plötzlich hatte ich Kopfschmerzen. Was für ein mieser Tag! Dabei hatte er so gut angefangen. Mit einer ganzen Serie neuer Ideen und Zeichnungen. Alles war super gelaufen bis zu dieser megablöden WhatsApp. »Lass Jari in Ruhe.« Sie war mit großer Sicherheit nicht von Winka verfasst und abgeschickt worden. Aber wer war es dann gewesen? Und was sollte das? Ich ließ ihn doch in Ruhe. Keine einzige WhatsApp oder SMS hatte ich ihm bisher geschickt. Warum auch? Wer glaubte also, ich würde ihn nicht in Ruhe lassen, und was bedeutete das überhaupt? Meinte die Person Anmachen oder Flirten? Davon war ich so weit entfernt wie der Mond von der Sonne, also echt. Wir hatten uns öfter unterhalten, okay, aber das hatte doch wirklich nichts mit einem Flirt zu tun. Ich verstand einfach nicht, was diese Nachricht an mich sollte.

Als hätte er gespürt, dass meine Gedanken um seinen Bruder kreisten, kreuzte Tymon plötzlich bei mir auf. Ich hatte immer noch nicht zu zeichnen angefangen und schrak zusammen.

»Na, Lil, alles im Lack?«

»Hey.« Ich versuchte zu lächeln. »Alles okay.«

»Willst du mir deine neuen Zeichnungen zeigen?«

»Klar.« Ich präsentierte ihm meine Werke. »Schau, alle haben etwas Fruchtiges irgendwie. Ananas, Mango, und da, die Kamele. Also, das sind natürlich keine Früchte.«

Er grinste und machte ein paar Aufnahmen. »Ganz cool.«

»Findest du?«

»Bin kein Experte, aber ja, in meinen Augen gut vorzeigbar.«

»Wirst du morgen auch hier sein?«, fragte ich.

»Logo. Großer Tag, oder?«

Ich nickte. »Meinst du …«, mein Mund wurde plötzlich ganz trocken, und ich hoffte, Tymon bemerkte das Beben in meiner Stimme nicht, »… meinst du, Jari und Mats kommen auch?« Ich blinzelte hinüber zu Winka, aber entweder hatte sie meine Frage nicht gehört oder sie tat so, jedenfalls zeigte sie keine Reaktion.

Tymon blies die Wangen auf. »Da bin ich überfragt.« Er lächelte und sah mir direkt in die Augen. »Aber frag Jari doch einfach.«

Ich senkte den Blick und starrte auf meine Zeichnungen. »Ja klar, mach ich.«

Sollte ich das wirklich tun, Jari fragen? Wenn er nicht antwortete oder mir absagte, würde ich mich ziemlich ärgern. Denn dann konnte er sich was darauf einbilden, dass ich ihm hinterherlief. Ich dagegen schaute dumm aus der Wäsche. Nein, das ging auf gar keinen Fall. Ich wusste schließlich nicht genau, ob mich Jari interessierte, da wäre es doch blöd, er würde genau das von mir denken. Oder vielleicht ein falsches Signal bekommen. Nein, ich würde ihn nicht fragen, basta.

Froh, das innerlich geklärt zu haben, widmete ich mich meiner letzten Aufgabe, den passenden Schuhen für meine Outfits. Ich spitzte meine Buntstifte und entschied mich für ein Kokosnussbraun. Ja, ich würde ganz zierliche Sandalen mit Riemchen aus Kokosfasern zeichnen. Hoffentlich bekam ich das gut hin. Ich setzte den Stift an, als mir einfiel, dass ich natürlich auch Mats fragen könnte. Genau! Ich hatte ja beide Telefonnummern. Wieso war ich nicht gleich darauf gekommen? Es war doch ganz einfach. Ich würde Mats später eine Nachricht schicken und ihn fragen, ob sie morgen zur Präsentation kamen. Das wäre doch wirklich das Normalste und auch Einfachste der Welt.

Ich war wach, bevor der Wecker klingelte.

Heute ging es ums Ganze. Mein großer Tag.

Ehrlich gesagt waren alle Tage dieser vergangenen Woche ziemlich groß gewesen, neu, unbekannt, aufregend und oft genug auch aufreibend. Etwas in mir bedauerte zwar, dass diese Woche nun schon zu Ende ging, aber ein anderer Teil in mir, und zwar der, der es gemütlich und friedlich und überschaubar liebte, freute sich. Endlich keinen Stress mehr. Kein ständiges Vergleichen und Messen mit anderen. Das hatte mich am meisten belastet.

Mein Handy befand sich wie jede Nacht im Flugmodus, eine Familienregel, an die sich auch Pego und hier in Berlin sogar Helli hielten. Ich schaltete auf Empfang. Eine Nachricht, besser gesagt zwei Buchstaben blinkten auf: »k. A.« Sie stammten von Mats und waren seine Antwort auf meine Frage, ob sie heute zur Show kommen würden. Verdammt. Typisch. Das kannte ich schon, »k. A.« war auch eine Lieblingsantwort von Dennis. Hätte ich mir fast denken können.

»Blöder Mist«, brummte ich.

Helli schlug die Augen auf und blinzelte mich an. »Mooorgen.«

»Hi.«

Sie lächelte. »Alles okay?«

»Keine Ahnung.«

»Wie, keine Ahnung?« Sie streckte ihre langen, dünnen Arme und wuschelte mir durch die Haare.

»›Keine Ahnung‹ ist die Antwort von Mats.«

Meine HALF gähnte. »Super. Hätten wir uns ja denken können.«

»Genau.«

»Mach dir nichts draus. Jungs sind Opfer. Die wissen noch nicht mal, wie man vernünftig kommuniziert. Verschwende einfach keinen weiteren Gedanken daran. Heute geht es um etwas anderes.«

Ich schälte mich aus dem Bett. »Du hast ja recht. Ich gehe ins Bad.«

»Lass dein Handy hier. Dann musst du nicht ständig nachgucken.«

»Haha.« Ich schaute noch einmal aufs Display, dann warf ich ihr das Handy zu.

Helli fing es gekonnt auf. »So ist's brav. Am besten, es bleibt ganz bei mir.«

»Aber du sagst mir Bescheid, falls eine Nachricht kommt.«

»Spinnst du? Genau darum geht es doch. Nicht abhängig werden, Lil. Entspann dich mal. Mach *dein* Ding!«

»Okay. Ich mach erst einmal Dusche.«

»Gute Idee.«

»Könnt ihr mal leiser sein«, motzte Nike schlaftrunken aus ihrer Ecke.

»Sagt die Richtige. Letztens bist du mitten in der Nacht in mein Bett gesprungen und hast uns wach gekitzelt.«

»Gar nicht mitten in der Nacht. Außerdem hatte ich Geburtstag.«

»Ist ja gut. Schlaf weiter. Wir sind jetzt leise.«

Ich tapste auf Zehenspitzen ins Bad.

Für den heutigen Tag hatte ich ein Kleid vorgesehen, das einzige, das ich überhaupt in meinen winzigen Koffer gequetscht hatte. Es war taubenblau und passte damit gut zu meinen Augen, fand Helli. Es fiel ganz schlicht und fließend und schön am Körper entlang. Außerdem knitterte es nicht, hatte keine Taschen, keine Applikationen und keinen Schnickschnack, war aber trotzdem besonders, weil es einen Neckholder hatte und damit rückenfrei war. Mama hatte es mir in den Ferien im Schlussverkauf gekauft. Ich liebte es. Zum Glück war es heute wieder so heiß, dass es in jeder Hinsicht passte, zum Wetter, zum Anlass und, ja, irgendwie auch zu mir.

Ich band die Haare zu einem Knoten, damit der Neckholder besser zur Geltung kam. Damit waren meine Ohren zwangsläufig eventuellen peinlichen Situationen ausgesetzt, aber ich hoffte einfach, es würde nicht dazu kommen. Heute sollte ein schöner Tag werden, ein Freudentag. Ich durfte, obwohl ich bei der Bewerbung getrickst hatte und noch nicht das Mindestalter besaß, meine Zeichnungen präsentieren und außerdem bei einer echten Modenschau zusehen. Ab heute würde es neben unserer Workshop-Halle von Models und Modemarken nur so wimmeln, denn die *fashion victory* war zwar nicht die größte, aber, das behaupteten Ducci und Galvani, die coolste Messe für junge Mode in Deutschland. Die Berliner und sogar die überregionalen Zeitungen würden da sein und auch Fernseh- und Radiosender.

Gestern hatten alle Teilnehmer bis spät in den Abend die Präsentationen vorbereitet und Winka hatte sich dabei auffallend zurückhaltend und freundlich verhalten. Jeder von uns bekam eine eigene Stellwand. Wie ein Orchesterchef hatte Ducci uns dirigiert, mit seinem Bleistift als Taktstöckchen, und erst als jeder Entwurf perfekt gepinnt an der Wand hing, nickte er und war zufrieden. Ich durfte am Ende acht Zeichnungen an meine Stellwand hängen, das war fast ein Drittel meiner Oasen-Kollektion. Phine, die am ersten Tag das Thema »Nomaden« zugesteckt bekommen hatte, präsentierte ebenfalls acht Entwürfe, die meisten anderen auch zwischen sieben und neun. Leo und Winka fielen aus der Reihe, beide durften zwölf Zeichnungen aufhängen. Winka schien die ganze Woche auch abends nichts anderes gemacht zu haben, als zu zeichnen. Insgesamt kam sie auf mindestens fünfzig Blätter, im Gegensatz zu Phine und mir, die höchstens fünfundzwanzig hatten. Insofern waren wir mit unseren acht ausgewählten Entwürfen doch gut bedient.

Es machte großen Spaß, die Präsentation vorzubereiten, alle waren mit Feuereifer dabei, und zum ersten Mal in dieser Woche spürte ich so etwas wie Gemeinschaft zwischen uns. Der Konkurrenzkampf trat in den Hintergrund, endlich. Schließlich bestellten die Designer Pizza für alle und gegen zehn Uhr holten Pego und Helli mich dann an der Halle ab.

»Oh, was für eine hübsche Tochter«, sagte Papa jetzt, als ich aus dem Bad kam, vor dem er bereits gewartet hatte. »Einen wunderschönen guten Morgen.« Er gab mir einen Kuss. »Freust du dich?«

Ich nickte wild, was meinen Dutt ins Wanken brachte. Schnell hüpfte ich zurück vor den Spiegel und richtete ihn ein weiteres Mal. Papa schob mich sanft aus der Tür. »Beauty is in the eye of the beholder.«

Ich verstand »beauty« und »eye«, aber den Rest nicht. »Papa! Ist das was Gemeines?«

Er lächelte verschmitzt.

»Jetzt sag.«

»Schönheit liegt im Auge des Betrachters«, übersetzte Mama, die sich gerade mit ihrem dicken Bauch an uns vorbeischob und in der Küche verschwand.

»Verstehe ich immer noch nicht«, murrte ich. Wenn ich etwas nicht gebrauchen konnte, dann war es ein dummer Spruch, der irgendetwas mit meinem Aussehen zu tun hatte, jetzt, so kurz vor der Messeeröffnung.

»Jeder sieht dich anders, mein Schatz«, erklärte Papa. »Egal, was du anhast. Für den einen bist du immer ein wunderschönes Mädchen, egal, was du trägst. Für den anderen bist du vielleicht in diesem Kleid sehr hübsch, für den nächsten wiederum eher in einer heruntergekommenen Jeans und einem löcherigen T-Shirt.«

Ich nickte. »Und was willst du mir damit sagen?«

»Egal, wie viel Mühe du dir gibst, die Menschen sehen dich so, wie sie dich sehen wollen.«

»Dann hat es nicht viel Sinn, sich Mühe zu geben?«

»Etwas Mühe zahlt sich bestimmt aus. Aber übertreiben muss man es nicht.«

Ich zupfte noch einmal an meinem Dutt. »Und, habe ich in deinen betrachtenden Augen übertrieben, Herr Professor?«

Papa fasste mich an den Schultern. »Nein, mein Herz. In meinen Augen bist du perfekt.«

»Danke, Papa.«

Pego schlüpfte an uns vorbei durch den Flur. »Nobody is perfect. So sieht's aus.«

»Du bist ein Nobody«, entgegnete ich.

»Guten Morgen, mein Sohn. Schön, von dir mit einer englischen Binsenweisheit begrüßt zu werden.«

»Gern geschehen.« Pego verschwand im Gäste-WC, Papa schloss die Badtür hinter sich, und ich sah nach, ob ich mich in der Küche nützlich machen konnte.

Wir hatten noch genau eineinhalb Stunden Zeit, dann würde die diesjährige *fashion victory* ihre Pforten öffnen. Ich fühlte mich, als wäre eine Million Spezialaprilkäfer in meinen Eingeweiden unterwegs.

Schon in der Bahn spürte ich die veränderte Stimmung in der Stadt. Ich bin sicher, es lag nicht nur an meiner eigenen Nervosität, nein, es war erstens viel mehr los als sonst, und um ein Haar hätten wir Aprils nicht mehr in die supervolle U-Bahn gepasst, und zweitens hing eine gewisse Aufladung in der Luft, als könnten jeden Moment Funken sprühen. Wie an Weihnachten. Helli kniff mich die ganze Zeit, keine Frage, sie spürte es auch.

Ich rieb mir den Arm. »Mensch, Hel, ich kriege lauter blaue Flecken, jetzt hör doch mal auf!«

»Geht nicht. Ich bin so aufgeregt.«

Das waren wir ehrlich gesagt alle. Triton tickte auffallend herum, sein ganzes Gesicht war in Bewegung, als wollte er gleichzeitig zehn verschiedene Grimassen schneiden. Nike und Orion hüpften auf und ab, wie sie das immer taten, wenn sie etwas nicht erwarten konnten. Pego trommelte auf seinen Oberschenkel und Artis Hände flogen irgendwie durch die Luft. Sogar Papa schien nervös, was ich daran erkannte, dass er ausnahmsweise einmal nicht den Stadtplan oder eine Zeitung oder den Berlin-Reiseführer studierte, sondern einfach nur ins Leere starrte. Hin und wieder zuckten seine Mundwinkel. Über die wippenden Köpfe der Zwillinge hinweg schaute Mama mich an. Sie schien als Einzige einigermaßen ruhig. Wir lächelten uns an.

»Ganz schön aufregend«, sagte sie. »Und wie geht es dir?«

»Schrecklich«, flüsterte ich.

»Freust du dich?«, fragte sie.

»Nein! Ja! Ich weiß es nicht!«

Sie lachte.

Helli grub wieder Daumen und Zeigefinger in mein Fleisch. »Oh, Lil, ich bin soooo gespannt!«

»Au! Helli! Verschone mich!«

Zum Glück dauerte die Fahrt nicht lange und wir stiegen bald aus.

»Schau mal, das sind bestimmt Models!«, schrie Nike und zeigte auf mehrere sehr schlanke, große Mädchen, die vor uns die Treppe von der U-Bahn-Station zur Straße hinuntergingen. Alle trugen High Heels.

»Schrei nicht so!«, fuhr ich sie an.

Aber meine Schwester hörte mich gar nicht. Sie rannte hinter den Mädchen die Treppe hinunter und überholte sie, um dann von vorne einen Blick zu erhaschen. Orion und Triton taten es ihr gleich.

»Mama! Sie sollen damit aufhören!«, jammerte ich. Mir war plötzlich zum Weinen zumute. Sie würden mich alle schrecklich blamieren, da war ich mir sicher. Wieso hatte ich mir einen Dutt gemacht, wenn ich vermutlich den ganzen Tag mit knallroten Ohren herumlaufen würde?

Mama legte beschwichtigend eine Hand auf meinen Arm. »Schätzchen, mach dich nicht verrückt. Alles wird gut.«

»Aber sie benehmen sich daneben, garantiert!«

»Nein. Wir werden sie anleinen, Theo und ich. Vertrau uns.«

Mama hielt sich mit der Hand am Treppengeländer fest, während sie bedächtig hinabstieg.

»Versprich es mir«, sagte ich.

Auf dem Gehweg trommelte Mama noch einmal alle zusammen und gab die Parole »bei Fuß« aus, die bei uns normalerweise nur Pan zu hören bekam. Unser Hund aber lag momentan bestimmt schnarchend auf der Wohnzimmercouch, nachdem Arti am Morgen noch einen Spaziergang mit ihm gemacht hatte.

»Kinder, heute wollen wir alle einen guten Eindruck hinterlassen, nicht nur Lil, verstanden?« Mama nahm Nike und Orion an die Hand. »Aus diesem Grund wird weder geschrien noch gerannt noch laut geflucht oder …«

»… gepupst!«, krähte Orion.

Die Jüngeren lachten gackernd.

»… oder gerülpst!«, stimmte Triton ein.

»Ja, wir haben verstanden«, sagte Mama streng. »Nichts von alldem.«

Papa packte Orion und Triton im Genick und schüttelte sie leicht. »Geht das auch in diese beiden Kindsköpfe?«

»Jahaaa!«

Ich war nicht wirklich beruhigt. Meinen jüngeren Geschwistern erging es mit Warnungen leider wie Eichhörnchen mit den Verstecken ihrer Nüsse: Sie vergaßen sie innerhalb kürzester Zeit.

Beinah vergaß ich selbst dann auch alles um mich herum. Vor dem Eingangstor der *fashion victory* summte und schwärmte es wie in einem Bienenstock. Da standen Hunderte von Leuten! Ich sah mehrere Übertragungswagen von Fernsehsendern und eine ganze Reihe Reisebusse am Straßenrand stehen. Die Leute schienen von überallher zu kommen!

Zum Glück mussten wir Aprils nicht Schlange stehen, weil alle Teilnehmer mit ihren Familien den Seiteneingang über die Workshop-Halle nehmen durften. An der schweren Eisentür wartete heute auch ein Türsteher, der sorgfältig die Kärtchen durchzählte, die ich ihm für jedes Familienmitglied hinhielt. Ich sah, wie er einen Blick auf Mamas Bauch warf und dann irritiert noch einmal zählte. Bestimmt dachte er, Helli gehörte auch zu meinen Geschwistern. Ich wäre am liebsten im sandigen Parkboden versunken.

Aber es half nichts, von hinten drängelten meine Geschwister, und wir betraten die überraschend kühle Halle, die mir ganz verwaist vorkam ohne uns, unsere Stoffmuster, Designbücher und Papierberge. Auch die Stellwände mit den Zeichnungen waren weg. Die standen jetzt in der Empfangshalle der *fashion victory* und dorthin schleuste ich nun meine Familie.

Wir durchquerten die Halle sowie mehrere Lagerräume, wo ich unsere Stoffproben entdeckte, und gelangten dann über einen Korridor ins Foyer der tatsächlichen Messehalle. Oh weia, waren das viele Menschen! Die waren natürlich nicht extra für unsere Workshop-Ausstellung gekommen, sondern für die Messe und natürlich auch die erste Modenschau, die später stattfinden würde.

Mama kramte einen Kuli aus ihrer Handtasche und notierte den vier Kleinen ihre Handynummer auf die Hand. Das tat sie immer, wenn einer drohte, in der Menschenmenge unterzugehen. Einmal war das nämlich passiert, vor vielen Jahren auf einem Rummelplatz. Ausgerechnet die Zwillinge, sie waren höchstens drei damals, waren zwei Stunden lang verschwunden geblieben. Nie wieder hatte ich Mama und Papa so panisch erlebt.

Arti motzte, weil sie sich zu alt für eine Nummer auf der Hand fühlte, aber Mama kümmerte das nicht.

»Im Ernstfall bist du froh, wenn du sie hast«, sagte sie.

Ich hatte heute nicht meinen schwarzen Rucksack, sondern nur ein kleines Täschchen mit meinem Handy dabei. Ich spürte eine Hand auf meiner Schulter. Sie gehörte Pego. Neben ihm tauchte Helli auf.

»Mensch, Schwesterherz, ganz schön was los hier.« Pego trug wieder sein »always late«-T-Shirt.

»Ja. Ich muss jetzt zu meinen Leuten. Wir sind da drüben verabredet.«

Mein Bruder nickte.

»Was heißt noch mal ›always‹?«, fragte ich.

»Immer«, antwortete Helli, die nun ihren Arm um Pegos Taille schlang. »Also ›immer zu spät‹. Pegos neues Motto für England, nicht wahr?«

»Yeah.« Mein Bruder grinste.

Ich tippte auf seine Brust. »Die Schrift ist cool, der Spruch auch.« Dann blickte ich in die Runde. »Wenn ich hier noch lange herumstehe, komme ich zu spät«, sagte ich. »Also, Leute, ihr wartet hier noch ein bisschen, und später sehe ich euch bei der Ausstellung, okay?«

»Klar.« Alle nickten, selbst Orion und Triton, die etwas eingeschüchtert wirkten.

Ich arbeitete mich durch die Menschenmenge. Am Treffpunkt, einer grau getünchten Säule auf der rechten Seite des Foyers, entdeckte ich ungefähr die Hälfte unseres Kurses. Die andere Hälfte fehlte noch. Phine sprang mir in dem weißen Trägerkleid entgegen, von dem sie mir gestern schon erzählt hatte. Natürlich selbst genäht und über und über mit kleinen Patches bestickt. Das musste eine Heidenarbeit gewesen sein.

»Supertoll«, begrüßte ich sie und befühlte den festen Stoff. »Auf die Idee muss man erst mal kommen.«

Patches auf Jacken oder Hosen waren ja nicht ungewöhnlich, aber auf einem Kleid hatte zumindest ich noch keine gesehen. Im Gegensatz zu mir trug Phine heute ihre Haare offen. Hätte das weiße Kleid nicht diese bunten Farbkleckse durch die Aufnäher gehabt, sie hätte wie ein Engel ausgesehen. So sah sie aus wie eine Künstlerin, fand ich.

»Danke. Du siehst auch toll aus.« Sie ließ einen Finger über den Neckholder gleiten. »Sexy.«

»Quatsch.«

»Doch, doch.«

Ich zuckte mit den Achseln. »Eigentlich müsste ich noch mal dringend aufs Klo.«

»Bin dabei.«

Auf dem Weg zur Toilette kamen wir an einem Raum vorbei, bei dem die Tür nur angelehnt war. Wir hörten lautes Lachen, das mir irgendwie vertraut vorkam. Phine erkannte es auch. Wir blieben stehen.

»… und hast du dieses Sandsturmkleid gesehen?«

Wieder berstendes Lachen. Kein Zweifel, das waren unsere Designer. So amüsiert hatte ich sie zwar die ganze Woche nicht erlebt, aber die Stimmen gehörten zu ihnen.

»Die Krokodilstilettos! So Trash!«

»Diese Dorftrampel.«

Phine und ich begriffen im selben Moment, dass es um die Entwürfe der Teilnehmer ging. Ein Mädchen, die Zweitplatzierte aus der Schweiz, hatte Krokodilschuhe entworfen, daran erinnerte ich mich gut. Sie hatten es gestern nach kurzer Diskussion nicht in die Präsentation geschafft.

»Dieser ganze Müll, ich halte es kaum noch aus. Das war mein erster und letzter Kindergarten-Workshop«, sagte Galvani.

»Das kannst du laut sagen. Was denken diese *StyleIn*-People sich nur dabei?«, entgegnete Ducci und dehnte dabei jede Silbe, als ekelte er sich schon beim Sprechen vor den Entwürfen.

Phine zupfte an meinem Kleid und wies mit dem Kopf Richtung Toilette, aber ich konnte mich irgendwie nicht bewegen und verharrte reglos vor der Tür. Wir hielten die Luft an.

Ich hatte schreckliche Angst, sie würden einen meiner Entwürfe durch den Kakao ziehen. Phine zerrte jetzt energisch an meinem Arm. Ich ließ mich mitschleifen. Lautlos wie Rauch glitten wir den Flur entlang. Ich traute mich erst, hörbar auszuatmen, als wir die Toilettentür hinter uns geschlossen hatten.

»Das ist sooooo gemein«, empörte sich Phine. »Diese … diese …«

» … Arschgeigen!«, vervollständigte ich.

»Ja, genau. Richtige Grännis«, sagte sie in ihrem Schweizer Singsang.

Ich musste lachen. »Was?«

»Grännis eben. So sagt man bei uns. Blöffsack geht auch.«

Ich rannte lachend zu einer der Kabinen. »Ich hätte denen eine reinhauen können!«

»Und ich hätte fast gespuckt. Das ist wirklich das Letzte!« Phine verschwand in der Kabine nebenan.

Als wir kurz darauf nebeneinander am Waschtisch standen und Hände wuschen, begegneten sich unsere Blicke im Spiegel.

»Ich habe überhaupt keine Lust mehr rauszugehen«, sagte ich.

»Kommt gar nicht infrage. Das wird jetzt schön durchgezogen.« Sie warf energisch ihre blonde Mähne zurück. »Wir lassen uns doch nicht von zwei Blöffsäcken die Laune verderben!«

»Aber sie finden unsere Entwürfe schlecht.«

»Zwei Meinungen. Mehr nicht.«

So gesehen hatte sie natürlich recht. Wir durften uns nicht von zwei Menschen aus der Bahn werfen lassen. Ich bewunderte Phines Selbstbewusstsein. Davon könnte ich mir nicht nur ein Scheibchen, sondern am besten gleich einen ganzen Brocken abschneiden.

»Na gut.«

Auf dem Rückweg war der Raum, in dem unsere Workshop-Leiter so fies abgelästert hatten, zu.

Wir rannten zum Foyer. Dort standen Ducci und Galvani umringt von den Teilnehmern vor den Stellwänden und präsentierten einer gewaltigen Zuhörerschar unsere Ausstellung. Unauffällig mischten Phine und ich uns unter die anderen. Ich fürchtete, man würde mein heftig dahingaloppierendes Herz unter dem dünnen blauen Stoff meines Kleides schlagen sehen, ich bekam kaum Luft, so unnormal aufgeregt war ich.

Direkt neben den Designern stand Winka. Sie hatte eine Wahnsinns-Turmfrisur, die mich ein bisschen an diese englische Sängerin erinnerte, die ganz jung gestorben war. Winka sah so aus, als gehörte sie dazu, zu den Designern, meine ich. Alle anderen Teilnehmer hielten ehrfürchtig etwas Abstand zu Ducci und Galvani, aber sie merkte offenbar gar nicht, wie sehr sie auf Tuchfühlung ging.

Zu meiner Überraschung sprach nicht Ducci, sondern Galvani.

Seine Stimme klang dunkel und vertrauenerweckend, ganz anders als noch vor zehn Minuten in diesem Abstellraum, den die beiden wahrscheinlich als persönliche Garderobe nutzten. Einer dieser beiden grundverschiedenen Galvanis musste falsch sein, dachte ich, aber ich konnte nicht mit Bestimmtheit sagen, welcher.

»… kommen Sie mit in die Wüste … werfen Sie einen Blick auf die Zukunft der Mode …«, hörte ich gerade noch die letzten Wortfetzen, und dann fegte Applaus über uns hinweg wie ein Sandsturm.

Aus der Menge reckte sich eine Faust, und ich sah, dass sie zu Pego gehörte. Und dann entdeckte ich meine Familie, Mama, Papa, die Zwillinge, Triton, Pego und Helli. Nur Arti konnte ich nirgends sehen. Ich lächelte zu ihnen hinüber. Nike riss den Arm hoch und winkte.

Wir Teilnehmer machten Platz und gaben den Blick frei auf unsere Arbeiten. Jeder sollte sich in der Nähe seiner Stellwand aufhalten, zumindest in den ersten Minuten, so war es besprochen.

Langsam flanierten die Menschen an uns vorbei, dabei musterten sie uns mindestens genauso neugierig wie unsere Zeichnungen. Nach ein paar Minuten gewöhnte ich mich daran, mein Herzschlag wechselte in eine etwas ruhigere Gangart. Eine Frau lobte ausgiebig mein Oasenkleid, darüber freute ich mich sehr. Ich hielt Ausschau nach meiner Familie, aber offensichtlich sahen sie sich erst die anderen Entwürfe an. Und dann stand plötzlich wie aus der Erde gewachsen Tymon vor mir, dicht gefolgt von Jari. Panik packte mich.

»Smile!« Tymon klickte auf den Auslöser. Vor meinen Augen waberte gleißender Nebel.

»Hey!« Es sollte locker klingen, aber das war nicht so einfach. Genauso wenig wie das lässige Lächeln, an dem ich mich versuchte. Tymon fotografierte weiter, mich, meine Zeichnungen.

»Hi, Lil«, sagte Jari.

»Hätte nicht gedacht, dass du kommst.« Etwas Besseres fiel mir blöderweise nicht ein.

»Wieso?«

»Na ja, Mode …«

Tymon hielt die Kamera auf seinen Bruder und mich. »Der ist hier doch genau richtig, unser GNTM-Gucker …«

Ich musste lachen. »Ernsthaft?«

Jari zuckte mit den Schultern. »Wenn es sich nicht vermeiden lässt … also, wir haben noch eine Schwester, die schaut es halt.«

»Ja klar. Unsere Schwester …« Tymon zwinkerte mir zu. »Siehst gut aus, Lil.«

»Danke schön.«

Tymon zog weiter. Bei fast jedem Schritt grüßte er nach rechts und links.

»Ganz schön bekannt, dein Bruder«, sagte ich.

»Ja, krass, ist mir auch schon aufgefallen.«

»Kein schlechter Beruf.«

Jari nickte. Er zeigte auf meine Zeichnungen. »Die hier sind aber auch nicht schlecht.«

»Danke. Ich weiß nicht.«

»Was weißt du nicht?«

»Ob's nicht vielleicht doch eher mittelmäßig ist.«

»Quatsch. Wie kommst du darauf?«

Ich wollte ihm gerade von dem kurzen Gespräch erzählen, das Phine und ich belauscht hatten, als die Zwillinge auftauchten.

»Lil, hast du Arti gesehen?«, fragte Nike atemlos.

Ich dachte kurz nach und schüttelte den Kopf. »Nein.«

»Sie ist nirgends.«

»Wie, nirgends?«

»Wir haben schon fast überall gesucht.«

»Wart ihr schon dahinten bei den Toiletten?« Ich zeigte

auf das Hinweisschild mit der Aufschrift »WC«. Sie schüttelten die Köpfe und zischten wieder ab.

In diesem Moment legte jemand eine klebrige Hand auf meine Schulter. Es war Ducci, und er hatte eine junge Frau im Schlepptau, die ein Mikrofon in der Hand hielt. Hinter ihr tauchte eine Kamerafrau auf. Ohne große Vorrede hielt die Journalistin mir das Mikro unter die Nase. Ducci stellte sich neben mich und grinste breit.

»Lil, du bist eines von neun jungen neuen Talenten auf der diesjährigen *fashion victory*. Wie fandest du den Workshop?«

Im Nachhinein habe ich mich oft gefragt, was wohl passiert wäre, wenn ich an dieser Stelle die Wahrheit gesagt hätte. Zum Beispiel, wie überheblich und unfreundlich diese beiden Designer manchmal im Laufe der Woche waren. Oder wie groß der Konkurrenzkampf zwischen den Teilnehmern war. Hätte ich dazu den Mut aufbringen können, ich glaube, ich wäre echt stolz auf mich gewesen. Aber Helli fand, dazu hätte ich übermenschliche Kräfte gebraucht. Denn es war gar nicht so einfach, sich vor laufender Fernsehkamera neben Ducci und in Anbetracht all der Leute und des ganzes STRESSES ehrlich zu äußern. Vielleicht hatte Helli recht. Jedenfalls sagte ich etwas total Unmutiges und Banales und deshalb Dummes.

»Ganz toll!!! Es war suuuper!« Dabei quiekte mein Stimmchen, als hätte ich vorher Luftballongas eingeatmet.

»Was hast du in dieser Woche gelernt?«

Aus dem Augenwinkel sah ich, wie Pego und Helli näher kamen und Jari begrüßten. Ich versuchte, mich auf die Frage zu konzentrieren. »Ganz schön viel. Über Anatomie zum Beispiel.«

Ducci nickte wissend.

Die Journalistin warf einen kurzen Blick zu ihrer Kollegin mit der Kamera, die einen Daumen hob, ich wusste nicht, wofür. Meine einsilbigen Antworten? Oder vielleicht für eine weitere Frage.

»Und was hat dir am besten gefallen?«

Ich dachte kurz nach, soweit das in dieser stressigen Situation überhaupt möglich war.

»Ich fand die vielen Stoffe toll. Wir hatten eine riesige Auswahl und mit Stoffen kann man sich einen Entwurf gleich noch besser vorstellen. Man sieht ihn nicht nur auf dem Papier, sondern fühlt ihn.«

Die Kamerafrau hob wieder den Daumen und die Journalistin lächelte. »Prima. Das hast du gut gemacht. Danke dir.«

Während das Fernsehteam mit Ducci weiterzog, trippelte ich zu Helli, Pego und Jari.

»Ohgottohgottohgott! Das war ein Interview! Helli!«

Meine Freundin umarmte mich. »Hab's gesehen, Göttin der Modewelt.«

»Sind meine Ohren rot?«

Helli hielt mich einen halben Meter von sich entfernt und schaute. »Nö. Vielleicht zartrosa. Aber nicht rot.«

»Du, Lil«, begann Pego, und erst jetzt registrierte ich seinen sorgenvollen Blick, »wir haben es gerade schon Jari erzählt: Arti ist verschwunden.«

»Was soll das heißen, verschwunden?«

»Wir haben alles abgesucht. Hier auf der Messe ist sie nicht.«

»Aber hier sind tausend Menschen. Sie steckt bestimmt irgendwo.«

Helli schüttelte den Kopf. »Mats ist auch weg.«

Ich sah von einem zum anderen und blickte in versammelte Ratlosigkeit. »Mats?«

Jari nickte. »Ja, wir sind zusammen hergefahren. Aber auf einmal war er weg, ich habe ehrlich gesagt gar nicht gemerkt, wann. Dachte zuerst, er ist vielleicht auf dem Klo oder bei euch …«

»Das gibt es doch nicht!«

»Sorry«, sagte Jari.

Mama, Papa, Triton und die Zwillinge tauchten aus der Menge auf.

»Es tut mir leid, dass wir schlechte Stimmung verbreiten.« Mama umarmte mich. »Es ist wunderbar hier, aber wir müssen früher als geplant gehen. Vielleicht finden wir Arti draußen.«

»Also, Jari meinte gerade, dass sein Kumpel auch verschwunden ist …«, sagte Pego.

»Mats?«, fragte Nike.

Jari nickte.

»Dann ist Arti garantiert bei ihm. Sie findet ihn doch so cool!«, rief meine jüngste Schwester.

Papa, der die ganze Zeit seinen Blick umherschweifen ließ, beugte sich zu Nike. »Wie meinst du das?«

»Sie hat die letzten zwei Tage von nichts anderem geredet!«

Mama und Papa sahen sich an. »Aha. Was genau hat sie denn gesagt?«

»Na ja, wie cool er ist und wie cool er ist und wie cool er ist.«

Mama lächelte. »Das klingt ja eindeutig.« Sie wandte sich an Jari. »Wie alt ist Mats denn?«

»Vierzehn.«

»Hast du seine Handynummer?«

Jari zückte sein Telefon. »Klar. Ich rufe ihn an, kein Problem.«

Wir warteten. Jari ließ es klingeln, bis sich die Mailbox meldete. »Ey, Alter, melde dich mal. Es ist dringend. Wir müssen wissen, ob Arti bei dir ist.« Er schaute in die Runde. »Vielleicht hat er keinen Akku mehr.«

»Ja. Oder er hat es nicht gehört«, entgegnete Papa. »Wo könnten sie denn stecken? Hast du eine Idee, Jari? Was für ein Typ ist denn dein Freund?«

»Wie meinen Sie das?«

»Ist er nur verpeilt und hängt eher zufällig irgendwo mit Arti ab oder hat er sie bewusst mitgenommen?«, fragte Papa.

Jari schob die Hände in die Hosentaschen, den Kopf leicht nach vorne gebeugt. Er fühlte sich sichtlich unwohl. »Vielleicht sind sie zu diesem Gamer-Event.« Er zuckte mit den Schultern.

»Was?«

»Wie bitte?«

»Was für 'n Event?«

Jari holte wieder sein Handy raus und tippte etwas ein. Dann hielt er uns eine Internetseite vor die Nase.

»Games Week?«, fragte Papa. »Eine Spielewoche?«

Orion zerrte an Jaris Arm. »Zeig mal, ich will es auch sehen. Was ist das, eine Spielewoche?«

»Das ist im Grunde auch eine Art Messe. Für Computerspiele.«

»Und Mats interessiert sich für diese Spiele?«, wollte Mama wissen.

Jari lachte kurz auf. »Interessieren? Der ist voll addicted.«

Meine Eltern wechselten einen sorgenvollen Blick.

»Was heißt das, was heißt das?«, quengelte Nike.

»Abhängig«, erklärte Triton. »Mats ist wohl so was wie ein Zocker.«

Kopfschüttelnd betrachtete Mama meinen jüngeren Bruder. »Manchmal möchte ich wissen, woher du diesen Wortschatz hast. Du bist doch mindestens fünf Jahre zu jung.«

Triton schnitt eine Grimasse.

Ich musste Mama beipflichten. Triton war erst neun. Aber sein Hirn arbeitete eben wie ein Schwamm, es sog alles auf, was ihm in die Quere kam.

Mama klatschte einmal kurz in die Hände. »Okay, dann nichts wie hin zu diesem Event.« Sie drehte sich zu mir. »Lil, mein Schatz, du bleibst natürlich hier. Wir haben genug Personal für einen Suchtrupp.«

»Das Problem ist«, sagte Jari, »die Games Week findet nicht an einem Ort statt.« Er scrollte durch die Internetseite. »Sondern an ungefähr dreißig.«

»Was!?« Mama stützte die Hände auf ihrem dicken Bauch ab. »Dreißig Orte, an denen Arti und dieser Mats sein könnten?«

Jari nickte. »Ich fürchte, ja.«

Papa fuhr sich mit zwei Fingern über die gerunzelte Stirn. Das war kein gutes Zeichen. Und so überraschte mich auch nicht, was er als Nächstes sagte: »Ich bekomme hier gerade sehr, sehr schlechte Laune, meine Lieben.«

»Ach ja, tatsächlich?« Mama schüttelte den Kopf. »Da bist du nicht der Einzige.« Sie wandte sich noch einmal an Jari. »Hat Mats *irgendwas* gesagt? Wollte er zu einem bestimmten Event dieser Gamer-Messe? Hat er erwähnt, dass er Arti mitnehmen will?«

Jari verzog das Gesicht, als hätte er in etwas Saures gebissen. »Nicht wirklich. Ich weiß nur, dass er Geld von mir haben wollte und dann sauer war, weil ich ihm keins gegeben habe.«

»Er wollte Geld von dir? Wie viel denn?«

»Ziemlich viel. Hundert.«

»Und du hast es ihm nicht gegeben?«

Jari hob abwehrend die Hände. »Auf keinen Fall. Selbst wenn ich es hätte, Mats darf man kein Geld leihen, es sei denn, man ist reich oder so. Man sieht sein Geld nie wieder.«

»Er bezahlt seine Schulden nicht, willst du damit sagen?«

Jari nickte.

Da standen wir, neun Leute mit Gesichtern wie Fragezeichen auf der *fashion victory*, mitten in meiner Ausstellung, umgeben von Hunderten von Menschen, die schnatternd an uns vorbeischoben wie Gänse auf einem Sonntagsspaziergang und gar nicht bemerkten, dass sich in unserer kleinen Runde gerade ein Drama abspielte. Meine Schwester war verschwunden und Berlin eine riesengroße Stadt. Sie hatte kein Handy und Mats hatte seins ausgeschaltet oder was auch immer. So wie es aussah, konnten sie an dreißig verschiedenen Orten sein. Wie sollte man die alle gleichzeitig abklappern, zu neunt?

Jemand zupfte mich am Ärmel. Es war Phine. »Hi. Wir machen in einer halben Stunde eine Gruppenaufnahme. Dort hinten.« Sie zeigte zu der Säule, an der wir uns zu Beginn getroffen hatten. »Und im Anschluss ist die erste Show, Lil. Von Levi's! Wir haben Plätze in der zweiten Reihe, stell dir vor!«

Phines Augen leuchteten. Unter anderen Umständen hätte ich sie gerne meiner Familie vorgestellt und mich außerdem tierisch gefreut. In der zweiten Reihe bei einer echten Modenschau, wie oft hatte ich davon schon geträumt!

»Wir müssen meine Schwester suchen«, sagte ich leise. »Sie ist verschwunden.«

»Echt jetzt?«

Mama legte mir einen Arm um die Schulter. Sie lächelte Phine zu. »Lil, du musst auf keinen Fall mitkommen. Du bleibst hier, das ist doch klar.«

Vielleicht hätte ich das Angebot angenommen, wenn ich nicht vor gerade mal einer Stunde Duccis und Galvanis hämisches Lachen gehört hätte. Dabei bezog ich das abwertende Urteil der Designer gar nicht mal auf mich. Es hatte allen gegolten, nicht speziell mir. Aber ohne Frage war ich enttäuscht. Das war doch keine Art! Und deshalb fühlte ich mich jetzt auch nicht verpflichtet zu bleiben. Nein, es war sogar noch stärker: Es drängte mich weg. Ich wollte lieber Arti finden. Ich fühlte mich nicht richtig schuldig, aber doch mitverantwortlich für das Verschwinden meiner Schwester. Zwar hatte ich nicht direkt gewusst, aber doch geahnt, dass Mats irgendwie ein schräger Vogel war. Außerdem wusste ich, wie sehr Arti verknallt sein musste. In den letzten Tagen hatte sie mehrmals versucht, ihn allein zu treffen. Hätte ich mit meinen Eltern darüber gesprochen, mit Sicherheit hätten sie heute ein Auge auf Arti gehabt, und dann wäre es ihr nicht gelungen abzuhauen.

»Ich komme auf jeden Fall mit!«

Mama seufzte. »Das ist doch Unsinn. Du hast so geschufftet für diesen Tag. Bleib hier.«

Papa legte einen Arm um meine Schulter. »Wir schaffen das schon. Und rufen dich sofort an, wenn wir Arti gefunden haben.«

»Nein.«

Um uns herum leerte sich das Foyer und nur noch vereinzelt standen Leute direkt in der Nähe unserer Präsentation. Ein paar wenige gingen zum Ausgang, die meisten strömten ins Innere der Halle, zur ersten Modenschau des Tages, die in weniger als einer halben Stunde beginnen würde. Insgesamt sollten vier Schauen stattfinden, und eigentlich hatte ich vorgehabt, nach Möglichkeit alle zu sehen.

»Okay, ich gehe dann mal und suche mir einen guten Platz«, erklärte Phine. Wir umarmten uns.

»Vielleicht finden wir meine Schwester sofort, dann komme ich wieder.«

Sie drückte mich noch einmal. »Wir bleiben in Kontakt, ja?«

»Auf jeden Fall.«

»Ich dachte, im Workshop sind nur Nerds«, sagte mein Bruder Triton und starrte Phine in ihrem weißen Flickenkleid hinterher. »Die war doch total nett.«

Hörte ich da einen leicht schmachtenden Unterton? Oh Gott, meine jüngeren Geschwister entwickelten sich alle gerade zu liebestollen Teenies. Ich spürte, dass Jari, der die ganze Zeit etwas abseits gestanden hatte, mich genau beobachtete.

»Die meisten sind Nerds, aber nicht alle.«

Papa und Mama schoben uns Richtung Ausgang. »Am besten, wir klappern systematisch alle Game-Messeorte ab«, schlug Papa vor.

Und das taten wir. Jari suchte im Internet nach den einzelnen Orten, Pego recherchierte die jeweiligen Adressen dazu. Papa, der nicht nur den alten Berliner Faltstadtplan aus Papier besaß, sondern auch dabeihatte, markierte alle Adressen darauf.

Plötzlich spürte ich dieselbe klebrige Hand auf meiner

Schulter wie schon eine Stunde zuvor. Im gleichen Moment umwehte mich kaugummigetränkter Atem.

»Lil April. Ein Name wie ein Label.« Ducci lächelte süßlich und nickte meinen Eltern zu.

Papa ließ den Stadtplan sinken und deutete, was er bei Erwachsenen meistens tat, eine kleine Verbeugung an. Mama nickte nur.

»Die Modenschau geht in Kürze los. Kommst du? Wenn die Türen zu sind, ist Feierabend.« Es sollte humorvoll klingen, aber ich hörte den drängenden Unterton.

»Ach so, Entschuldigung. Ich habe vergessen, mich abzumelden. Ich kann leider nicht bleiben«, sagte ich.

Duccis Lippen formten ein leicht schiefes O. Er rückte seine dicke schwarze Brille zurecht. »Du lässt es dir entgehen?«

»Wir haben leider … ein familiäres Problem. Meine Schwester ist verschwunden.«

Ducci gab ein ungläubiges Schnaufen von sich. »Deine Schwester. Wie alt ist sie denn?«

»Elf.«

Der Designer schüttelte sich kurz, wie um diese lästige Mitteilung loszuwerden. »Ich muss schon sagen, junge Frau. Professionell ist *das* nicht. Jetzt einfach verschwinden …« Er straffte sich. »Aber gut. Not my business.«

Er nickte Mama und Papa knapp zu, was beide ebenso kurz erwiderten, und wollte schon gehen, als sein Blick an Pegos T-Shirt hängen blieb.

Er stutzte, schob die Brille ein klein wenig nach unten, betrachtete den Schriftzug und blickte dann in Pegos Gesicht.

»Dein Entwurf?« fragte er.

»Yep«, sagte mein Bruder.

»Hat was. Aber ich würde noch ein r dranhängen.« Und damit ließ mein Workshop-Leiter uns stehen.

Meine Eltern sahen sich an und schmunzelten.

Pego wölbte stolz die Brust. »›Always later‹? Klingt das besser? Was meint ihr?«

»Es klingt auf jeden Fall etwas geheimnisvoller.«

»Speiübelst.«

»Hoffentlich hebst du jetzt nicht ab«, neckte Helli ihn.

»Haha.«

»Komischer Vogel«, meinte Triton.

»Eher ein bunter Vogel«, sagte ich. »Ihr müsstet ihn mal im Muscle-Hemd sehen. Seine Arme sind von oben bis unten voll mit Tattoos.«

Pego zog die Augenbrauen hoch. »Megaspeiübelst.«

Mama hob abwehrend die Hände. »Bitte keine weitere Tattoo-Diskussion. Wir haben andere Sorgen, Kinder.«

Den Rest der Game-Adressen schauten wir draußen vor der Messehalle nach. Anschließend bildeten wir Teams. Pego und Helli gingen zusammen, Mama und Papa nahmen die Zwillinge und Triton mit und ich würde mit Jari zusammen suchen.

Pego richtete noch einen Chat für unsere drei Grüppchen ein, so konnte jeder jeden ständig auf dem Laufenden halten. Dann teilten wir die Adressen auf. Jari und ich würden uns auf die eher westlichen Stadtteile konzentrieren, Helli und Pego auf den Osten, Mama und Papa und der Rest auf den Süden. Im Norden gab es nur zwei Adressen, die würden wir erst einmal vernachlässigen.

»Ich bin zuversichtlich, dass wir sie schnell finden.« Papa

faltete den Stadtplan zusammen und nickte aufmunternd in die Runde.

Irgendein verschwommenes, aber deutlich ungutes Gefühl sagte mir, dass er damit leider falschlag.

Der Tag war unglaublich heiß und hell.

Die Fensterscheiben im Bus wirkten wie polierte Spiegel und die Häuserzeilen rechts und links der Straße wie die Kulisse eines großen Theaters. Unser erstes Ziel war nicht weit, wir hätten es sogar zu Fuß erreichen können, wollten aber keine Zeit verlieren, deshalb nahmen wir den Bus. Die Gefahr, Mats und Arti, egal, wo sie gerade waren, nur knapp zu verpassen, weil sie womöglich gerade zum nächsten Game-Event aufbrachen, setzte uns zusätzlich unter Druck.

Wir saßen ziemlich weit hinten, Jari am Fenster, ich am Gang. Zum ersten Mal, seit wir uns kennengelernt hatten, waren wir nur zu zweit.

»Total blöd, dass du nicht auf der *fashion victory* bleiben konntest, oder?«

»Ja, irgendwie schon.« Ich dachte an die Ausstellung, und da fiel mir plötzlich auf, dass niemand von meiner Familie, auch nicht Helli, meine Entwürfe angesehen hatte. Vielen Dank, Arti, das war doch wirklich das Allerletzte! Ich widerstand der Versuchung, an meinen Nägeln zu knabbern. Erst vor Kurzem hatte ich es mir – mal wieder – abgewöhnt. Zusammen mit Dennis übrigens, der ein noch schlimmerer Nager war als ich. Dennis und ich hatten uns in den Sommerferien zwei Wochen lang jeden Abend einen erhobenen Daumen für einen knabberfreien Tag geschickt.

Unwillkürlich betrachtete ich Jaris Hände. Seine Nägel waren nicht zu lang, nicht zu kurz und sauber. Ganz normal eben. Ganz normal war manchmal ein ziemlich schwer zu erreichender Zustand, fand ich. Ich schob die Hände unter die Oberschenkel, um nicht in Versuchung zu geraten. Das war einer meiner vielen, oft genug leider sinnlosen Tricks.

Jari wählte zum hundertsten Mal Mats' Nummer.

»Dieser Vollpfosten.«

»Darf ich dich mal was fragen?«

Er steckte sein Handy weg und sah mich an. »Klar.«

»Kennst du ihn gut?«

»Schätze schon. Mein ganzes Leben.«

Ich erinnerte mich, dass Mats mir das im Schwimmbad auch erzählt hatte. »Ach, stimmt ja, Kindergarten. So wie Helli und ich.«

»Na ja, fast. Wir haben uns auf dem Spielplatz im Sandkasten kennengelernt.«

»Nach so langer Zeit kennt man sich in- und auswendig, was?«

»Ja, das stimmt.«

Der Bus hielt. Wir schauten schnell auf das Haltestellenschild.

»Die nächste müssen wir raus«, sagte Jari.

»Traust du Mats etwas richtig Blödes zu? Ich meine, kann er irgendwie gefährlich werden oder so?«

Jari schob die Stirn in Falten. »Wie meinst du das?«

»Keine Ahnung, ob er vielleicht … ach, was weiß ich. Ob er schräg ist, meine ich, oder irgendwelche Sachen mit Arti machen würde …«

Jari schnitt eine Grimasse. »Kann ich mir nicht vorstellen. Ich glaube, der ist harmlos.«

»Du glaubst?«

»Ja, Mann, so hundertprozentig? Was weiß ich! Wenn es

um Games geht, hat er voll den Knall. Wirklich, mega-addicted. Er war so sauer auf mich, weil ich ihm keine Kohle geliehen habe.« Jari schüttelte den Kopf. »Aber komische Sachen … kann ich mir wirklich nicht vorstellen.«

Mir fiel wieder ein, was Mats im Schwimmbad über Jari gesagt hatte. »Wann wollte er denn, dass du ihm Geld leihst?«

»Dienstag. Montag hat er noch seine eigene Kohle verballert«, gab Jari zurück.

»Da waren wir abends im Schwimmbad.«

»Stimmt.«

Wir näherten uns der nächsten Haltestelle und standen auf. »Da herrschte irgendwie dicke Luft zwischen euch, im Schwimmbad. Mats saß auf seinem Handtuch und war motzig.«

Der Bus hielt, die Türen öffneten sich. Jari sprang als Erster auf den Gehweg.

»Gut beobachtet. Er war sauer auf mich. Dabei hatte ich schon sein Ticket fürs Schwimmbad bezahlt.«

»Und später im Supermarkt hat Arti seine Red Bulls bezahlt.«

Jari pfiff durch die Zähne. »Korrekt. Dir entgeht ja nichts. Gruselig.«

Wir lachten. Ich holte mein Handy raus und schaute auf der App nach dem Weg zum »Bandit«, so hieß der erste Spieleladen, in dem Arti und Mats möglicherweise, hoffentlich, saßen und zockten.

Auf dem kurzen Weg dorthin schwiegen wir. Mir ging der Dienstag nicht aus dem Kopf. Mats hatte behauptet, Jari habe ihn hängen lassen, und wahrscheinlich war das gar nicht der Fall gewesen. Im Gegenteil. Jari hatte Mats nur davor bewahren wollen, hundert Euro für Spiele rauszuhauen, und außerdem hätte Jari dann ja wahrscheinlich auch sein ganzes Geld für diese Urlaubswoche hergegeben. Wer machte freiwillig so etwas? Ich jedoch war mal wieder so naiv gewesen und hatte Mats die beknackte Story vom bösen Jari geglaubt.

»Es stimmt nicht«, sagte ich.

»Was?«

»Dass mir nichts entgeht.«

»Wie meinst du das?«

»Mir entgeht oft das Wichtigste.«

»Verstehe ich nicht.«

»Ich auch nicht.«

»Na dann …«

Jari entdeckte den Spieleladen auf der anderen Straßenseite und zeigte auf das schiefe Schild über der Eingangstür.

»Da ist es.«

Wir überquerten die Straße.

»Du hast jedenfalls das Richtige getan, als du ihm das Geld nicht gegeben hast«, erklärte ich.

»Tja, aber jetzt spielt er mit Artis Geld. Denn ohne Kohle brauchst du in diese Läden gar nicht erst hineinzugehen.«

Ich schlug mir die Hand an die Stirn. »Mist! Ich glaube, Arti hat vor Berlin ihr Sparschwein geknackt, weil sie sich hier etwas kaufen wollte.«

»Bingo. Und davon hat sie Mats erzählt. Garantiert.«

»Ja. Und dann war das heute außerdem keine spontane Aktion, sondern von den beiden geplant.«

Jari pfiff durch die Zähne. Wir standen vorm »Bandit« und spähten durch die schmutzige Schaufensterscheibe.

»Ja, ich denke auch, das war geplant«, meinte er. »Mats wird dafür gesorgt haben, dass Arti ihr Geld dabeihat.«

Wir zogen die über und über mit Plakaten beklebte Tür auf. Drinnen schlugen uns mehrere seltsame Gerüche entgegen, abgestandenes Bier, Staub und Schweiß waren auf jeden Fall dabei. Es war voll. An zahllosen Konsolen saßen Leute und spielten mit konzentrierter, ernster Miene. Das hier sah nicht nach Spaß aus.

»Nicht sehr wahrscheinlich, dass wir gleich beim ersten Mal Glück haben«, sagte ich.

»Stimmt. Leider.«

Niemand beachtete uns. Wir schauten überall, aber von Arti und Mats keine Spur.

»Lass uns auch auf den Toiletten nachsehen«, schlug ich vor. »Man kann nie wissen.«

»Sehr unwahrscheinlich«, murmelte Jari, trabte jedoch brav hinter mir her.

Aber er behielt recht, auf den Toiletten fanden wir die beiden auch nicht.

Draußen schickte ich den anderen eine Nachricht. Mama antwortete prompt: »Hier auch Fehlanzeige. Ziehen jetzt weiter zur ›Spielhöhle‹. Vorher holen wir Pan. Er ist schon zu lang alleine in der Wohnung.«

»Sie holen unseren Hund«, sagte ich.

»Keine schlechte Idee. Hat er eine gute Spürnase?«

Ich zuckte mit den Schultern. »Du fragst Sachen. Auf jeden Fall ist er Artis bester Freund.«

»War«, sagte Jari grinsend und bot mir einen krummen Streifen Kaugummi an, der verführerisch nach Zimt duftete.

Ich musste lachen. »Ja, richtig. Sie hat ja jetzt einen neuen.«

Nachdem wir vergeblich zwei weitere Game-Event-Adressen abgeklappert hatten, trafen wir uns mit den anderen Teams.

Seit unserem Aufbruch waren fast drei Stunden vergangen. Zwischendurch hatten wir immer wieder versucht, Mats auf dem Handy zu erreichen.

Mama, Papa, Triton, Nike, Orion und Pan warteten an einem Imbiss irgendwo in Kreuzberg, die Kleinen hielten schon köstlich duftende gefüllte Brottaschen in den Händen.

»Oh, kriegen wir auch so etwas? Ich sterbe vor Hunger!« Seit dem frühen Morgen, an dem ich vor lauter Aufregung nur ein halbes Brötchen hinuntergebracht hatte, hatte ich nichts gegessen.

Mama drückte mir einen Zehneuroschein in die Hand. »Hier, holt euch, was ihr wollt. Jari ist selbstverständlich eingeladen.«

»Vielen Dank, Frau April.«

Wir stellten uns in die Warteschlange. Mir fiel auf, dass Mama und Papa nichts aßen. »Was ist, habt ihr keinen Hunger?«

Mama ließ sich auf eine Bank am Straßenrand sinken, die gerade frei wurde. »Keinen Appetit.« Sie lächelte gequält. »Aber ich bin ja dick genug.«

Papa sah von seinem Handy auf und betrachtete sie nachdenklich. »Vielleicht hätten wir dich besser in der Wohnung gelassen, Lisa. Du solltest dich ausruhen.«

»Du glaubst doch nicht, dass ich mich in die Wohnung

setze, wenn der Rest der Familie nach unserer verschwundenen Tochter sucht!«

Nicht weit entfernt hielt an derselben Straßenseite ein Bus. Heraus sprangen Pego und Helli. Meine Freundin und ich umarmten uns.

»Hey, HALFie, wisst ihr übrigens, dass sich niemand von euch heute Morgen meine Entwürfe angesehen hat?«

»Oh!« Mama und Helli machten ein zerknirschtes Gesicht. Die Zwillinge und Triton hatten es entweder nicht gehört oder sie taten so. Sie saßen neben Mama auf der Bank und waren voll und ganz mit ihrer gewaltigen Dönerportion beschäftigt. Unter der Bank lag mit hechelnder Zunge unser alter Hund. Auch ihm war es zu heiß, das konnte man deutlich erkennen.

»Heute Morgen, das liegt gefühlt eine Woche zurück«, sagte Pego trocken, während er die Speisekarte des Imbisswagens studierte. »Magst du Döner oder Falafel, hellichter Tag?« So nannte er Helli manchmal, seit er sich im letzten Schuljahr ein T-Shirt mit dieser Aufschrift gemacht hatte.

Helli legte einen Arm um meine Schulter. »Das Gleiche wie Lil, die tollste Modezeichnerin der *fashion victory.*« Sie drückte mir einen Kuss auf die Wange. »Tut mir so leid. Es ging alles so plötzlich, nachdem Arti verschwunden war.«

»Weiß ich ja.«

»Ich nehme Döner. Mit extrascharfer Soße.« Pego drückte Jari, der gerade die Bestellung aufgab, noch einen Zehner in die Hand.

»Wie kommst du eigentlich an deine Originalzeichnungen, mein Schatz?«, wollte Mama wissen. »Die werden doch hoffentlich nicht in Berlin bleiben.«

Ich nahm die riesige Brottasche entgegen, die Jari mir hinhielt. »Ich glaube, sie werden nach München geschickt.«

»Na also. Dann können wir sie uns ja auch noch anschauen.«

Ach ja, so war meine Familie, restlos pragmatisch. Für Gefühlsduselei und Einzelschicksale war hier kein Platz. Statt mich ein wenig hinwegzutrösten über den vergeigten Vormittag und die verpasste Modenschau, gaben sie sich sehr schnell zufrieden mit der Aussicht, meine Zeichnungen zu Hause in München zu begutachten.

»Ehrlich gesagt hättet ihr dann alle diese Woche auch gar nicht mitzukommen brauchen«, motzte ich.

Mama stöhnte. »*Das* habe ich mir heute auch schon verschiedentlich gesagt. Dann würden wir jedenfalls jetzt nicht kreuz und quer durch die Hauptstadt gondeln, um eine Nadel im Heuhaufen zu finden.«

Auf der Bank war kein Platz mehr. Ich hockte mich zwischen Helli und Jari an den Straßenrand.

Triton zerknüllte sein Dönerpapier und warf es aus mehreren Metern Entfernung gekonnt in einen Mülleimer. »Warum gehen wir eigentlich nicht zur Polizei? Dann könnte die beim Suchen helfen.«

»Ja, genau, warum?«, wollte auch Orion wissen. »Vielleicht dürften wir dann mit im Polizeiauto fahren.«

»Klar. Ganz bestimmt. Mit hundertneunzig auf dem Tacho und Tatütata!«, blaffte Pego.

»Wieso denn nicht?« Orion warf sein zerknülltes Papier ebenfalls zum Mülleimer, verfehlte sein Ziel aber. Er machte keine Anstalten, es aufzuheben. »Mit Polizei hätten wir Arti längst gefunden.«

Papa schob die Brille ein Stück die Nase hinunter und

schaute Orion stirnrunzelnd an. Widerwillig erhob sich mein kleiner Bruder, sammelte seinen Müll auf und schnippte ihn in den Eimer.

»Die Polizei hat Wichtigeres zu tun, als freche Ausreißer einzusammeln«, erklärte Papa. »Es ist unsere Bürgerpflicht, Arti selbst zu suchen.«

»Aber wenn wir sie nicht finden?«, fragte Nike, die noch nicht mal die Hälfte ihres Döners aufgegessen hatte.

»Ja, genau, wenn wir sie nicht finden?«, echote ihr Zwilling.

Triton nickte ernsthaft. »Was machen wir *dann*?«

Nike bot Orion ihr Essen an, aber der schüttelte den Kopf, was ich in meinem ganzen Leben vielleicht zwei-, höchstens dreimal erlebt habe. Die Portionen hier waren wirklich der Hammer.

»Stellt euch vor, es ist schon ganz dunkel, und wir haben sie noch nicht gefunden«, flüsterte er.

»Wir klappern jetzt alle Game-Spielhallen ab, und wenn wir am Ende tatsächlich nirgends Arti und diesen …« Papa suchte nach Worten.

»… Vollpfosten«, kam ihm Pego zu Hilfe.

»Ja, ganz richtig!« Papa nickte zustimmend. »Nennen wir ihn ruhig Vollpfosten. Denn das muss er doch sein, oder?«

»Theo.« Mama sah ihn tadelnd an.

»Was denn? Ist doch wahr! Wer sonst kommt denn auf die Idee, ein elfjähriges Mädchen einfach so mitzunehmen?«

»Entführen«, verbesserte Triton mit erhobenem Zeigefinger. »Wir haben es hier mit einer Entführung zu tun.«

Mama machte eine beschwichtigende Geste. »Kinder. Ganz ruhig. Für eine Entführung müsste dieser Mats Arti gegen ihren Willen mitgenommen haben. Ich bin aber sicher, sie ist freiwillig mitgegangen und sitzt wahrscheinlich quietschvergnügt irgendwo neben ihm und verschwendet keinen Gedanken an uns.«

»Wer weiß, vielleicht war es sogar Artis Idee«, warf Pego ein.

»Na ja, jetzt übertreib mal nicht«, entgegnete Papa kopfschüttelnd.

»Erinnert ihr euch, wie sie vorgestern noch gebrüllt hat, dass wir uns alle noch wundern würden?«, warf ich ein.

Mama und Papa schauten sich betroffen an. »Du meinst, das war das auslösende Moment?«

»Keine Ahnung. Aber ehrlich gesagt hat sie schon am zweiten Abend versucht, sich selbstständig zu machen. Pego und ich konnten sie nur mit Mühe davon abhalten.«

Papa seufzte. »Ist das wahr?«

Pego nickte. »Yep.«

»Das hättet ihr uns sagen müssen. Wir haben euch sogar gefragt, ob es Grund zur Beunruhigung bei Arti gibt.« Papa war sauer.

»Wir konnten wirklich nicht ahnen, dass Arti ausreißt!«, erwiderte Pego.

»Ja, hinterher ist man immer schlauer. Aber wir haben uns einfach nichts dabei gedacht«, sagte ich.

Mama und Papa schauten sich an und seufzten.

Ich warf einen Blick auf Jari, der die ganze Zeit noch nichts gesagt hatte und schweigend seinen Döner aß. Irgendwie sah er nicht besonders glücklich aus. Der Arme. Mich hätte es auch eingeschüchtert, wenn ich es mit einer fast wildfremden Großfamilie hätte aushalten müssen, die sich um eine durchgeknallte kleine Schwester sorgte.

»Schmeckt's?«, fragte ich, um von dieser dummen Arti wegzukommen. »Die Falafeln sind jedenfalls genial.«

»Ja, superlecker.« Er sah hinüber zu Papa und Mama. »Haben wir einen Überblick darüber, welche Orte uns noch fehlen?«

Papa zückte seinen riesigen Stadtplan und faltete ihn auseinander. Ich beobachtete, wie zwei Fußgänger, die gerade vorübergingen, einen fassungslosen Blick auf diese große Karte aus Papier warfen und einander angrinsten.

Pego sah es offenbar auch und rollte die Augen. »Mann, Papa, du blamierst uns hier alle mit deinen Antiquitäten, merkst du das nicht?«

Überrascht sah Papa auf. »Nein, das merke ich nicht.« Er schaute in die Runde. »Was ist falsch an einem Stadtplan?«

»Das Papier«, antwortete Pego und zückte sein Smartphone. »Hier. Ich habe alle Orte markiert, an denen wir waren. Uns fehlen acht.«

»Das hätte ich dir auch sagen können.« Beleidigt wedelte Papa mit seiner Karte. »Alles genau eingetragen.«

»Ja, nur ohne jede wirkliche Übersicht, wenn man das Scheißding immer erst eine Stunde lang auseinanderfalten muss.«

»Na dann, Pego, du digitales Wunderkind, vielleicht sagst du uns einfach, wohin wir als Nächstes müssen?« Mama stützte sich mit beiden Händen auf der Bank ab und drückte sich nach oben. »Wenn alle satt sind, würde ich gerne weiter.«

Pego studierte seine App. »Von hier aus relativ gut zu erreichen und deshalb naheliegend wären zwei Adressen. Computerspielemuseum und ›Playstation‹.«

»Können wir Playstation, Mama?«, quengelte Orion sofort. »Bitte!«

Pego tippte sich an die Stirn. »Der Name bedeutet gar nichts, Zwerg.«

»Aber ich will nicht ins Museum!«

Nike und Triton schauten ausdruckslos, ihnen schien es egal zu sein.

Jari sah mich an. »Das Museum könnten wir übernehmen.«

»Ja klar. Kein Problem.«

Helli wandte sich an Jari und mich. »Wie wär's, wenn wir das zusammen machen? Es sind ja nur noch acht Adressen …«

»Nur ist gut«, entgegnete Mama. »Aber meinetwegen. Ist mir eigentlich auch lieber, wenn ihr zu viert seid.«

Pego schaute von Helli zu mir und wieder von mir zu Helli und schließlich von Helli zu Jari, als müsste er abwägen, ob er diese Entscheidung mittrug. Ich hätte mich beömmeln können. Wenn mein cooler großer Bruder gewusst hätte, wie sehr er manchmal Papa ähnelte. Auch äußerlich. Das gleiche zerzauste, lockige Haar, die gleiche große, schmale Nase. Sie hätten beide ein gutes Modell für eine alte griechische Statue abgegeben.

»Okay, gut, fahren wir zum Museum.«

»Meint ihr, wir finden Arti und Mats in einem *Museum*?«, fragte Triton, der die ganze Zeit still zugehört hatte.

Pego zuckte mit den Achseln. »Nicht sehr wahrscheinlich, das stimmt schon. Aber wir können es nicht wissen.«

»Das denke ich auch. Wir sollten alles in Betracht ziehen. Vielleicht ist das Computerspielemuseum ein total hipper Ort, um es mal in euren Worten zu sagen.«

Helli, Pego und ich prusteten los. Jaris Mundwinkel zuckten. Wahrscheinlich hätte er auch gern laut gelacht, verkniff es sich aber aus Höflichkeit meinen Eltern gegenüber.

»Ja klar, weil wir ja auch ständig hipper Ort sagen, Papa!«, rief ich. »Oh Mann! Wenn Erwachsene versuchen, jung zu sein …«

»Ja, geht garantiert daneben.« Pego schob sein Handy zurück in die Hosentasche. »Los, Leute, auf zur Karl-Marx-Allee!«

»Halt, Kinder. Ihr müsst etwas trinken.« Mama zauberte mehrere kleine Wasserflaschen aus Papas Rucksack und händigte sie uns aus. »Diese Hitze ist tückisch.«

»Hat Pan eigentlich mal etwas bekommen?«, fragte ich.

»Klar. Aber er kann gerne noch mehr haben.« Mama schraubte eine Wasserflasche auf und goss etwas in einen Napf, den wir unterwegs immer für Pan dabeihatten. Unser Hund kroch unter der Bank hervor und schüttelte sich, sodass wir kurz in Staubwolken gehüllt dastanden. Dann schlabberte er sein Schälchen leer

Papa, Mama, Pan und die Kleinen hüpften einfach in den nächsten Bus vor unserer Nase.

Wir anderen mussten erst einmal zur U-Bahn-Station am Mehringdamm laufen, was sich bei diesen Temperaturen wie ein Gang durch ein riesiges Treibhaus anfühlte. Es dauerte eine halbe Ewigkeit und uns allen troff der Schweiß aus den Poren.

Die letzten Stunden hatten ganz schön an unseren Kräften gezehrt und trotz der kleinen Stärkung und Pause fühlte ich mich matt und abgeschlagen. Jari ging es, glaube ich, nicht besser. Er schlurfte müde neben mir her. Eben am Imbissstand hatten wir wenigstens noch im Schatten eines Baums gesessen, aber jetzt auf dem Gehweg brannte gnadenlos die Sonne auf uns und den Asphalt, der genau wie wir schon richtig schwitzte.

»Super Urlaub, was?«

Jari lächelte, aber es wirkte gequält. »Könnte es mir gar nicht besser vorstellen.«

»Wer will jetzt schon im Schwimmbad sein?«

Er verzog das Gesicht. »Grausam. Stell dir vor, wie voll es da jetzt ist. Und alle baden in derselben trüben Brühe.«

»Igitt. Möchte ich mir nicht vorstellen. Und am Schwimmbadkiosk muss man stundenlang für ein Eis anstehen.«

»Das man dann leider gar nicht essen kann, weil es einem innerhalb von Sekunden in der Hand wegschmilzt.«

»Ekelhaft.« Ich bemühte mich, ernst zu bleiben. »Dagegen haben wir es hier doch richtig gut.«

Jari rieb sich die Arme, als fröstelte er. »Ja, herrlich, diese frische Brise. Fast schon ein bisschen kühl.«

»Ja. Wirklich zu dumm, dass ich meine Strickjacke nicht dabeihabe.«

»Ja, oder eine leichte Daunenjacke, das wäre toll.«

Beim Gedanken, meine klebrig verschwitzten Arme jetzt tatsächlich in eine Daunenjacke zu stecken, verlor ich die Nerven, ich musste leider lachen.

»Was ist?«, fragte Jari, dem das Spielchen offenbar so gut gefiel, dass er es noch weitertrieb. »Du glaubst, eine Daune wäre vielleicht nicht warm genug? Haaaach, was gäbe ich jetzt für meine schöne kuschelige Winterjacke.« Plötzlich blieb er stehen. »Schau mal.«

Er zeigte auf eine alte Holzbank, deren Füße in quietschgelben Gummistiefeln steckten. Aus den Stiefeln ragten bunte Sträuße aus Plastikblumen.

Jari zückte sein Handy. »Wenn es schön ist, dann muss man stehen bleiben.« Er machte ein Foto.

»Los, und jetzt noch ein Selfie.«

Wir setzten uns auf die wackelige Bank und rückten zusammen.

»Schade, dass uns keine Blumen aus den Schuhen wachsen«, sagte ich.

»Egal, ist auch so gut.«

Wir gingen weiter. Pego und Helli waren uns schon mindestens hundert Meter voraus. Ich fand es schön, dass sie in der Nähe, aber trotzdem nicht ganz dabei waren im Moment. Zum ersten Mal, seit wir uns kennengelernt hatten, alberten Jari und ich herum. Mir gefiel auch, dass er wegen einer Bank mit Plastikblumengummistiefeln an den Füßen anhielt. Welcher Junge machte so etwas? Ich fand es total cool.

Vor dem Eingang des Museums stand ein Schild mit der Aufschrift »Let's play«.

»Hier ist es«, sagte Helli.

Wir schauten an dem dunkelgrauen Gemäuer nach oben. Das Gebäude war riesig und wirkte nicht sehr einladend.

»Megaspeiübelst.«

»Aber echt.«

»Nie im Leben sind die hier.«

»Hoffentlich müssen wir keinen Eintritt zahlen.«

Daran hatten wir bisher nicht gedacht. Ich schaute in meine kleine Handtasche, dort flog nur noch ein bisschen Klimpergeld herum. »Habt ihr noch etwas dabei?«

Helli und Pego schüttelten den Kopf. Jari kramte in der Hosentasche und beförderte einen zerknitterten Zwanzigeuroschein zutage.

»Ey, danke, Mann«, sagte Pego. »Kriegst du auf jeden Fall zurück.«

Wir gingen zum Ticketschalter. Mein Bruder lächelte liebenswürdig.

»Entschuldigen Sie, wir haben leider keine Zeit, die Ausstellung zu besichtigen. Wir sind nur auf der Suche nach unserer Schwester und würden gerne mal nachsehen, ob sie hier ist.«

Die Kassiererin hob den Kopf. Sie war ungefähr zwanzig und schielte so stark, dass ich nicht wusste, ob sie Jari, Helli, Pego oder mich ansah. Helli kniff mich von hinten in den Po. Ich hätte beinahe laut aufgeschrien.

»Rappelvoll dadrinnen«, sagte das Mädchen. »Luft ist zum Schneiden. Im Moment kommt keiner mehr rein.«

»Bitte. Wir rennen nur kurz durch und vergewissern uns, ob sie vielleicht hier ist«, sagte ich und bemühte mich, genau auf die Stelle zwischen ihren Augen zu sehen, damit mich ihr schräger Blick nicht aus der Fassung brachte.

»In fünf Minuten sind wir wieder da, versprochen.«

»Ihr wollt nicht gamen?« Offenbar war dieser Gedanke nur sehr schwer vorstellbar für sie.

»Auf keinen Fall. Wir sind Leser«, sagte Jari.

»Lese*ratten*«, ergänzte Pego.

»Sozusagen eine aussterbende Art.« Jari verzog keine Miene.

Hellis Mundwinkel zuckten, und ich wusste, wenn wir nicht innerhalb von Sekunden erlöst würden, wäre meine Selbstbeherrschung dahin.

Die schrägen Augen wanderten umher. »Seid ihr witzig oder so was?«

»Wie dürfen wir das verstehen?«

Das Mädchen sog die Luft ein. »Hört mal, ich kriege Ärger, wenn ich hier einfach jemanden durchlasse. Erstens kostet es Eintritt, zweitens sind wir gerade voll wegen der Game-Woche.«

Ich holte mein Handy aus der Tasche. »Hier. Das lassen wir dir da. Als Pfand. Falls wir nicht innerhalb von ein paar Minuten zurück sind, kannst du uns Eintritt abknöpfen, sobald ich mein Handy wieder hole.«

Sie machte eine Bewegung, als wischte sie einmal über den Tresen. »Meinetwegen.«

Als wir außer Hörweite waren, schütteten wir uns erst einmal vor Lachen.

»Wir sind Leser, eine aussterbende Art!« Pego schlug Jari auf die Schulter. »Du bist ja drauf!«

Jari fuhr sich durch die blonden Haare. »Es ging nicht anders. Ich meine, diese *Augen* … ich musste irgendwas Krasses sagen, das war ja nicht auszuhalten.« Er lachte so sehr, dass ihm Tränen die Wangen hinunterliefen.

Helli hielt sich den Bauch. »Hört auf!«

Es dauerte eine Weile, bis wir uns beruhigt hatten. Ich sah mich um. Der große Raum vor uns war irgendwie zweigeteilt.

»Okay, wir müssen uns beeilen. Geht ihr dort entlang und wir hier«, schlug ich vor.

Helli nickte. »Gut. Wir treffen uns in fünf Minuten am Eingang.«

Jari und ich betraten den Raum. Überall standen und saßen Leute vor Bildschirmen, die allermeisten waren Jugendliche, viele in unserem Alter. In der Luft hing ein stechender Geruch nach Schweiß.

»Puh, da ist ja überhaupt kein Sauerstoff mehr«, stöhnte ich und hielt mir die Nase zu. »Wie kann man nur freiwillig hier sitzen?«

»Ja. Noch dazu in diesem seltsamen Kunstlicht.« Die großen Fenster, die wir von außen am Gebäude gesehen hatten, waren offenbar zugemauert oder zugehängt, jedenfalls herrschte eine Atmosphäre wie in einer Höhle.

Wir schauten an jeder Spielekonsole den Spielern ins Gesicht, um Arti oder auch Mats ja nicht zu verpassen. Dann gingen wir weiter. Am Ende des schlauchartigen Raums saßen ungefähr fünfzig Jugendliche auf Sitzmöbeln vor einer großen Leinwand, auf der gerade etwas extrem Actiongeladenes vor sich ging. Der Lärm war ohrenbetäubend. Ich schritt die vier oder fünf Reihen ab, dann ging ich zurück zu Jari.

»Nichts.«

Wir liefen wieder zurück. Im Flur stellten wir fest, dass

Jaris Handy klingelte. Gerade als er abheben wollte, hörte das Klingeln auf.

»Das war Pego, schon zwei vergebliche Anrufe.«

»Ruf ihn an!«

Jari wählte Pegos Nummer und gab mir dann das Telefon.

»Ja, Pego?«, schrie ich in den Hörer.

»Wir haben sie!«, brüllte mein Bruder.

»Echt! Wo seid ihr?«

»Mario Kart!«

»Was?«

»Mario Kart. Ganz hinten. Beeilt euch.«

Ich gab Jari das Handy zurück. »Wir müssen zu Mario Kart.«

»Wo ist das?«

»Keine Ahnung. Los, komm, wir fragen am Eingang!«

Pego hatte irgendwie seltsam geklungen. Trotz der schlechten Verbindung beziehungsweise des gnadenlosen Geräuschpegels hatte ich seine veränderte Stimme bemerkt. Besorgt. Nervös. Deshalb ergriff nun auch mich eine komische Vorahnung. Jari kam kaum hinterher, so schnell raste ich zurück zur Empfangsdame.

»Bitte, wo ist Mario Kart?«, fragte ich atemlos.

Ein Auge schaute zu mir, eins zu Jari. »Habt ihr eure Schwester gefunden?«

»Ja.«

Sie zeigte mit dem Daumen nach links. »Einfach durchgehen. Ganz hinten.«

»Danke.«

Jari und ich sausten den kurzen Flur und dann den zweiten schlauchartigen Raum des Museums entlang. Hier war es echt eng und voll. Die Luft fühlte sich an wie eine Mauer aus verbrauchtem Atem. Aus allen Lautsprechern tönte der typische Mario-Kart-Lärm, den sogar Leute wie ich kannten. Ich hatte es ein paarmal mit Dennis gespielt. Orion liebte Mario Kart. Er würde verrückt werden, wenn wir ihm hiervon erzählten. Das hier war kein Spiel mehr, es war eine Feier. Über die Köpfe der Leute hinweg entdeckte ich Pegos dunkelbraunen Lockenkopf. Wir bahnten uns einen Weg durch die Menge.

Da saßen sie, Arti und Mats. Sie teilten sich eine Sitzgelegenheit. Mats starrte wütend vor sich hin. Neben ihm wirkte meine Schwester schmächtig und klein.

»Hey, Arti, da bist du ja!«

Sie hob ein wenig den Kopf und sah mich ausdruckslos an. »Hi.«

»Hi? Das ist alles? Mann, Arti! Du spinnst wohl!«

Sie gab keine Antwort.

Jari schob sich an mir vorbei und baute sich vor seinem Kumpel auf. »Was soll der Scheiß, du Idiot?«, schrie er, was jedoch im allgemeinen Videospiel-Sound unterging. »Wir haben die ganze Stadt nach euch abgesucht! Du Penner!«

Jetzt kam Leben in Mats. »Selber Penner!« Er verschränkte die Arme vor der Brust. »Ich war gerade am Gewinnen!«

Das war zu viel für Pego. Seine Hand schnellte vor und packte Mats am T-Shirt. Mühelos hob er ihn hoch. »Du warst gerade am GEWINNEN? Checkst du es nicht oder was? Du bist der größte LOSER!«

»Los, nichts wie raus hier, wir klären das später.« Helli gab Arti einen kleinen Schubs. »Hopp, Arti, nicht so müde. Wir hauen ab.«

Arti rutschte zu Boden.

»He! Was soll das? Jetzt mach kein Theater!« Helli und ich fassten sie unter den Achseln und zogen. Arti taumelte.

»Sag mal, was hast du denn?«

Artis Kopf baumelte von rechts nach links. »Nichts.«

»Gut. Dann gehen wir jetzt raus. Reiß dich zusammen.«

Pego ging voran, Jari schob Mats unsanft vor sich her, Helli und ich hielten Arti sicherheitshalber weiter untergehakt. So schafften wir es bis zum Ausgang.

Am Ticketschalter ließ ich Arti kurz los. Das schielende Mädchen reichte mir mein Handy und lächelte. »Da habt ihr ja Glück gehabt.«

»Danke. Ja, haben wir.«

Ich wandte mich wieder zu den anderen und sah gerade noch, wie Arti zusammensackte. Einfach so. Als hätte sie keinerlei Muskeln in ihrem Körper. Sie ging zu Boden wie ein Handtuch, das man einfach fallen lässt. Niemand konnte sie auffangen, es ging zu schnell. Ihr Kopf verfehlte nur knapp die Türkante und schlug hart auf dem Boden auf. Nie werde ich diesen Ton vergessen, er klang so dumpf und schrecklich, dass es sogar in meinem Kopf wehtat. Mich schauderte und im nächsten Augenblick schrien alle auf.

»Arti!«

»Scheiße!«

»Was hat sie?«

Alle außer Mats, der wie betäubt abseits stand und blöd glotzte, umringten meine Schwester. Pego fühlte ihren Puls, wie wir es aus Filmen kannten, ich tätschelte ihr die Wange.

»Arti, hallo! Sag was!«

Keine Reaktion. Sie lag da mit geschlossenen Augen und rührte sich keinen Millimeter. Mir fiel ihre schreckliche Blässe auf. Arti war normalerweise das Gegenteil von einem blassen Typ.

»Scheiße!« Panik stieg in mir auf. Ich sah zu Pego.

»Einen Arzt!«, rief Jari plötzlich. »Ruft den Krankenwagen!«

Das Mädchen am Ticketschalter hatte sich erhoben und spähte über den Tresen.

»Ruf den Notarzt, bitte!«, rief ich ihr zu, während ich hilflos die kleine, schlaffe Hand meiner Schwester schüttelte. Mein Blick streifte Mats, der versteinert und finster wie ein Grabmal dastand. »Was hast du mit ihr gemacht?«, schrie ich ihn an.

Er zuckte mit den Achseln. »Nichts.«

»Von nichts kippt man nicht aus den Schuhen!« Pego sah aus, als hätte er Mats am liebsten auf der Stelle zu Brei verarbeitet. Sein Brustkorb bebte. Helli legte beruhigend die Hand auf seinen Arm.

»Arzt kommt!«, rief die Schielende.

Ich sah mich um. »Wo ist eigentlich Jari?«

Helli hob die Brauen. »Weggerannt, als müsste er plötzlich ganz dringend.«

Ich streichelte immer wieder die Wangen meiner Schwester. »Arti, wach auf! Arti, hörst du mich?«

»Atmet sie?«, fragte Helli tonlos.

»Ich glaube schon.« Wenn man sehr genau hinsah, konnte man erkennen, wie sich Artis Brust fast unmerklich hob und senkte.

Jari kam angerannt, kniete sich neben Arti und schob ihr vorsichtig ein paar feuchte Tücher in den Nacken, die er offenbar im Waschraum geholt hatte.

»Kühlen ist gut«, erklärte er. »Habe ich im Erste-Hilfe-Kurs gelernt.«

Vorsichtig legte er Artis Kopf wieder ab. Ihre Lider flatterten, dann öffnete sie die Augen.

»Oh mein Gott, zum Glück ist sie wieder da!« Ich hätte beinahe angefangen zu weinen vor Erleichterung.

»Hey, Arti, wie geht's?«, fragte Jari, der immer noch neben ihrem Kopf hockte.

Benommen schaute meine Schwester von einem zum anderen.

»Verstehst du uns? Siehst du uns?«, fragte Pego.

Keine Antwort.

»Brauchen wir ein Kissen oder so was?«, fragte ich.

»Ich weiß nicht. Wenn sie eine Kopfverletzung hat, bewegen wir sie sicherheitshalber nicht so viel.« Ich drückte die Hand meiner Schwester. »Tut dir etwas weh, Arti?«

Sie bewegte die Lippen ein wenig, aber es kam kein Ton heraus. Wir sahen uns an.

»Der Krankenwagen ist sicher gleich da.«

Jari behielt recht, es dauerte höchstens fünf Minuten, bis der Krankenwagen laut heulend und mit quietschenden Reifen an der Straße hielt. Trotzdem kam es mir vor wie eine Ewigkeit. Mittlerweile hatte sich eine kleine Traube um uns versammelt. Die Empfangsdame erwies sich jedoch als zäh und durchsetzungsfähig und ließ keinen bis zu uns durch.

Die Tür wurde aufgerissen. Zwei Sanitäter kamen herein. Wir machten Platz. Sie beugten sich hinunter zu Arti.

»Ohnmacht?«, fragte der eine.

»Ja.« Wir nickten.

»Wie lange?«

»Keine Ahnung. Nicht lange … eine Minute vielleicht«, sagte ich.

»Alkohol?«

»Was?«

»Alkohol, Drogen …?« Einer der Sanitäter fühlte Artis Puls.

Wir schauten zu Mats, der reglos an der Wand lehnte. Jetzt hob er die Hände. »Was? Quatsch!«

Der Sanitäter musterte ihn. »Ehrlich?«, fragte er streng. »Ganz sicher?«

»Ja.« Mats kreuzte die Arme vor der Brust.

Der Sanitäter sah zu Pego und mir. »Wir nehmen sie mit. Der Puls ist schwach.« Er tätschelte Artis Wange. »Hallo. Verstehst du mich?«

Meine Schwester schaute, als hätte er Chinesisch gesprochen.

»Kannst du aufstehen?«

Wieder keine Reaktion.

Die Sanitäter standen auf. »Sind sofort wieder da.«

Eine Minute später kamen sie mit einer Trage zurück. Mit geübtem Griff hoben die beiden Arti vom Boden auf, legten sie auf der Trage ab und schnallten sie an.

Ich wich nicht von ihrer Seite. »Können wir mitfahren?«

Erst jetzt bemerkte der Mann, dass wir viele waren. Er runzelte die Stirn. »Du kannst mit. Der Rest nicht.«

»Bitte«, sagte Pego. »Ich bin ihr Bruder.«

»Ist doch kein Taxi«, antwortete der Sanitäter. »Vivantes-Krankenhaus. Ist nicht weit. Findet ihr auch alleine hin.«

Pego nickte gehorsam wie ein Soldat und begann schon, in sein Handy zu tippen, während die Männer Arti zum Krankenwagen schoben. »Wie schreibt sich das, mit W?«

»V. Könnt ihr hinlaufen, höchstens fünfzehn Minuten, ist ganz nah.«

»Okay.«

Wir sahen zu, wie Arti ins Innere des Wagens gehievt wurde. Dann durfte ich hinterherklettern.

»Pego!«, schrie ich. »Ihr müsst Mama und Papa anrufen!«

Das hatten wir in unserer Hektik und Panik tatsächlich vergessen.

»War es das nun?«, fragte mich der Sanitäter, nachdem er Artis Trage im Wageninneren befestigt hatte. Ich nickte. Draußen stand mein Bruder und wählte die Nummer meiner Eltern. Arme Mama, armer Papa. Plötzlich überkam mich grässliche Angst. Was, wenn Arti etwas Schlimmes zugestoßen war? Ich meinte nicht nur den Schlag gegen den Kopf. Ich meinte etwas, was in den Stunden davor passiert sein konnte. Wir wussten gar nichts. Nur dass sie seltsam desinteressiert und abwesend reagiert hatte, als wir sie fanden.

Der Krankenwagen fuhr an, ich verlor das Gleichgewicht. Der Sanitäter packte mich am Handgelenk und wies auf einen Klappsitz hinter mir.

»Hinsetzen«, brummte er. »Sonst haben wir bald zwei Verletzte.«

Und dann rasten wir mit Tatütata und Blaulicht zum Krankenhaus. Trotz des schrecklichen Lärms legte sich Stille um mein Herz wie eine kalte, klamme Hand.

Als der Krankenwagen vor der Notaufnahme der Klinik zum Stehen kam, hatte ich die ersten fünf Fingernägel runtergekaut.

In Rekordzeit, denn wir waren höchstens ein paar Minuten gefahren. Dieses Mal war es mir total egal. Sollten mir ruhig nie wieder Nägel wachsen. Hauptsache, meine Schwester wurde wieder gesund.

Im Laufschritt schoben die Sanitäter Artis Trage durch eine große Flügeltür ins Innere des Gebäudes. Ich rannte neben ihnen her. An der nächsten Flügeltür musste ich zurückbleiben.

»Setz dich dahinten in den Wartebereich«, rief mir einer der Sanitäter zu. »Wir kümmern uns um sie.«

Und dann war Arti weg. Klein und blass und sprachlos. Einfach weg. Alles war so unfassbar schnell gegangen. Seit wir sie im Museum gefunden hatten, waren erst zwanzig Minuten vergangen. Ich schaute auf mein Handy. Mama hatte mehrmals versucht, mich zu erreichen. Während ich zum Wartebereich schlurfte, wählte ich ihre Nummer. Kaum hörte ich Mamas Stimme, liefen mir die Tränen.

»Lil, wo bist du? Ist Arti bei dir?« Mamas Stimme klang panisch.

Stockend berichtete ich ihr, was in den letzten Minuten passiert war. »Sie ist jetzt dadrin …«

»War sie bei Bewusstsein?«

»Ja … uaaaaaah … aber sie hat nicht geredet … es tut mir so leid …«, schluchzte ich.

»Es ist nicht deine Schuld, Lil, hörst du?«

»Doch. Ich hätte dich warnen müssen.«

»Warnen?« Mama redete kurz mit Triton, ich verstand nicht, was sie sagten. »Lil, hörst du, wir sind gleich da, in fünf, höchstens zehn Minuten. Wir sind im Taxi.«

»Fahrt zum Eingang der Notaufnahme.«

»Gut. Bis gleich, mein Schatz.«

Ich schickte Pego eine Nachricht, dass auch er und die anderen zur Notaufnahme kommen sollten. Zehn Minuten später waren wir vollzählig. Nur Jari und Mats fehlten.

»Sind die weg?«, fragte ich.

Helli legte einen Arm um mich. »Nein, draußen, mit Pan. Jari redet Mats ins Gewissen. Und Mats hat außerdem, glaube ich, ziemlich Schiss, deinen Eltern zu begegnen.«

»Das sollte er auch!«, donnerte Mama.

Papa machte eine beschwichtigende Geste. »Lisa, bitte. Wir sind hier nicht die Einzigen.«

Das stimmte. Im Wartebereich der Notaufnahme war es fast so voll wie vorhin im Museum. Alle Plätze waren belegt, manche Leute saßen schon auf dem Fußboden. Eine junge Frau stand auf und bot Mama ihren Sitzplatz an. Mama wollte abwehren, aber Papa mischte sich ein.

»Doch, doch, mein Herz, das solltest du annehmen.« Er dirigierte Mama zu dem Stuhl. »Setz dich.« Dann lächelte er die fremde Frau an. »Vielen Dank. Das ist sehr freundlich.«

Mama bedankte sich ebenfalls bei der Frau, plumpste auf den Stuhl, schloss kurz die Augen, um sie sofort wieder aufzureißen. »Theo, schau mal, ob du irgendwo einen Arzt findest.«

Papa nickte und zog ab.

Ich musste meinen jüngeren Geschwistern haarklein von der Fahrt im Krankenwagen berichten.

»Voll krass«, sagte Triton.

»Du hast es gut«, murmelte Orion.

»Mann, lass das nicht Mama hören!«, zischte ich. »Das war kein Spaß.«

»Weiß ich ja.«

»Und im Museum, da war wirklich ein Mario-Kart-Raum?«, wollte Nike wissen.

Typisch jüngere Geschwister. Null Mitgefühl. Denen ging es nur um ihre verpassten Gelegenheiten. Ich nickte knapp und gesellte mich dann zu Pego und Helli, die etwas abseits auf dem Fußboden saßen.

»Hat Arti auf der Fahrt keinen Mucks gemacht?« Pego griff nach Hellis Hand und tätschelte sie.

»Nein.« Ich hockte mich neben die beiden. »Habt ihr etwas von Mats herausgekriegt?«

Pego hob die Schultern. »Nicht viel. Wie wir vermutet haben, waren sie in verschiedenen Läden. Er behauptet, Arti sei die ganze Zeit gut drauf gewesen. Bis zu dem Zeitpunkt, als wir auftauchten.«

»Als ob. Jetzt wird er noch behaupten, es läge an uns.«

»Wahrscheinlich. Idiot.«

Helli sah mich an. Sie flüsterte. »Pego hat ihn noch mal gefragt, ob sie Drogen genommen haben.«

»Und?«

»Streitet er heftig ab. Aber normal sah Arti ja nun wirklich nicht aus.«

In dem Moment kamen Nike und Orion um die Ecke geschossen. Sie hatten auf dem Flur Schmiere gestanden.

»Papa kommt! Und es ist jemand bei ihm!«

Wir sprangen alle gleichzeitig auf, auch Mama.

Papa und eine Frau in grünem Kittel kamen uns im Schnellschritt entgegen. Die Frau nickte uns zu.

»Ich habe nicht viel Zeit, aber Sie können kurz mitkommen«, sagte sie knapp und ging ein paar Meter weiter zu einer Tür. »Hereinspaziert.«

Sie machte eine einladende Handbewegung. Wir befanden uns in einem kleinen Besprechungszimmer mit einem Schreibtisch und insgesamt drei Stühlen. Am Schreibtisch nahm die Frau im Kittel Platz, auf den beiden anderen Mama und Papa. Wir Kinder blieben stehen.

Die Frau, auf deren Kittel »Dr. A. Schmitt« stand, schob einen Stift und ein paar Papiere in Mamas Richtung. »Bitte füllen Sie das aus und geben es nachher mit der Versichertenkarte Ihrer Tochter vorne bei der Anmeldung ab.«

Mama nickte, ohne auf die Papiere zu schauen. »Wie geht es unserer Tochter?«

Die Ärztin sah erst Mama, dann Papa an. »Den Umständen entsprechend gut.«

Unser versammeltes Aufatmen klang wie das Geräusch, das Busse manchmal machen, ein großes, erleichtertes Pffffff.

»Welche Umstände?«, fragte Papa.

Dr. Schmitt legte beide Handflächen auf dem Tisch ab. »Kreislaufkollaps infolge einer Dehydration.«

»Wie?«

»Was?«

Beunruhigt sahen wir uns an. Niemand von uns Kindern hatte verstanden, was die Ärztin gesagt hatte, Mama und Papa aber offenbar schon.

Betroffen schlug Mama sich mit der Hand an den Mund. »Meine Güte!«

Papa schaute sehr ernst.

»Ja, meine Güte«, sagte die Ärztin, und ihre Stimme klang spöttisch. »So etwas darf eigentlich nicht passieren, wissen Sie.« Sie warf einen Blick in die Runde. »Was ist mit euch? Habt ihr genug getrunken heute?«

»Was?«

»Wie meinen Sie das?«

Mama wandte sich zu uns um. »Arti hat offenbar nicht genug getrunken. Das ist der Grund, warum sie umgefallen ist.«

»Wir haben alle ausreichend getrunken und unsere Eltern ebenfalls«, sagte Pego und imitierte den spöttischen Ton der Ärztin. »Unsere Schwester war nur leider abgehauen seit heute Morgen, und wir wussten nicht, wo sie steckt.«

Frau Dr. Schmitt stand auf. »Wie auch immer. Sie bekommt gerade eine Infusion und wird bald wieder einigermaßen fit sein. Blutwerte dauern aber noch.«

Mama und Papa erhoben sich ebenfalls.

»Das heißt, wir können sie mitnehmen?«, fragte Papa.

»Ich bitte darum. Sobald die Blutwerte da sind und wir sehen, dass es wirklich nichts Gravierendes ist.« Sie sah zu uns Kindern. »Bringt eure Schwester nach Hause und gebt ihr ordentlich Wasser und Schorle und Tee.«

»Oder ordentlich eins auf die Nase«, grollte Pego leise, aber doch so laut, dass alle es hörten, auch Dr. Schmitt. Wir lachten.

Die Ärztin schüttelte Mama und Papa die Hand. »Warten Sie noch eine halbe Stunde, erledigen Sie die Formalitäten und dann klingeln Sie vorne an der Station. Sie dürfen dann zu ihr.«

»Vielen Dank.« Papa öffnete die Tür und Mama bugsierte

uns zurück auf den Flur. Der grüne Kittel raschelte und dann war Frau Dr. Schmitt verschwunden.

Wir sahen uns an.

»Was ist Dehyfrolierung?«, fragte Nike.

»Dehydration bedeutet, dass der Körper austrocknet, weil er nicht genügend Flüssigkeit bekommen hat. Unser Blut wird dann buchstäblich dicker, kann nicht mehr gut fließen, und wenn man großes Pech hat, kommt es zu einem Kreislaufkollaps«, erklärte Papa.

Mama strich Nike über den Kopf. »Du siehst, wie wichtig es ist, viel Wasser zu trinken. Vor allem bei dieser Hitze.«

»Hat Arti den ganzen Tag nichts getrunken?«

»Das kann ich mir durchaus vorstellen.« Mama zückte den Kugelschreiber und widmete sich dem Fragebogen.

»Wollen wir mal schauen, was die anderen und Pan machen?«, fragte ich.

Papa hob die Augenbrauen. »Genau. Wie sagtet ihr noch so treffend, Vollpfosten? Mit dem möchte ich jetzt mal ein Wörtchen wechseln.« Und schon setzte er sich in Bewegung.

Alle außer Mama wollten hinter ihm her, doch Papa bremste uns aus.

»Halt. Pego und Lil, das reicht.« Ich sah, wie Helli erschrocken innehielt. Papa bemerkte es auch. »Und Helli natürlich.«

Triton stemmte beide Fäuste in die Hüften. »Ach ja, und wir?«

»Papa winkte ab. »Mein Sohn, wie sieht das aus, wenn wir zu siebt oder acht sind?«

»Das ist mir doch egal, wie das aussieht!«, beschwerte sich Orion. »Wir wollen auch mal dabei sein.«

»Ja, nie nehmt ihr uns mit! Das ist so was von ungerecht.«

Nike kreuzte die Arme vor der Brust und schob die Unterlippe vor. »Voll gemein.«

»Ja, voll gemein und ungerecht, aber ich kann es nicht ändern.«

»Weißt du, Papa«, mischte ich mich ein, »ich finde nicht, dass Mats hier irgendwie Rücksicht verdient hat.«

Papa legte den Kopf schief, was er oft machte, wenn er eine schnelle Entscheidung treffen musste. »Gut, einverstanden.« Er schaute zu den Jüngeren. »Haltet euch im Hintergrund.«

Triton und Orion rollten die Augen, nickten aber.

Nike schob ihre kleine, verschwitzte Hand in meine. »Danke, Lil.«

Jari und Mats hockten mit angezogenen Beinen im Schatten einer Linde auf dem Außengelände der Klinik und starrten in unterschiedliche Richtungen. Pan hatte sich zwischen sie gelegt. Seine rosa Zunge hing weit aus dem Maul.

»Oje, Pan hat Durst«, sagte ich.

»Armer Panni.«

»Wisst ihr, was?« Helli machte kehrt. »Ich hole den Wassernapf und etwas zu trinken bei eurer Mutter.«

»Das ist sehr nett von dir«, sagte Papa.

»Ja, danke, Helli.«

Sie zischte ab.

Die beiden Jungs hatten uns gesehen. Jari rappelte sich hoch, Mats blieb sitzen. Ich sah, wie Jari etwas zu Mats sagte und der missmutig den Kopf schüttelte. Jari kam uns entgegen.

»Wie geht es Arti?«

»Offenbar besser. Wir dürfen in einer halben Stunde zu ihr.«

Er atmete auf und auch Mats konnte ich die Erleichterung ansehen.

Pan klopfte erfreut mit seinem Schwanz auf den staubigen Boden.

»Schaut mal, ihm ist so heiß, er begrüßt uns noch nicht mal anständig«, stellte Nike fest. Sie hockte sich neben Pan und tätschelte ihm den Kopf. »Kriegst gleich Wasser, Panni.«

»Da sind wir genau beim richtigen Stichwort«, sagte Papa.

Mats ließ den Kopf hängen.

»Mann, Alter, komm auf die Füße«, ranzte Pego ihn an.

Langsam kam Mats hoch und schielte vorsichtig zu Papa und Pego.

»Es tut mir leid«, nuschelte er.

»Das hätte schlimm ausgehen können.« Papas Stimme war schneidend und kalt. »Du hast dich hier in doppelter Hinsicht schuldig gemacht, junger Mann. Erstens hast du Arti einfach mitgenommen und unsere Familie für Stunden in Angst und Schrecken versetzt. Und zweitens hast du Arti rücksichtslos in diese Spielhöllen geschleift und noch nicht einmal gemerkt, dass sie dringend etwas hätte trinken müssen. Bei dieser Temperatur!«

Helli kam mit der Wasserflasche und Pans Trinknapf angaloppiert. Ich sah, wie Mats sehnsüchtig auf die Wasserflasche schaute. Unser Hund schlabberte glücklich.

»Es war … ich hatte keine Ahnung …« Mats rieb sich die Schläfen. »Ich dachte …«

»Komm mal zum Punkt«, brummte Pego ungeduldig.

»Sie hat gesagt, sie darf das«, rief Mats verzweifelt. Sein Gesicht war verzerrt vor Anstrengung. Er sah aus, als hätte er Schmerzen.

Papa bemerkte es offenbar auch. »Gebt ihm mal die Wasserflasche«, forderte er Helli und Nike auf.

Mats riss Helli die Flasche fast aus der Hand.

»Danke.« Er trank sie, ohne abzusetzen, komplett aus. »Tut mir leid.«

Er hielt Helli die leere Flasche hin.

»Ph. Kannst du behalten.«

Schüchtern sah Mats auf. »Ich habe wahnsinnige Kopfschmerzen.«

»Selbst schuld.« Pego schien ungerührt. »Das kommt davon. Du kannst von Glück sagen, wenn wir dich nicht anzeigen, oder, Papa?«

Papa sah Mats lange an. »Ist es wahr, dass du Arti Geld abgenommen hast?«

Mats blickte panisch von einem zum anderen. »Geld … was? Sie hat … sie hat es mir selbst gegeben. Geschenkt. Hat sie gesagt.«

Pego machte einen Schritt auf ihn zu. »Alter, in zehn Minuten gehen wir da rein und fragen Arti, also pass auf, was du sagst.«

»Sie hat's mir einfach gegeben, Ehrenwort! Wirklich. Zumindest habe ich das so verstanden.«

»Aha. Nun, vielleicht war es auch ein Missverständnis, willst du damit sagen?«, fragte Papa.

»Arti wollte sich hier etwas Schönes von ihrem Geld kaufen«, warf ich ein. »Das hat sie vor der Reise dauernd gesagt. Wieso sollte sie dir Geld schenken?«

Mats hob die Schultern. »Keine Ahnung, sie hat es einfach gemacht.«

»Wie viel war es denn?« Papa runzelte die Stirn.

»Ich weiß es nicht genau, vielleicht hundert …«

»HUNDERT?«, riefen gleich mehrere von uns einstimmig.

»Ich weiß nicht. Ungefähr …«

»Und das ist *alles* weg?«

Mats schob die Hände in die Hosentaschen, und er sah so aus, als würde er am liebsten sich selbst auch klein gefaltet in eine Tasche schieben.

»Wir haben zwei Möglichkeiten«, fasste Papa zusammen. »Entweder wir regeln das unter uns oder wir regeln es offiziell. Offiziell heißt, ich würde nun deine Eltern benachrichtigen und sie darum bitten, für den Schaden aufzukommen. Wobei …«, Papa hielt kurz inne und sprach dann weiter, »… noch gar nicht klar ist, wie groß der Schaden überhaupt ist. Noch hat niemand Arti gesehen oder mit ihr gesprochen.«

»Bitte nicht meine Eltern anrufen.«

»Habe ich mir schon gedacht. Dann … gibst du es uns in bar?« Papa klang ganz ruhig und gefasst.

»Was?« Mats schaute hilflos zu Jari, aber der stand nur da und hob die Hände.

»Frag mich nicht. Ich habe keine hundert Euro, und selbst wenn ich sie hätte …«

»Du hast doch ein Smartphone.« Pego zeigte auf Mats' Hosentasche.

»Ja und?«

»Nichts, und. Her damit.«

»Was?!«

»Du gibst es uns, als Pfand. Und wenn du die hundert Euro hast und uns bringst, dann kriegst du es wieder.«

»Das geht nicht!«

»Und ob das geht.«

»Ich brauche das Handy.«

»Klar brauchst du es. Deshalb ist das ja ein guter Deal.« Pego lachte und meine kleinen Brüder lachten fröhlich mit.

Papa verfolgte den Schlagabtausch interessiert, aber ohne sich einzumischen.

»Mann, ihr kriegt eure hundert Euro, ich versprech's!«

»Vergiss es.« Pego hielt die Hand auf. »Los, her damit.«

»Ey …« Mats wandte sich Hilfe suchend an Jari. »Sag doch auch mal was!«

»Was soll ich sagen, Kumpel? Du hast es dir selber eingebrockt. Jetzt musst du es auslöffeln.«

»Aber … nein … das könnt ihr nicht machen.« Mats war den Tränen nahe. »Voll die Abzocke. Das Handy ist viel mehr wert«, sagte er trotzig.

»Das wissen wir«, sagte Papa. »Und du kannst dich darauf verlassen, dass du es wiederbekommst. Du hinterlässt uns deine Adresse, und ich gebe dir unsere Kontonummer, und sobald das Geld auf unserem Konto eingegangen ist, bekommst du dein Telefon zurück.«

»Aber … ich brauche es …«

Pego seufzte laut. »Langweilig. Du wiederholst dich.« Er hielt immer noch die Hand hin.

Widerwillig zog Mats sein Handy aus der Tasche, schaltete es aus und übergab es dann meinem Bruder.

»Wurde ja auch Zeit.« Pego steckte das Handy in seine Jeans. »Blöder Zocker.«

Dann ging alles ganz schnell. Mama tauchte am Eingang zur Notaufnahme auf und rief nach uns.

»Ah, sehr gut. Bestimmt dürfen wir jetzt zu Arti.« Papa kritzelte schnell eine Nummer auf eine Visitenkarte und überreichte sie Mats. »Pass gut darauf auf.«

»Andernfalls verscherbeln wir nämlich dein Handy und teilen uns die Kohle.« Pego grinste fies.

Papa notierte sich Mats' Adresse. Dann schüttelte er erst Jari und dann Mats die Hand. Dabei sah er ihm sehr ernst in die Augen. »Ich hoffe, du bekommst dein Problem in den Griff. Irgendwann begegnest du sonst vielleicht einmal Leuten, die nicht so viel Verständnis haben und tatsächlich die Polizei rufen.«

Mats nickte, allerdings wenig überzeugend. Er sah einfach nur aus, als wollte er so schnell wie möglich weg. Er schaute niemanden von uns an, nicht Pego, nicht mich und auch nicht Helli. Die Kleinen schon gar nicht. Er drehte sich einfach weg und genau in dem Moment checkte ich es.

Dies war der Abschied. Auch von Jari. Morgen fuhren wir Aprils nach Hause. Und die Jungs ebenso, allerdings mit einem späteren Zug.

Während Papa und Mats schon in entgegengesetzte Richtungen stapften, klatschten wir nacheinander Jari ab.

»Danke, Kumpel«, sagte Pego.

»Tja, dann … tschüs«, sagte ich, weil mir nichts Besseres einfiel.

Jari wies mit dem Kopf in Richtung Mats, der einige Meter weiter weg stehen geblieben war und wartete. »Tut mir leid, dass er dich so enttäuscht hat.«

»Ich glaube, er hat vor allem Arti enttäuscht.«

Jari hob die Augenbrauen. Sein Blick zeigte eine Überraschung, die ich nicht ganz einordnen oder nachvollziehen konnte. Dann lächelte er.

Ich suchte nach den richtigen Worten, aber ich hatte keine Zeit. Die anderen hatten sich alle schon in Bewegung gesetzt. Mama rief nach mir.

»Danke, dass du uns geholfen hast.«

»Ist doch klar.«

Wir hoben kurz die Hände und klatschten ab, vorsichtig und wie in Zeitlupe, als hätten wir Angst, einander wehzutun. Und dann drehte ich mich um und ging zu Helli und Pan, die als Einzige noch auf mich am Eingang warteten.

Die Krankenschwester wollte uns zuerst nicht durchlassen.

»Nur die Familie«, sagte sie barsch und versperrte wie ein Wachposten die Tür zu Artis Zimmer.

»Wir gehören alle dazu«, entgegnete Mama säuerlich.

Die Schwester warf einen Blick auf Mamas Bauch und zählte dann im Geiste durch.

»Wow, sie kann bis sieben zählen«, flüsterte Pego. »Megaspeiübelst.«

Wir kicherten.

»Zwei warten noch draußen vor dem Eingang«, konnte Papa es sich nicht verkneifen zu sagen. Er lächelte die Schwester liebenswürdig an. »Aber wir wollten Sie nicht überfordern.«

Die Schwester riss die Augen auf und ließ uns wortlos durch.

Arti lag im Bett. Sie lächelte. In ihrem Arm steckte eine Nadel, an der ein Schlauch zu einer kleinen Plastikflasche führte, die an einem Gestell neben dem Bett hing. Über der Nadel klebte ein Pflaster. Arti war die Einzige im Zimmer und es war angenehm kühl hier.

»Hi«, kam es kratzig aus ihr heraus.

»Spätzchen. Was machst du für Sachen …« Mama umarmte sie, was jedoch wegen des dicken Bauchs nicht gut ging.

Papa strich Arti zärtlich über die Wange. »Wir haben uns Sorgen gemacht.«

»Tut mir leid«, krächzte sie.

»Wieso hast du so eine komische Stimme?«, fragte Nike.

»Weiß nicht.«

Wir verteilten uns rings ums Bett.

Orion tippte mit dem Finger auf das Pflaster in Artis Armbeuge. »Was ist das?«

Arti zuckte mit den Schultern. »Die nennen es Leitung. Und das da oben«, sie zeigte auf den Beutel mit durchsichtiger Flüssigkeit, »nennen sie Cocktail.«

»Waaaas? Du kriegst Cocktails?« Entrüstet sahen die Zwillinge sich an. »Erst baust du Mist und dann wirst du auch noch belohnt?«

Pego gab Orion eine Kopfnuss. »Sieht so ein echter Cocktail aus, Zwerge? Das ist Wasser, wetten?«

Papa nickte. »Ja, das denke ich auch. Mit Mineralien aufgepepptes Wasser und sie geben es über die Leitung direkt in die Blutbahn. Das wirkt dann noch schneller, als wenn Arti es trinken würde.«

Mama hielt Arti die Schnabeltasse hin, die neben ihrem Bett stand. »Deshalb solltest du trotzdem auch normal trinken.«

»Ganz recht«, bestätigte Papa.

Arti nuckelte an der Schnabeltasse.

»Ich darf gleich mit euch gehen, haben sie gesagt.« Sie zeigte auf den beinahe leeren Flüssigkeitsbeutel. »Wenn das leer ist.«

Mama und Papa nickten.

»Ja. Und dann kannst du dich auf ein Donnerwetter gefasst machen«, flüsterte Triton, der wie ich bisher nur alles staunend beobachtet, aber nichts gesagt hatte.

Mama strich ihm über den Kopf. »In erster Linie sind

wir froh und dankbar, dass dir nichts Schlimmes passiert ist, Arti.«

»Weder auf deiner Odyssee durch die Hauptstadt noch nach diesem Notfall hier«, ergänzte Papa.

»Was ist eine Odyssee?«, wollte Nike wissen.

»Mensch, Nike, du musst doch Odysseus kennen!« Triton schüttelte den Kopf.

»Nein, muss ich gar nicht, Blödi.«

»Als Papas Tochter müsstest du das schon.«

»Nicht jeder hat Interesse an griechischen Heldensagen, mein lieber Triton«, wandte Papa ein.

»Genau. Ich mag eben lieber andere Sachen und die zählen auch, gell, Mami?« Nike runzelte die Stirn.

Es sah so niedlich aus. Ich kam ihr zu Hilfe. »Klar, die zählen genauso.«

»Logo, Lillifee und Einhörner zählen auch«, murmelte Triton.

»Eine Odyssee ist jedenfalls eine Irrfahrt«, beendete Mama die kleine Auseinandersetzung. »Und das ist Artis Trip heute ja wohl gewesen, oder?«

Arti nickte matt. Man konnte ihr die Strapazen ansehen. »Es tut mir leid, dass ich nicht genug getrunken habe.«

Mama kratzte sich hinterm Ohr. »Und sonst tut dir nichts leid?«

»Du bist ja ein Scherzkeks«, sagte Papa.

»Das ist wirklich das Letzte«, sagte ich.

In Artis Hirn ratterte es, ich konnte sehen, wie die Gedanken förmlich hindurchjagten. Beziehungsweise hindurchschlichen. Sie wusste tatsächlich nicht, was wir meinten.

»Sollen wir dir auf die Sprünge helfen, Artilein?« Pegos Stimme klang drohend.

»Ich habe nichts Unrechtes getan.«

»Wie bitte?«, kam es gleichzeitig aus Mamas und Papas Mund.

»Wir haben nur ein bisschen gespielt.«

»Schatz, du bist einfach verschwunden heute Morgen und warst fast den ganzen Tag nicht auffindbar. Findest du das in Ordnung?« Mama schaute fassungslos.

»Und *ich* musste wegen *dir* die *fashion victory* sausen lassen. Meine Ausstellung! Meine Messe! Die Modenschau! Ich hätte in der zweiten Reihe sitzen können! Vielen Dank auch«, platzte es aus mir heraus.

»Ihr hättet gar nicht nach mir suchen müssen«, gab Arti trotzig zurück. »Ich wäre heute Abend wiedergekommen.«

Pego hielt Arti seine geballte Faust ganz dicht unters Kinn. »Merkst du nicht, dass du Blech redest? Du *wärst* heute Abend zurückgekommen? Zufällig *wärst* du aber im Krankenhaus gelandet, du Baby, und hier würdest du jetzt entweder ganz allein oder mit dem größten Loser aller Zeiten sitzen.«

»Mats ist kein Loser.«

»Was?!« Pego lachte laut auf. »Er ist ein Oberübelmegafurzvollpfostenloser!«

»Nein!« Arti strampelte wütend das Laken weg, mit dem sie zugedeckt war. »Gar nicht wahr!«

»Oh doch!« Pego war stinksauer. Wir alle waren sauer.

»Schluss!«, griff Mama ein. »Das hat keinen Sinn.« Sie fasste Arti beim Kinn und wandte ihren Kopf, sodass sie Mama in die Augen sehen musste. »Du wirst nie wieder ungefragt mit irgendeinem Jungen einfach verschwinden, hast du das verstanden?«

»Aber ich verstehe die Aufregung nicht«, wehrte sich Arti.

»Als Orion in München am Hauptbahnhof verschwunden ist, hat es doch auch niemanden gekratzt.« Sie zog das Betttuch wieder hoch. »Woher sollte ich wissen, dass Orion verschwinden darf, aber ich nicht?«

»Das kann man doch nicht vergleichen, Arti! Außerdem haben wir sehr wohl nach Orion gesucht. Pego hat ihn gefunden, wenn du dich erinnerst.«

»Ja, aber es war kein großes Thema. Alle sind ruhig geblieben. Deshalb dachte ich, ihr macht euch nicht verrückt, wenn ich mal kurz verschwinde.«

»Kurz? Einen Tag, das nennst du kurz?« Mama schüttelte den Kopf.

»Ich wollte ja viel früher zurück, aber …«

Papa legte Arti eine Hand auf die Schulter. »Das ist jetzt nicht mehr wichtig. Hauptsache, du verstehst, dass wir uns Sorgen machen, wenn unsere elfjährige Tochter in einer Millionenstadt mit einem Jungen verschwindet, den wir kaum kennen. Hast du das verstanden?«

Arti schaute missmutig an uns vorbei ins Leere.

»Jetzt sag schon Ja, dann kommen wir hier raus«, sagte ich. »Das Teil da oben ist jedenfalls durchgelaufen.«

»Genau. Helli und Pan warten draußen in der Gluthitze.« Pego ging zur Tür. »Ich gehe schon mal vor. Die Unterhaltung hier nervt.«

»Oh Gott, stimmt ja, die Armen!« Papa sah zum Infusionsständer, dann hielt er Orion das Kabel mit der Notruftaste hin, das an Artis Nachttisch hing. »Hier, ruf mal die Schwester für deine Schwester.«

Orion grinste und drückte zweimal.

»Ich will auch!« Nike, die auf der anderen Seite des Bettes stand, beugte sich quer über Arti. »Gib her.«

Orion sah fragend zu Papa.

»Meinetwegen.«

Mama nickte. »Egal. Die haben sowieso schon eine schlechte Meinung von uns.«

»Wieso haben sie eine schlechte Meinung?«, wollte Nike wissen, bevor sie lustvoll ebenfalls zweimal auf die Notruftaste drückte.

»Weil sie denken, wir hätten unser Kind halb verdursten lassen.«

Zum ersten Mal sah ich in Artis Augen so etwas wie Erkenntnis oder Verständnis aufflackern. Meine Güte, die war vielleicht verpeilt. Ich hätte nie im Leben gedacht, dass meine Schwester sich wegen eines Jungen derart aus der Bahn werfen ließe.

Sie hatte offensichtlich nichts anderes im Sinn als Mats und alle vernünftigen Gedanken aus ihrem Hirn verdrängt. Die Idee, wir könnten uns Sorgen machen, schien ihr einfach nicht gekommen zu sein.

Mama und Papa sahen sich an. »Das kann ja noch heiter werden«, flüsterte Mama.

Ich wandte mich an Arti. »Weißt du, eigentlich müsstest du sauer auf Mats sein. Er hat dich einfach mitgeschleppt, dabei wusste er ganz genau, dass das nicht okay war.«

»Er hat mich nicht geschleppt. Wir haben das gemeinsam entschieden.«

»Gemeinsam entschieden, soso.« Mama setzte sich auf die Bettkante. »Habt ihr auch gemeinsam entschieden, beim Spielen *dein* Geld auszugeben?«

Arti schaute vor sich auf die Bettdecke. »Wie … mein Geld …?«

»Mats ist pleite, das wissen wir von Jari. Und so ein Tag

im Spieleparadies kostet Geld. Also musst du es ihm gegeben haben.«

»Und wir wissen auch schon, wie viel«, platzte Orion dazwischen.

»Hundert Euro!«, ergänzte Nike.

»Voll bescheuert.« Triton ließ es sich nicht nehmen, ebenfalls einen Kommentar abzugeben.

Arti presste die Fäuste gegen die Augen.

»Lasst mich in Ruhe. Ich kann mit meinem Geld machen, was ich will.«

Die Schwester kam ins Zimmer. »Die Blutwerte sind da. Alles in Ordnung.«

Wir machten Platz, nur Mama blieb bei Arti sitzen. Sie streichelte ihre Hand. Die Schwester machte sich an Artis Arm zu schaffen, riss, ohne mit der Wimper zu zucken, das Pflaster über dem Zugang zur Vene ab, zog die Nadel heraus und legte einen Tupfer auf das kleine Loch, den Arti fest andrücken musste. Arti kniff Augen und Lippen zusammen, Orion wandte sich ab. Wir anderen schauten interessiert zu.

»Hat es wehgetan?«, fragte Nike.

»Nein«, sagte meine Schwester tonlos.

Die Krankenschwester tätschelte Arti die Wange. »So. Jetzt noch ein Pflaster und dann raus mit dir. Und ab jetzt immer fleißig trinken, verstanden?«

Arti nickte brav. Sie schlug die Decke zurück, schwang die Beine aus dem Bett und sprang auf die Füße. Und sackte im gleichen Moment wieder in sich zusammen. Die Schwester und Papa fingen sie auf.

»Aua, aua, mein Kopf …«, jammerte sie.

»Hey!«

»Hoppla! Nicht so zackig.«

»Was hat sie?«

»Wird sie ohnmächtig?«

Papa hob Arti zurück aufs Bett. »Ganz langsam, Liebes. Erst einmal Luft holen und die Beine hin und her bewegen.«

Arti hielt sich beide Hände an den Kopf. »Au. Es tut so weh!«

»Was ist mit ihrem Kopf?«, fragte ich.

»Tja, das kommt vom Flüssigkeitsmangel. Wird auch noch eine Weile so bleiben. Da hilft nur Ruhe.« Die Schwester nickte uns zu. »Dann noch einen schönen Tag.«

Mama lächelte. »Vielen Dank.«

Nachdem die Schwester den Raum verlassen hatte, warteten wir darauf, dass Artis Schwindelgefühl nachließ. Sie saß auf dem Bett, baumelte mit den Beinen, hielt sich den Kopf und starrte ins Leere.

Nike tippte sie an. »Was ist denn mit deinen Beinen los?«

»Keine Ahnung. Sie fühlen sich an wie Gummi.«

»Immer noch?« Mama und Papa tauschten einen besorgten Blick.

»Weiß nicht.«

Mama kramte in ihrer Handtasche und beförderte zwei ziemlich verkrümelte Kekse aus einer kleinen Dose. »Vielleicht hast du Hunger?«

»Darf ich auch?« Orion wollte schon in die Keksdose langen, aber Mama gebot ihm Einhalt.

»Bitte, Orion. Artis Kreislauf muss sich stabilisieren, deshalb gönnen wir ihr die Kekse, einverstanden?«

Orion verschränkte die Arme vor der Brust. »Nö. Kein bisschen gönne ich ihr das. Erst müssen wir den ganzen Tag durch die Stadt hetzen wegen ihr und jetzt kriegt sie zur Belohnung die letzten Kekse.«

»Tut mir leid, Orion, das ist keine Belohnung, sondern eine medizinische Maßnahme«, erklärte Mama.

Ich muss sagen, mich nervte diese Maßnahme auch. Aber je weniger wir anderen murrten, desto schneller kamen wir hier raus, deshalb hielt ich den Mund.

Arti knabberte aufreizend langsam an ihren Keksbröckchen, so als wollte sie jeden einzelnen Krümel feiern, den sie, ohne zu teilen, essen durfte. Puh.

»Was haltet ihr davon, wenn wir nachher in der Wohnung Pizza für alle bestellen?«, fragte Papa.

»Jaaa!«

»Auf jeden Fall!«

Papa lächelte und fasste Arti unter den Armen. Sachte schob er sie bis zur Bettkante.

»So, mein Schatz. Nächster Versuch.«

Meine Schwester hielt inne und wartete, ob ihr wieder schwarz vor Augen würde. Dieses Mal klappte es besser. Vorsichtig und behutsam, als wäre sie aus Glas, hakten meine Eltern Arti unter. Dann verließen wir den Raum, vorne Mama und Papa mit Arti in ihrer Mitte, dahinter Nike, Orion, Triton und ich. Wir gingen so langsam, dass es wirkte wie eine feierliche Prozession. Fehlte nur noch die Kirchenmusik.

Der lange Flur zog sich endlos, und mit jedem Schritt, den wir uns dem Ausgang näherten, verschlechterte sich meine Laune dramatisch. Vielleicht hatte der blöde Keks tatsächlich das Fass zum Überlaufen gebracht, und es lag einfach nur an meinem mörderischen Hunger, aber wie auch immer, mir wurde in diesem Moment mehr und mehr bewusst, was ich alles verpasst hatte. Die *fashion victory* war inzwischen mit Sicherheit vorüber, zumindest der heutige Tag dort, und ich hatte fast nichts davon mitbekommen. Keine Modenschau mit tollen Klamotten, keine Models, kein Herumschlendern durch die Ausstellung mit meiner liebsten HALF. Kein Lob, keine Bewunderung, gar nichts. Alles wegen meiner blöden, egoistischen Schwester Arti! Die außerdem – und ich wusste nicht, ob ich das nicht noch schlimmer finden sollte als all die verpassten Gelegenheiten – daran schuld war, dass ich mich nicht richtig von Jari verabschieden konnte. Weil sich erstens alles um Mats und sie gedreht hatte und zweitens genau deswegen so eine miese Stimmung geherrscht hatte, vorhin auf dem Parkplatz vor der Klinik.

Nun begriff ich auf einmal, wie schrecklich und trostlos das war. Wir reisten morgen ab und Jari auch. In zwei Wochen zogen wir nach England. Wahrscheinlich würde ich ihn nie wiedersehen. Ich musste an den Augenblick denken, als er das Foto von der Bank gemacht hatte.

»Wenn es schön ist, dann muss man stehen bleiben!«, hatte er gerufen und dabei so nett und lieb gelächelt.

Ich hatte mich so darüber gefreut, denn schließlich war ich selbst ja auch ein Teil dieses Moments gewesen. Aber dann war dieser Augenblick wie ein Wasserspritzer in der heißen Augustluft verdunstet, weil meine Schwester aus den Schuhen kippen musste. So ein supermegabeknackter Kackmist!

Helli sah mir sofort an, dass etwas nicht stimmte.

»Ist was passiert?«, raunte sie, als wir endlich die kleine Grünfläche erreichten, wo sie mit Pego und Pan im Schatten der Linde gewartet hatte.

»Allerdings«, knurrte ich und legte einen Arm um sie. Ich hätte jetzt sonst etwas gegeben für einen schönen, einsamen, chilligen Tag mit meiner Freundin. Das fehlte mir wirklich sehr in letzter Zeit.

»Was denn?«

»Ach, später …«

Pan sprang an Arti hoch und hätte sie fast umgeworfen, aber sie befand sich immer noch fest in Mamas und Papas Händen. Offenbar wollten die nichts mehr riskieren heute.

Papa blickte sich um. »So, Leute. Vor dem Haupteingang gibt es einen Taxistand. Lisa, Arti und Pan nehmen einen Wagen nach Hause, wir anderen erst die Straßenbahn, dann den Bus.«

»Menno. Erst darf sie mit dem Krankenwagen und dann auch noch Taxi fahren«, maulte Orion.

Pego gab ihm eine Kopfnuss. »Du bist vorhin selbst Taxi gefahren, Zwerg, schon vergessen? Die Einzigen, die heute noch überhaupt kein bisschen Service hatten, sind Helli und ich. Das möchte ich hier mal klarstellen. Wir sind von diesem blöden Museum bis hierhergelaufen, ach was, *-gerannt*. Bei dieser Gluthitze.«

»Ich weiß, mein Schatz, das muss wirklich anstrengend gewesen sein.«

»War es. Und jetzt hocken wir hier seit Stunden. Ich finde, ihr könnt ruhig mal zwei Taxis springen lassen.«

»Wir lassen nachher eine riesige Pizza springen, aber jetzt reißen wir uns alle noch mal für eine halbe Stunde zusammen.«

»Pego kann doch noch mit in euer Taxi«, schlug Helli vor. »Drei Leute plus Hund passen doch hinein.«

Pego fuhr herum. »Und du?«

Helli schlang einen Arm um meinen Hals und knuddelte mich. »Ich fahre mit meiner kleinen Lil.«

Mama lächelte Helli an. »Das wäre wirklich ganz gut. Falls Arti noch einmal schwächelt, kann Pego sie das Treppenhaus hochtragen.«

Mein großer Bruder tippte sich an die Stirn. »Ganz bestimmt *nicht.*« Er wandte sich an Arti. »Ich werde dich mit beiden Fäusten hochbugsieren, wenn du schlappmachst, das verspreche ich dir.«

»Sprich nicht so laut, ich habe Kopfweh.«

»Geschieht dir recht.« Pego gab Helli einen Kuss. »Ist es okay, wenn ich im Taxi fahre?«

»Klar«, sagte Helli. »Aber wir anderen kriegen später natürlich die größere Pizza.«

Triton und Orion lachten hämisch.

Pego grinste. »Das werden wir noch sehen, Zwerge, denn wir sind Stunden vor euch da. Bis ihr kommt, ist eure Minipizza kalt.«

»Nein, Mami, das stimmt nicht, oder?«, schrie Orion. »Ihr müsst warten mit der Bestellung! Und ich will keine Minipizza!«

»Keine Sorge. Wir warten auf euch.« Mama wuschelte meinem jüngsten Bruder durch die braunen Haare.

Pego feixte. »Werden wir nicht, ist doch logo.«

»Pego, wenn du jetzt nicht deine große Klappe hältst, bekommst du als Einziger ein richtig kaltes, trockenes Butterbrot zum Abendessen.«

Die Kleinen lachten.

Pego lächelte Mama liebenswürdig an. »Ach, Mums, das würdet ihr doch nie tun.«

Mama hob die Augenbrauen und zog Arti, die immer noch etwas wackelig auf den Beinen schien, Richtung Taxistand. »Sei dir da mal nicht so sicher, Pego-Ego.«

Pego schaute grimmig.

Er hasste es, wenn einer von uns ihn Pegoist oder Pego-Ego nannte.

Während Mama, Pego, Arti und Pan zu den Taxis gingen, schlurften wir anderen zur Straßenbahnhaltestelle. Helli und ich ließen uns etwas zurückfallen.

»Also, was ist los, weshalb das lange Gesicht vorhin?«, wollte Helli wissen.

»Weil alles schiefgeht, mal wieder. Alles. Ich habe die Modemesse verpasst und die ganzen Models nicht gesehen und die Shows und überhaupt, kein Mensch hat meine Entwürfe angeschaut!«

Helli drückte meinen Arm. »Doch, ganz sicher haben viele Leute deine Sachen angeschaut. Und ich schaue sie mir an, wenn sie sie dir geschickt haben.«

»Aber das ist nicht dasselbe.«

»Das stimmt.«

Die Straßenbahn kam und wir stiegen ein. Drinnen war es

fast leer, aber trotzdem stickig. Wir suchten uns zwei Plätze, die genug Abstand zu Papa und den Kleinen ließen.

»Weißt du, die ganze Woche habe ich auf diesen Tag hingearbeitet. Und dann ist er so in die Hose gegangen.«

»Vielleicht wärst du doch lieber dortgeblieben und hättest uns suchen lassen.«

»Hätte, hätte, Fahrradkette. Zu spät.« Mein Handy surrte. Ich zog es aus der Tasche. »Hi, Lil, wie war deine große Show?«, fragte Dennis.

Helli las mit. »Wie süß von ihm.«

»Aber echt. Ich wundere mich vor allem, dass er das Datum im Kopf hat. Termine sind eigentlich nicht sein Ding.«

Helli grinste. »Er scheint dich zu vermissen.«

»Ach Quatsch. Er himmelt längst jemand Neues an.«

»Woher weißt du das?«

»Ich weiß es eben. Er hat sie im Urlaub kennengelernt.«

Helli zuckte mit den Achseln. »Ist ja auch egal.«

»Genau.« Ich schaute meiner Freundin in die Augen. »Viel mehr interessiert mich, was Jari denkt.«

Jetzt blies Helli die Wangen auf und ließ die Luft langsam herausströmen. »Dachte ich es mir doch.«

»Warum?«

Sie wog den Kopf hin und her. »Tja, diese gewisse Elektrizität zwischen euch …«

»*Zwischen uns?* Verarschst du mich jetzt?«

»Nö. Ich mein's ernst. Wie der dich immer angeschaut hat …«

»Hat er das?«

»Ja.«

»Wie denn?«

Helli legte den Kopf schief und schielte mich mit ihren Teddyaugen an.

Ich musste lachen. »Ganz sicher hat er *so* nicht geschaut. Das hätte ich gemerkt.«

»Aber so ähnlich.«

Ich steckte mein Handy wieder ein. Dennis würde ich später antworten, mit einem Satz konnte man dieses Spektakel, das heute stattgefunden hatte, nicht beantworten.

»Ich ärgere mich einfach, dass das eben so doof gelaufen ist, beim Abschied«, platzte es aus mir heraus. »Wir hatten gar keine Zeit. Und die Stimmung war so schräg, wegen Mats.«

»Dann ruf ihn an und verabschiede dich noch mal.«

»Nein! Wie sieht das denn aus?«

»Wie soll es aussehen? Wie ein Anruf. Du sagst ihm noch mal Tschüs. Ist doch voll normal.«

»Er könnte auch anrufen.«

»Ja, könnte er. Vielleicht macht er es auch.«

»Vielleicht.« Ich starrte vor mich ins Leere.

Helli schubste mich. »Mann, dich hat es ja richtig erwischt.«

»Quatsch.«

»Doch. Das sehe ich. Diesen glasigen Blick kenne ich. Oh weia, oh weia. Ich dachte erst, du findest Jari total doof.« Sie sah mir in die Augen. »Hast du das nicht behauptet, Lil?«

Ich schüttelte entschieden den Kopf. »Nein, nein, nein. Ich habe von Anfang an geschwankt. Im Zug fand ich ihn nett. Dann haben wir seinen dummen Spruch gehört und ich fand ihn natürlich nicht mehr nett. Danach ging es immer so hin und her. Als Tymons Assi fand ich ihn eigentlich okay, aber dann habe ich blöderweise Mats geglaubt, der behauptet hat, Jari hätte ihn hängen lassen. Da wollte ich ihn einfach nicht mehr gut finden. Auf dem Fernsehturm habe ich dann aber wieder gemerkt, wie schwierig das ist, jemanden blöd zu finden, der alles andere als blöd ist. Ach Menno …«

Die Bahn hielt an der nächsten Station. Niemand stieg ein oder aus.

Helli legte den Arm um mich. »Er ist wirklich sehr cool.«

»Findest du?«

Helli nickte. »Und er mag dich. Da bin ich sicher.«

»Heute, als wir unterwegs waren, das war total schön. Ich meine, es war natürlich nervig, wegen Arti und der verpassten Modemesse und so, aber eigentlich war es richtig gut.«

»Hm. Ich fand es auch gar nicht so schlecht, mit Pego zu zweit durch die Stadt zu eiern.«

Wir lächelten uns an. Ich erzählte Helli von dem Selfie, das Jari gemacht hatte, und dass er schöne Momente sammelte.

»Na, damit ist doch alles klar. Er sammelt den Moment, bei dem du dabei bist. Herzlichen Glückwunsch, Lil.«

»Aber was nützt es mir? Wir reisen morgen ab. Ich sehe ihn nicht mehr. Und bald bin ich in England.«

Helli seufzte. »Das stimmt allerdings.«

»Es ist so ungerecht und gemein. Ich will nicht nach England.«

»Ach, Hase. Widerstand zwecklos.«

Papa gab uns von weiter vorne ein Zeichen, dass wir bald aussteigen würden. Wir rappelten uns hoch. Ich fühlte mich plötzlich erschöpft. Die Zwillinge gesellten sich zu uns.

»Na, ihr beiden.«

»Na.«

»Habt ihr Geheimnisse?«, wollte Nike wissen.

»Wie kommst du denn darauf?«

»Keine Ahnung. Einfach so.«

»Freunde haben immer irgendein Geheimnis, oder?«, sagte Helli.

Orion rollte die Augen. »Mädchen vielleicht. Jungs nicht.«

Ich überlegte, ob mein kleiner Bruder mit seiner Einschätzung richtiglag. Hatten Jungs keine Geheimnisse? Oder weniger? Wenn ja, woran lag das?

Als hätte er meine Gedanken erraten, meinte Orion: »Männer brauchen das nicht.«

»Aha«, gab Helli trocken zurück. »Und Mädchen brauchen das?«

Mein Bruder nickte. »Yep. Mädchen erzählen sich einfach viel mehr. Sie brauchen das.«

Nike kicherte.

»Hört, hört. Orion, der Philosoph.« Ich war fasziniert, dass mein siebenjähriger Bruder schon so viel Lebensweisheit besaß. Vielleicht, weil er eine Zwillingsschwester hatte. Er und Nike kannten sich in- und auswendig. Deshalb wusste er wahrscheinlich besser als andere Jungs, wie Mädchen tickten.

»Ich glaube zwar, dass Jungs sich auch viel erzählen und Geheimnisse haben, aber vielleicht nicht so viele wie Mädchen. Insofern hast du ein kleines bisschen recht.«

»Sag ich doch.«

Die Bahn hielt. Papa und Triton stiegen an der vorderen Tür aus, wir anderen hinten. Die Zwillinge hopsten den Bahnsteig entlang und liefen voraus.

»Schick ihm eine Nachricht oder ruf ihn an«, flüsterte Helli.

»Mal sehen. Erst mal muss ich essen. Außerdem weiß ich nicht, ob ich mich traue. Schließlich gibt's auch noch diese blöde SMS.«

»Zeig die noch mal, bitte.«

Ich reichte Helli mein Handy.

Sie las den Text. »Und wenn ich da jetzt einfach mal anrufe?«

»Was?« Ich riss ihr das Telefon aus der Hand. »Niemals!«

»Wieso denn? Was soll schon passieren? Dann weißt du wenigstens endgültig, ob es diese Winka aus deinem Kurs oder jemand anders war.«

»Und was bringt mir das?«

»Vielleicht meldet sich Jaris Freundin. Und dann weißt du, dass es keinen Zweck hat.«

»Hm.«

»Los, gib schon. Was soll denn passieren?«

»Ich könnte mich blamieren.«

»Also wirklich. Du bekommst eine anonyme SMS und willst wissen, von wem sie stammt. Was soll daran blamabel sein?«

»Ich weiß nicht …«

»Her damit!« Helli hielt die Hand auf.

»Ich kann nicht mehr klar denken …«, jammerte ich.

»Umso besser. Überlass das Denken und Reden mir.«

Helli rief die Nummer auf und drückte auf Anruf. Ich wagte nicht zu atmen. Eine Stimme meldete sich.

»Äh, ja, hallo, wer spricht denn da?«, fragte Helli. Sie lauschte mit gerunzelter Stirn.

»Leg auf!«, flüsterte ich, aber Helli wandte sich ab, den Hörer ans Ohr gepresst.

»Ist das nicht die Handynummer von Winka?«

Wieder Lauschen.

»Entschuldigen Sie bitte, wahrscheinlich handelt es sich um ein Missverständnis, aber Sie haben nicht zufällig eine Tochter, die einen Jari kennt?«

Ich hörte jemanden lachen und dann eine ziemlich erwachsene weibliche Stimme.

»Okay, entschuldigen Sie die Störung.« Helli zog die Nase kraus. »Absolute Fehlanzeige. Sie war mindestens dreißig und hat rein gar nichts mit Jari zu tun.«

»Verstehe ich nicht.«

»Ich auch nicht.«

Wir kamen zur Bushaltestelle, wo Triton, die Zwillinge und Papa bereits die Bank belegten. Helli und ich hockten uns an den Rand des Bürgersteigs. Ich war so unglaublich müde und fertig.

»Was genau hat sie gesagt?«, fragte ich leise.

»Dass sie keine Winka kennt und auch keinen Jari.«

»Klang es glaubwürdig?«

»Denke schon.«

Ich legte meinen Kopf auf Hellis Schulter. »Vielleicht hat sie aber mit dem Anruf gerechnet und war vorbereitet.«

»Meinst du?« Helli gab mir das Handy zurück. »Hm, glaube ich nicht.«

»Glaubst du. Toll. Und, sind wir jetzt einen Schritt weiter?«

»Vielleicht.«

»Vielleicht auch nicht. Ich wusste es. Rein gar nichts bringt so ein dummer Anruf.«

Helli lehnte ihren Kopf gegen meinen. »Wer weiß …«

Es blieben tatsächlich drei Pizzastücke übrig.

Sogar Orion winkte ab. »Ich war noch nie so satt.«

Am wenigsten hatte Arti gegessen. Sie lag im Wohnzimmer auf der Couch, wir hockten oder lagen im Halbkreis um sie herum. Niemand hatte Lust, in der Küche am Tisch zu sitzen. Arti hatte immer noch schreckliche Kopfschmerzen.

Mama, die als Einzige im Sessel saß, weil sie mit dem dicken Bauch sonst Schwierigkeiten gehabt hätte, vom Boden aufzustehen, sah zu Papa. »Sollten wir ihr nicht besser eine Tablette geben? Das wird ja immer schlimmer, wie mir scheint.«

Papa rappelte sich hoch. »Gute Idee. Ich glaube, wir haben etwas dabei.«

Nach einer Weile kam er zurück. »Hier, eine halbe müsste reichen.«

Arti, die die ganze Zeit schon brav ein Wasserglas nach dem anderen leerte, schluckte eine halbe weiße Pille. »Danke.«

Mama klatschte in die Hände. »Seid so nett und räumt alle miteinander die Reste und das Geschirr ab.«

»Immer wir«, murrten die Kleinen.

»Ganz bestimmt, immer ihr.« Pego war mit einem Sprung auf den Füßen und gab den Zwillingen kleine Tritte in den Po, ganz leicht nur, aber es ärgerte sie trotzdem.

»Lass das!«

»Hör auf!«

Mama hob die Hände. »Leute! Für heute hatten wir genug Stress! Ihr räumt jetzt friedlich ab und dann dürfen die ersten schon ins Bett gehen.«

»Ins Bett? Es sind Ferien!« Nike stapelte alle Pizzakartons übereinander und verteilte dabei Zwiebelreste und jede Menge Krümel auf dem Holzboden.

»Pass doch auf, du Ferkel!«, rief Papa, hob seinen Teller auf und verschüttete dabei selbst eine Menge Krümel. Alle lachten.

»Ferkel, Ferkel!« Orion hüpfte auf und ab, dabei schwappte das Wasser aus den Gläsern, die er gerade abtransportieren wollte.

»Oh!«

»Menschenskind!«, stöhnte Mama. »Das darf doch nicht wahr sein!« Sie stemmte sich aus dem Sessel hoch. »Also, ich verabschiede mich für heute. Gute Nacht.«

»Gute Nacht, Mumsi. Schlaf schön.«

Sie wandte sich um. »Wisch das auf, Orion.«

»Ja-ha.«

Papa sah erst auf die Uhr und dann in die Runde. »In einer halben Stunde ist hier ebenfalls Schluss, verstanden? Wir brauchen alle Schlaf. Und morgen früh müssen wir noch packen.«

»Papa, ich werde nicht um neun Uhr abends in Bett gehen! Vergiss es!« Pego angelte sich die Fernbedienung, schaltete den Fernseher an und ließ sich in den Sessel fallen, von dem Mama gerade aufgestanden war.

Papa entgegnete nichts, sondern ging einfach hinaus.

Helli und ich halfen ebenfalls beim Aufräumen. Ich stellte Pegos Teller auf seinem Schoß ab. »Hier, Faulpelz, trag deinen Kram selbst hinaus.«

»Mann, nimm's einfach mit«, blaffte Pego.

»Könnte dir so passen.«

Pego sah sich nach Helli um. »Hel, nimmst du …?«

»Vergiss es.«

Kichernd brachten wir unser Geschirr in die Küche.

Plötzlich schrie Pego: »Lil! Schnell!«

Und Arti, schwächer: »Beeilung!«

Wir rannten zurück.

»Da, schaut!«

»Wow! Was ist das?«

»Fashion victory!«

Jetzt kamen alle angelaufen, auch Mama und Papa. Im Fernsehen lief ein Beitrag über die Modemesse! Wir sahen die Designer, die vielen Menschen und ja, auch die Ausstellung der Workshop-Gruppe.

»Meine Zeichnung, da!«, schrie ich. »Und da!« Meine Stimme überschlug sich. Und dann passierte das Unglaubliche: Als Nächstes kam tatsächlich ich! Mein ganzer Kopf füllte den Bildschirm aus. Mit Mikrofon vor dem Gesicht. Großaufnahme. Im Fernsehen!

»Hilfe!«

»Haha!«

»Ich werde verrückt!«

Alle schrien durcheinander.

»Still!«, zischte Mama. »Man hört ja gar nichts.«

Tatsächlich hörten wir nicht, was die Journalistin sagte, aber ich erinnerte mich natürlich. *Wie fandest du den Workshop?*, hatte sie mich gefragt.

»Also, äh … suuuuuuper! Es war so geniaaaal«, hörte ich mich mit einer schrecklich fremden Stimme sagen. Oh Gott, war das peinlich!

Jetzt war es mucksmäuschenstill in unserem Wohnzimmer.

»Was hast du im Workshop mit Ducci und Galvani gelernt?«, fragte die Journalistin, die selbst nicht zu sehen war.

»Oh, äh, sehr viel, über Anatomie zum Beispiel.«

»Wer ist Anna-Tonie?«, quatschte Nike dazwischen.

»Pscht!«

Und dann kam schon die letzte Frage, die ich zum Glück ein bisschen flüssiger und auch ausführlicher beantwortete.

Die Kamera schwenkte zu Leo, dem Workshop-Teilnehmer aus der Schweiz. Die Zwillinge quakten schon wieder dazwischen, aber wir anderen gaben ihnen mit heftigen Gesten zu verstehen, dass sie den Mund halten sollten. Am Ende kam noch Phine an die Reihe, die sagte, sie freue sich am meisten auf die Modenschauen.

Das Ganze dauerte höchstens zweieinhalb Minuten, dann war es vorbei.

»Warum nur so kurz?« Nikes Stimme klang enttäuscht.

»Das sind die regionalen Berliner Nachrichten. Dafür war es ein recht langer Beitrag«, erklärte Papa. Er klopfte mir auf die Schulter. »Gut gemacht, Lil. Ich bin stolz auf dich.«

»Na ja. Bisschen viel ›äh‹ und ›öh‹ und ›suuuuuper‹.« Pego zwickte mich in den Nacken.

»Ey, lass das!« Ich schüttelte ihn ab. »Steh du mal ganz spontan und ohne Vorbereitung vor einer Fernsehkamera!«

»Ja, finde ich auch.« Mama drückte mich. »Das muss man erst einmal schaffen. Ich finde es schade, dass wir das nicht länger miterleben durften heute Vormittag.«

Alle sahen zu Arti, die immer noch still und blass auf dem Sofa lag. Sie hatte ebenfalls zugeschaut, aber keinen Ton von sich gegeben. Jetzt schloss sie die Augen.

»Alles wegen dir«, wetterte Triton. »Wir hätten ein Mal im Leben echte Models über den Laufsteg gehen sehen und du versaust alles.«

Mama hob überrascht die Augenbrauen und wechselte einen belustigten Blick mit Papa. »Triton, seit wann interessierst du dich fürs Modeln?«

»Ich interessiere mich nicht fürs Modeln. Aber wann kriegt man schon mal hübsche Mädchen zu sehen?«

»Na, na«, wandte Papa lachend ein. »Das ist aber nicht sehr charmant, mein Sohn. Hier befinden sich immerhin eins, zwei, drei, vier attraktive Mädchen im Raum.« Er zwinkerte Mama zu. »Lisa nicht mit eingerechnet.«

»Pah, das meinst du ja nicht ernst!« Mein mittlerer Bruder kreuzte die Arme vor der Brust. »Ich meine überdurchschnittlich hübsche, nicht durchschnittlich.«

Helli atmete aus. »Immerhin, danke, Triton. Durchschnittlich hübsch ist besser als hässlich.«

Auch ich lachte. »Ja, das muss man erst mal schaffen.«

Arti, die wegen ihrer phänomenal seidigen, langen braunen Haare in meinen Augen die Hübscheste von uns April-Mädchen war, schaute traurig ins Leere. Irgendwie war ihr heute nicht nur das blendende Aussehen, sondern auch der Humor abhandengekommen.

»Sonst lästert ihr auch immer über Models und Modelsendungen«, knurrte sie.

»Das hier war aber keine dämliche Modelsendung, sondern eine echte Modenschau und zufällig der Abschluss meiner Workshop-Woche!« Ich stand auf und ging zur Tür. Langsam reichte es mir.

»Hey, Lil, war nicht so gemeint. Tut mir leid.« Arti setzte sich auf, fasste sich aber sogleich wieder an den Kopf.

»Noch nicht besser?« Mama strich ihr besorgt eine Strähne aus der Stirn.

Meine Schwester jammerte. »Wenn ich liege, geht es … aber im Sitzen … aua …«

Papa ging zur Balkontür und riss sie auf. »Hier ist es aber auch zu stickig!« Er wedelte mit seiner Zeitung warme Abendluft ins Zimmer. »Erst verdurstet uns eine fast und dann erstickt sie …«

Orion tat so, als bekäme er einen Erstickungsanfall und wälzte sich theatralisch über den Parkettboden.

»Schon gut, Zwerg«, bremste Pego ihn aus. »Geh lieber ins Bett.«

Mama reichte Orion die Hand und zog ihn hoch. »Das wollten wir ja alle, nicht wahr?«

Die Zwillinge hüpften nach draußen, gefolgt von Triton.

Mama stand wartend an der Tür. »Arti? Du kommst bitte mit.«

»Jaja, Mama, gleich. Ich will nur ganz kurz Lil etwas fragen.«

Stirnrunzelnd stand Mama da und wartete.

»Gleich! Geh schon mal vor.« Arti scheuchte Mama mit einer genervten Geste aus dem Zimmer. Zum ersten Mal wirkte sie nicht mehr geschwächt.

»Na gut. Fünf Minuten.«

Als Mama die Tür hinter sich geschlossen hatte, fragte Arti rundheraus: »Kann ich dein Handy haben, Lil?«

»Wie bitte?«

»Nur kurz. Bitte. Dein Handy.«

Im Gegensatz zu mir schaltete Pego sofort. »Damit du den Vollpfosten anfunken kannst? Vergiss es.« Pego zog Mats' Telefon aus seiner Hosentasche. »Weil das Handy von diesem Loser nämlich hier ist.«

Um ein Haar wären Arti die Augen aus dem Kopf gepurzelt. Sie erkannte das Telefon und wusste sofort, dass Pego keinen Spaß machte. »Was soll das? Wieso hast du das?«

»Wieso? Dreimal darfst du raten!«

»Keine Ahnung!« Arti schaute panisch von einem zum anderen. »Was habt ihr mit ihm gemacht?«

»Er konnte seine Schulden nicht bezahlen, die er bei dir hat. Also haben wir sein Telefon kassiert«, erklärte ich.

»Was habt ihr?«, kreischte Arti. »Das dürft ihr nicht! Das war mein Geld! Ich habe es ihm geschenkt!«

»Zu spät«, antwortete Pego kalt.

Arti presste die Fäuste gegen die Augen. Ich sah, wie sehr sie sich zusammennehmen musste, um nicht laut loszuweinen.

Helli legte eine Hand auf ihre Schulter. »Wenn er das Geld schickt, dann kriegt er sein Handy sofort zurück. Wir haben es nur zur Sicherheit genommen, verstehst du?«

Arti schüttelte Hellis Hand ab. »Gar nichts verstehe ich. Ihr hattet kein Recht dazu!«

Ich setzte mich zu meiner Schwester auf die Couch. Das passte ihr überhaupt nicht, aber es war mir egal. »Hör zu, Arti, wenn ein anderer Mensch dich ausnutzt, dann ist das *immer* schlecht, verstehst du? Auch wenn du ihn gernhast. Auch wenn er eigentlich nett ist. Wenn dich jemand abzockt, und genau das hat Mats getan, dann ist das mies. Er hat dich ausgenutzt. Das musst du doch begreifen.«

Dicke Tränen rollten über Artis Wangen. Wortlos stand sie auf und ging hinaus. Wir hörten, wie sie an der Badezimmertür rüttelte, aber vermutlich putzte einer der anderen noch Zähne, also schlurfte sie direkt weiter ins Mädchenzimmer.

»Sie kann einem richtig leidtun.« Helli ließ sich neben mich auf das Sofa fallen. »Krasser Fall von Verpeilung, würde ich sagen.«

»Eher ein Fall für den Irrenarzt«, entgegnete Pego trocken.

Wir mussten lachen.

»Arme Arti. Sie würde wirklich sonst was für Mats tun.« Ich legte meinen Kopf an Hellis Schulter. »So schlimm sind wir nicht, oder?«

Helli seufzte. »Auf gar keinen Fall. So etwas würde uns nie passieren. Wir haben immer alles im Griff.«

»Ja klar«, brummte Pego und tippte sich an die Stirn. Dann schnappte er sich wieder die Fernbedienung und begann, durchs Fernsehprogramm zu zappen.

Später, als Helli noch mit Pego im Wohnzimmer hockte, wir restlichen Aprils aber alle schon in den Betten lagen, wollte ich Jari eine WhatsApp schicken. Es war noch nicht wirklich spät, kurz nach zehn am Abend, ich ging also davon aus, dass er sie noch lesen würde. Aber als ich sein Profil aufrief, sah ich, dass er schon seit Stunden nicht mehr online gewesen war, seit dem Nachmittag nicht mehr, den er ja mit mir verbracht hatte und wo wir ständig die Handys benutzt hatten, um den Weg zu finden oder Nachrichten an die anderen zu schicken. Vielleicht war er seitdem so beschäftigt, dass er keine Zeit mehr gehabt hatte? Egal. Ich hatte jetzt lange genug gewartet.

Ungefähr zwanzig Mal korrigierte ich die Nachricht, bis sie mir endlich einigermaßen gefiel. Typisch Lil. Am Ende schickte ich diesen Text: »Danke, dass du heute geholfen hast. Fand ich cool. Hoffe, es hat dir nicht den Tag verdorben. Und schade, dass wir morgen alle abreisen.« Daneben setzte ich einen traurigen Smiley.

Während ich darauf wartete, dass Jari online ging und die Nachricht sah, scrollte ich durch mein Fotoalbum. Viele Bilder hatte ich nicht gemacht in dieser Woche. Kein Wunder, meistens war ich einfach viel zu beschäftigt gewesen. Es gab ein paar vom Fernsehturm, dann eines vom Sonnenuntergang am allerersten Abend und noch ein paar Aufnahmen vom Inneren der Workshop-Halle, Ducci und Galvani und zwei schöne Bilder von Phine. Die ich wahrscheinlich auch nicht mehr sehen würde. So schade.

Ich schrieb auch ihr eine WhatsApp und fragte sie bei der Gelegenheit nach den Modenschauen und anderen Ereignissen des Tages.

Schließlich, als auch Phine sich nicht rührte, schaute ich nach Neuigkeiten auf Instagram, wo ich mich vor lauter Langeweile in den Sommerferien angemeldet und ein Profil eingerichtet hatte. Vorher hatte es längere Diskussionen mit Mama gegeben, aber schließlich erlaubte sie es, unter der Bedingung, dass ich privat blieb und keine Fotos von meinem Gesicht postete. Ich fand diese Vorsicht echt übertrieben, aber Helli ging es genauso, deshalb machte es mir nicht so viel aus.

Gegen halb elf kam Helli ins Bett. »Du schläfst noch nicht?«

»Kann nicht.«

»Och, Hase.« Sie krabbelte über mich auf ihre Seite und strampelte die Bettdecke weg. Im Zimmer war es immer noch unfassbar heiß. Gegenüber regten sich Nike und Arti. Nike machte seltsame Geräusche mit dem Mund.

Helli kicherte. »Klingt, als würde sie gerade ein erfrischendes Eis schlecken.«

Mir war nicht zum Kichern. »Er meldet sich nicht.«

Helli seufzte. »Hast du ihm etwas geschickt?«

»Ja.« Ich hielt ihr mein Handy hin, damit sie die WhatsApp an Jari lesen konnte.

»Er hat sie noch nicht gesehen. Vielleicht sind sie im Kino oder so«, sagte Helli.

»Klar, im Kino. Wo Mats ja so viel Kohle hat! Die sind garantiert nirgends, und ich frage mich, warum er nicht online geht.«

»Das kann viele Gründe haben.«

»Ruhe!«, tönte es aus der gegenüberliegenden Ecke. Es war Arti. Wir achteten nicht auf sie, denn wir hatten heute genug wegen ihr in Kauf genommen, da stand es ihr nicht zu, sich über irgendwen oder irgendetwas zu beschweren.

»Ich weiß. Erstens, sein Akku könnte leer sein.«

»Ganz genau. Bei Pego wäre das zu neunundneunzig Prozent der Grund.«

»Stimmt. Zweitens, er könnte irgendwo sein, wo er kein Netz hat.«

»Lassen wir gelten.«

»Drittens, es könnte auch mit der anonymen SMS an mich zusammenhängen.«

Der Schein meines Handybildschirms warf ein fahles Licht über Hellis Gesicht. Sie runzelte die Stirn. »Warte … wieso sollte er deshalb nicht ans Handy gehen?«

»Weil er vielleicht eine Freundin hat und deshalb meine Nachricht auf dem Bildschirm sieht, aber absichtlich nicht öffnet?«

»Klingt weit hergeholt.«

»Aber nicht unmöglich.«

»Sehr, sehr unwahrscheinlich.«

Ich legte mein Handy zwischen Helli und mich. »Ach Mensch, ich will so gern, dass er sich meldet! Aber diese blöde SMS … Weißt du, ich will mich jetzt auch nicht blamieren und ihm hinterherlaufen, wenn er vielleicht eine Freundin hat …«

»Ich habe die SMS geschrieben«, kam es aus der gegenüberliegenden Zimmerecke.

Helli und ich schnellten hoch. »Wie bitte?«

Arti saß in ihrem Bett, ich konnte ihre Umrisse erkennen, aber nicht ihr Gesicht.

»Was hast du gesagt?«

»Diese SMS an dich, die war von mir …«, kam es kläglich aus ihr heraus.

Ich knipste meine Handytaschenlampe an und leuchtete zu meiner Schwester hinüber.

Sie hielt sich die Augen zu. »Hey, du blendest mich.«

»Ich steche dir gleich die Augen aus, dann weißt du, was blendet!«, rief ich ziemlich laut.

Nike warf sich unruhig auf die andere Seite, murmelte etwas und steckte dann den Kopf unter ihr Kissen.

»Es tut mir leid«, flüsterte Arti. »Ich war so sauer auf dich, weil du verhindert hast, dass ich Mats treffe. Und da wollte ich dir eins auswischen.«

»Aber du hast kein Handy«, sagte Helli. »Wie hast du das hingekriegt?«

»Ich habe eine Frau gefragt. Im Pergamonmuseum.«

Helli und ich sahen uns an. Ich erinnerte mich an meinen Anruf und die Frauenstimme am Nachmittag. »Eine wildfremde Person?«

»Ja«, wisperte Arti schuldbewusst, und es klang wie das Piepsen eines kleinen Vogels. »Ich habe gesagt, es sei ganz, ganz wichtig, und da hat sie mir ihr Handy geliehen. Ich habe die Nachricht dann aber gleich nach dem Verschicken wieder gelöscht.«

»Du bist so ein gerissenes Miststück«, zischte ich. »Wirklich, Arti! Zu was du fähig bist! Das ist das Allerallerletzte!« Ich hätte schreien können vor Wut, aber wegen all der anderen, die schon schliefen, riss ich mich zusammen.

Helli legte eine Hand auf meinen Arm. »Nicht aufregen. Ist doch umso besser. Die dämliche SMS kannst du einfach vergessen.«

»So gesehen … stimmt.«

»Ich glaube, Jari mag dich«, kam es wieder aus Artis Ecke.

»Halt die Klappe!«, schnitt ich ihr das Wort ab. »Wenn du noch einen einzigen Mucks von dir gibst, komme ich rüber und ersticke dich mit dem Kopfkissen!«

»Es tut mir leid, Lil«, sagte Arti weinerlich. »Ich habe deinen Tag versaut. Ich hätte nicht einfach abhauen dürfen.« Sie schniefte. »Bitte sei mir nicht mehr böse.«

Helli und ich wechselten einen Blick.

»Ja, allerdings. Du hast mir den Tag versaut. Und ich bin echt wütend.«

»Es tut mir wirklich leid. Ganz doll.«

Das klang sehr ehrlich und auch ehrlich niedergeschlagen. Fast spürte ich so etwas wie Mitleid, aber nur fast.

»Siehst du ein, dass Mats Mist gebaut hat?«, wollte ich noch wissen, bevor ich die Entschuldigung meiner Schwester annahm.

»Ja. Er hat mich ausgenutzt.«

Helli atmete aus. »Gott sei Dank. Sie hat es verstanden.«

»Ist schon okay. Ich bin dir nicht mehr böse. Schlaf jetzt.«

Arti legte sich zurück in ihr Kissen. Wir hörten, wie sie leise schluchzte. Das ganze Drama schien sie echt mitzunehmen.

»Soll ich zu ihr gehen?«, fragte ich flüsternd meine Freundin.

»Ach, manchmal ist Weinen doch ganz schön. Lass sie.«

Die weitere Unterhaltung zwischen Helli und mir war so leise, dass wir selbst Mühe hatten, uns gegenseitig zu verstehen.

»Ich würde ihn anrufen«, wisperte Helli.

»Was? Jetzt?«

»Warum nicht?«

»Ich weiß nicht. Was soll ich sagen?«

»Einfach nur Hallo.«

»Einfach Hallo?«

»Oder Gute Nacht, was weiß ich.«

Wir kicherten.

»Ich traue mich nicht.«

»Das ist ja nichts Neues.«

»Mensch, Helli. Du bist gemein.«

»Nö. Ich bin nicht gemein. Du bist ein Angsthase.«

»Ja. Ich schicke ihm lieber noch eine Nachricht.«

»Das bringt sicher was! Los, jetzt ruf an!«

»Meinst du wirklich?«

»Ja. Jetzt mach. Ich bin müde.«

Ich wählte Jaris Nummer. Mein Herz wummerte so heftig, bis hinauf zum Hals, dass ich kaum das Tuten hörte. Fast hätte ich wieder aufgelegt, weil ich einfach nicht die Nerven hatte zu warten. Helli lag mit offenen Augen ganz dicht neben mir. Aus Artis Ecke kam kein Mucks mehr, vermutlich hatte sie sich in den Schlaf geweint. Wir lauschten dem endlosen Tuten. Nichts passierte. Kein Jari und auch keine Mailbox.

Nach einer gefühlten Ewigkeit drückte ich den roten Hörer. »Ich möchte wissen, was da los ist.«

»Tja. Womit wir wieder am Anfang angekommen wären.« Helli gähnte. »Sei mir nicht böse, Lil, aber ich kann nicht mehr. Lass uns schlafen.«

»Aber, Helli, du kannst mich doch jetzt nicht im Stich lassen!«

»Ich lass dich nicht im Stich. Ich mach nur die Augen zu.«

»Menno. Dann gute Nacht.«

Helli drehte sich in Bauchlage und zerknautschte das Kissen unter ihrem Kopf, bis sie bequem lag. »Komm, mach jetzt das Ding aus. Du findest sonst keine Ruhe. Ich kenn dich doch.«

»Ja, gleich.«

»Oder wenigstens Flugmodus.«

»Jaja.«

Ich ließ das Telefon in Bereitschaft, stellte es aber stumm und legte es unter mein Kopfkissen. Helli schlief innerhalb von Sekunden ein und atmete mit leicht geöffnetem Mund, die Zunge zwischen den Vorderzähnen, was ein etwas nerviges zischelndes Geräusch erzeugte. Ich drehte mich auf die andere Seite und schloss die Augen.

Nach ein paar Minuten wechselte ich wieder die Seite. So ging es einige Male hin und her. Normalerweise fallen mir abends die Augen zu, aber heute geschah etwas sehr Seltsames, nämlich das Gegenteil. Meine Augen klappten immer wieder auf, ganz von selbst! Ich konnte nichts dagegen tun.

Ich war einfach total aufgekratzt, das merkte ich erst jetzt, wo Ruhe eingekehrt war. Es fühlte sich an, als würde ich in drei Tagen noch nicht einschlafen können. Dann konnte ich genauso auch noch ein bisschen auf mein Handy starren, fand ich und holte es wieder hervor.

Immer noch keine Nachricht. Ich drehte mich wieder auf die von Helli abgewandte Seite und legte das Handy vor mir ab. Eigentlich wäre jetzt der perfekte Moment zum Zeichnen gewesen, denn das tat ich am liebsten, wenn mir drängende Fragen durch den Kopf gingen. Oder wenn viel passiert war, wie zum Beispiel heute. Da Skizzenblock und Stifte jedoch in meinem Rucksack draußen im Flur steckten und ich niemanden aufwecken wollte, blieb ich liegen und zeichnete im Geiste.

Zuerst mein heutiges Outfit, dieses schöne taubenblaue Kleid, das am Morgen noch so sauber und fluffig gewesen war und heute Abend dann so verknittert und verschwitzt an mir geklebt hatte. Also zwei verschiedene Bilder ein- und desselben Kleides. Dann zeichnete ich meine Familie auf dem Weg zur *fashion victory*, Mama in ihrem hübschen dunkelblauen Kleid, Arti in ihren kurzen Hosen und dem Top, das sie mir gestern Abend abgeschwatzt hatte. Schließlich ging ich noch mal alle Szenen auf der *fashion victory* durch, wie Ducci und Galvani gelästert hatten und wie von alldem später gar nichts mehr zu spüren gewesen war, als die Journalisten mit ihren Kameras auftauchten.

Ich versuchte, mich an das Outfit der Journalistin zu erinnern, die mich interviewt hatte. In ihrem Fernsehbeitrag war nur ich zu sehen gewesen. Weiße Jeans? Sicher war ich mir nicht. Normalerweise merkte ich mir so etwas. Aber kurz nach dem Interview passierte ja bereits der Schlamassel mit

Arti, und der forderte dann für Stunden meine ganze Aufmerksamkeit.

Ich warf einen Blick aufs Handy. Schon Mitternacht. Ich knipste mein Handy an und wieder aus. Und wieder an und wieder aus. An, aus, an, aus.

Plötzlich durchfuhr mich ein schrecklicher Gedanke. Was, wenn Jari heute Abend aus irgendeinem Grund sein Handy verloren hatte und ich ihn nie wieder erreichen konnte? Ich kannte noch nicht einmal seinen Nachnamen. Ich wusste nur, dass er Jari hieß und vierzehn war und wahrscheinlich irgendwo in Nürnberg wohnte. Zumindest war er dort in den Zug gestiegen. Aber er konnte genauso gut aus der weiteren Umgebung stammen.

Im Geiste zählte ich auf, was ich alles mit Sicherheit über ihn wusste. Er hatte einen Bruder, Tymon, der hier in Berlin-Kreuzberg lebte. Er sammelte schöne Momente mit der Handykamera. Er spielte ziemlich gut Minikicker und war angeblich auch in echt ein super Fußballer, zumindest hatte Mats das mal erwähnt. Er mochte enge, richtig enge Jeans und weiße Shirts. Er fuhr sich mit der Hand durch die Haare, wenn er nachdachte. Er war großzügig, denn er hatte uns, ohne zu zögern, Geld geliehen.

Hilfe, da fiel mir ein, dass wir es ihm nicht zurückgegeben hatten! Zwanzig Euro! Verdammt! Verdammt! Verdammt! Wieso hatten wir daran nicht mehr gedacht? Darüber musste er sich doch wahnsinnig ärgern. Vielleicht war das der Grund, warum er meine Nachricht nicht öffnete. Wir hatten uns einfach verabschiedet, ohne ihm den Schein zu geben, den er Pego im Museum geliehen hatte. Mist! Was musste er von uns denken? Erst machten wir einen Riesenaufstand, weil Mats Artis Geld nicht zurückgeben konnte, und dann gaben wir selbst das geliehene Geld nicht zurück. Wie peinlich war das denn? Ich hätte am liebsten Helli wach gerüttelt. Verflixt, wie hatte ich das vergessen können? Eine furchtbare Wut auf Arti, aber auch auf mich selbst überkam mich.

Ich rief noch mal WhatsApp auf und schickte Jari eine weitere Nachricht, dieses Mal, ohne lange zu überlegen: »Hey, tut mir sehr leid, dass wir dir die zwanzig Euro nicht zurückgegeben haben! War ein Versehen und fällt mir gerade erst wieder ein, sorry! Wir schicken dir das Geld, okay?«

Eine Weile starrte ich aufs Display, in der Hoffnung, Jari würde online gehen. Was er natürlich nicht tat. Inzwischen aber war es wirklich schon ziemlich spät. Vielleicht war aber auch etwas mit seinem Telefon passiert. Was, wenn er meine beiden Nachrichten überhaupt nie lesen würde? Und mich dann für immer als das Mädchen in Erinnerung behielt, das ihm zwanzig Euro schuldete? Zwanzig Euro, genauso viel Taschengeld bekam ich im Monat und Jari vielleicht auch. Dann wäre sein ganzes Monatsgeld futsch. Oh, so was Supermegadämliches!

Stundenlang wälzte ich mich mit diesem Problem und gleichzeitig einem unglaublichen Zorn auf mich selbst hin und her. Irgendwann schlief ich dann wahrscheinlich doch ein, zumindest kurz.

Als ich aufwachte, war es im Zimmer absolut still. Helli neben mir atmete lautlos, von gegenüber hörte ich gar nichts. Durchs weit geöffnete Fenster drang noch kein Licht, aber erstes Vogelzwitschern.

Ich schaute auf mein Handy. Es war halb fünf. Obwohl ich höchstens drei oder vier Stunden geschlafen hatte, fühlte ich mich hellwach. Aber ich hatte keine Lust mehr dazuliegen, ich wollte entweder noch mal einschlafen oder aufstehen. Krampfhaft hielt ich meine Augen geschlossen, versuchte, mich zu erinnern, ob ich geträumt hatte. Aber da war nichts außer dieser fürchterlichen Unruhe in mir.

Viertel vor fünf. Bald würde es Tag. Tag der Abreise. Koffer packen, frühstücken. Gegen elf Uhr ging unser Zug, wenn ich das noch richtig im Kopf hatte. Bis dahin waren es noch sechs Stunden. Und dann würden wir fahren.

Ich öffnete die Augen und setzte mich auf. Erste schwache Lichtstrahlen fielen in unser Zimmer. Ich schaute auf mein Handy. Jari hatte meine Nachrichten immer noch nicht gelesen. Wie lange würde ich zu Fuß zu Tymons Wohnung brauchen? Letztens abends, als Arti kurz vorm Ausrasten war, waren wir den Weg gegangen, und er war mir kurz vorgekommen.

Leise schälte ich mich aus dem Bett und tappte in den Flur. Den Rucksack fand ich nicht sofort, weil ihn irgendjemand von der Garderobe in die Küche geschleppt hatte. Mama? Ich selbst? Ich machte in der Küche Licht und durchsuchte den Rucksack nach meinem Portemonnaie. Mist, nur ein paar Cent. Ich überlegte, ob Helli vielleicht noch Geld hatte. Sie trug es oft, genau wie Pego, lose in einer Hosentasche.

Eilig schlich ich in unser Zimmer zurück und wühlte mich durch Hellis Klamotten, die überall, aber auch wirklich überall im Zimmer verstreut herumlagen. Eine echte Chaostante, genau wie Arti und Nike. Immerhin, in ihren Jeansshorts steckte ein Zwanziger. Bingo. Jetzt hatte ich, was ich brauchte. Helli würde ihr Geld natürlich zurückbekommen.

Nun suchte ich meine kurze Hose und ein sauberes T-Shirt, fand aber nur das gebrauchte Top vom Freitag. Auch egal. Hauptsache, es müffelte nicht. Ich schnupperte und befand, dass es frisch genug roch. Nachdem ich mich angezogen hatte, ging ich ins Bad, putzte die Zähne und wusch mir über die Augen, die leider doch nicht hellwach, sondern eher maulwurfklein und müde wirkten. Aus meinen zerzausten Haaren knotete ich einen Dutt. Dann ging ich noch mal zu meinem Rucksack, riss ein Blatt aus meinem Skizzenblock und schrieb einen Zettel für Mama und Papa. Auf keinen Fall sollten sie sich Sorgen machen. Ich würde nur schnell die Schulden bei Jari bezahlen und dann rechtzeitig zurückkommen. Außerdem hatte ich mein Handy dabei. Ich zeichnete einen großen Kussmund unter meine Nachricht und legte sie auf den Küchentisch.

Dann löschte ich das Licht in Flur, Bad und Küche und verließ auf Zehenspitzen unsere Ferienwohnung.

Es war Viertel nach fünf,
als ich aufbrach.

Draußen war es deutlich kühler als in unserer Wohnung, in der die Luft ja förmlich stand, auch wenn wir alle Fenster aufgerissen hatten. Jetzt fröstelte ich leider doch ziemlich in meinem Top. Ich hatte nichts dabei außer meinem Handy und den zwanzig Euro für Jari. Um warm zu werden, ging ich extra schnell im Laufschritt. Ich überquerte die Bergmannstraße und lief dann weiter bis zu der großen, mehrspurigen Straße, an der auch die U-Bahn-Station lag. Dort bog ich nach links.

Es war nichts los auf den Straßen. Kein Fußgänger weit und breit, nur vereinzelt fuhr ein Auto an mir vorbei. Das fand ich etwas gruselig. Ich lief noch schneller. Bald kam ich an der bekannten Currywurstbude vorbei, wo ich vor zwei Tagen noch mit Phine Schlange gestanden hatte. Ich musste kurz nachdenken. Zum Workshop-Gelände würde es jetzt rechts gehen, aber zu Tymons Wohnung links. Oder geradeaus? Mist, ich war mir nicht hundertprozentig sicher. Ich hatte die Adresse nicht, aber ich war mir absolut sicher, dass ich das Gebäude erkennen würde.

Trotzdem ärgerte ich mich einmal wieder grenzenlos über mich selbst. Keinen Nachnamen, keinen Straßennamen! Nur Sachen, die mir jetzt nicht weiterhalfen, hatte ich mir gemerkt. Jaris gepflegte Fingernägel zum Beispiel. Oder die zwei winzigen braunen Pünktchen in seinen blauen Augen. Ein Muttermal auf dem rechten Ohrläppchen. Dass er beim

Lächeln oft das linke Auge ein wenig zudrückte. Oder war es das rechte? Jedenfalls hätte ich im Moment mit einem Straßennamen mehr anfangen können.

Ich entschied mich für geradeaus, aber da ich mir nicht hundertprozentig sicher war, ging ich nun etwas langsamer, schaute mich dauernd um oder hielt an, um mein Gedächtnis zu überprüfen.

Waren wir letztens, als wir vom Schwimmbad kamen, hier vorbeigeschlendert? An diesem kleinen Supermarkt? Nein, das war ein anderer Supermarkt. Oder? Oje.

Verflixt. Was machte ich hier? Es war halb sechs am Morgen, und ich stand mutterseelenallein in einer Großstadt, in der ich mich nicht auskannte. Und jetzt kam mir von da vorn auch noch ein Typ entgegen. Sollte ich die Straßenseite wechseln? Oder umkehren? Ohne konkrete Adresse hatte es wenig Sinn weiterzugehen.

Ich stand immer noch auf der Stelle. Der Typ kam näher, er ging plötzlich schneller als vorher. Hilfe, was sollte ich tun? Da es noch nicht ganz hell war, konnte ich ihn nicht richtig erkennen, nur dass er ziemlich dünn war, seine Hände tief in den Hosentaschen vergraben hatte und zu Boden blickte, so als suchte er etwas. Vielleicht hatte er etwas verloren?

Gerade als ich mich umdrehen und weggehen wollte, durchzuckte es mich. Das war Jari! Oder täuschte ich mich? Die Jeans, die Haltung, der Gang, die Haare. Es passte alles. Für einen kurzen Moment setzte mein Herz aus, um dann in einem viel wilderen Rhythmus weiterzuschlagen. Ich konnte mich nicht bewegen, sondern stand einfach nur da, wartete und lauschte dem phänomenalsten Trommelwirbel aller Zeiten in meiner Brust.

Jetzt sah Jari hoch. Stutzte. Blieb stehen. Wir waren noch

ungefähr einhundert Meter voneinander entfernt. Ich setzte mich in Bewegung, ganz langsam. Was hatte das zu bedeuten? War es Zufall? Geplant? Wohin wollte er? Freute er sich? Nach ein paar Metern sah ich es: Ja, er freute sich. Sein Lächeln nahm das ganze Gesicht ein. Ich war so erleichtert und gleichzeitig aber auch so verwirrt.

Dann standen wir uns gegenüber.

»Hey.«

»Hi.«

»Was machst du denn hier?«

»Was machst *du* denn hier?«

Er sah müde aus. »Ich konnte nicht schlafen.«

»Ich auch nicht. Du kriegst noch zwanzig Euro.«

Er zog seine Nase kraus. »Was?«

»Das Geld. Du hast es uns geliehen.«

Jetzt hob er die Augenbrauen und rückte ein paar Zentimeter von mir ab. »Du meinst, du läufst hier gerade durch die Stadt, um deine Schulden zu bezahlen?«

Ich lachte unsicher und zog den Schein aus meiner Hosentasche.

»Nein. Ja.« Ich holte tief Luft und drückte ihm das Geld in die Hand. »Du hast auf meine Nachricht nicht reagiert. Und dann dachte ich plötzlich …«

»Ich hab mein Handy geschrottet.« Er schob den Schein in seine Hosentasche.

»Ernsthaft?! Wie das?«

»Keine Ahnung. Der Akku. Lässt sich nicht mehr aufladen. Ich habe alles versucht …«

»Oh nein. So ein Scheiß.«

»Kannst du laut sagen.«

Wir sahen uns einfach nur an und lachten.

»Komm«, sagte er.

Und dann nahm er einfach meine Hand.

»Boah, die ist ja eisig!«, rief er.

»Ja, ich weiß. Mir ist so kalt.«

Wir lachten schon wieder. Jari ließ meine Hand los und zog sein Sweatshirt über den Kopf. Darunter trug er wie gestern ein weißes T-Shirt.

Er hielt mir den Pulli hin. »Hier.«

»Aber dann frierst du.«

»Nein. Mir ist ganz warm.«

»Wirklich?«

»Ja.«

Ich schlüpfte in den Sweater. Er war kuschelig weich und duftete so angenehm nach … nach was? Nach Jari, vermutete ich. Und ich fand, er roch ein bisschen nach Vanille. »Danke.«

Er nahm wieder meine Hand. »Komm, ich zeige dir was.«

Wir liefen in die Richtung, aus der er gekommen war. An der nächsten Ecke bogen wir rechts ab und schon kurz darauf standen wir vor Tymons Haus. Ich war also auf dem richtigen Weg gewesen.

Jari legte einen Finger an die Lippen. »Eigentlich darf man nachts nicht aufs Dach, aber wenn wir ganz leise sind …«

»Okay.«

Wir schlichen die sechs Etagen nach oben. Die ganze Zeit ließ Jari meine Hand nicht los. Wir redeten nicht, aber bei fast jedem zweiten Schritt schauten wir uns an und lächelten.

Die Tür zur Dachterrasse war zum Glück nicht abgesperrt. Auf Zehenspitzen, damit die Bewohner in der obersten Wohnung uns nicht hörten, betraten wir die Terrasse, nahmen uns eines der großen Sitzkissen und trugen es bis zum Rand.

»Gerade rechtzeitig«, flüsterte Jari.

Tatsächlich. Gegenüber ging genau in diesem Moment die Sonne auf. Der Himmel war noch ziemlich diesig, die Luft nicht wirklich klar, was vielleicht auch einfach an der großen Stadt lag, aber über alles hob sich jetzt ein knallorangefarbener Ball und tauchte eine Million Dächer und Giebel und Turmspitzen und dazwischen auch ein paar Baumwipfel in honiggelbes Licht.

Wir saßen ganz dicht nebeneinander. In Jaris Augen spiegelten sich die Sonnenstrahlen.

»Wo wolltest du denn eigentlich hin, eben auf der Straße?«, fragte ich mit zittriger Stimme. Trotz Sweatshirt war mir immer noch ein klein wenig kalt.

»Kannst du dir das nicht denken?«

Ich schüttelte den Kopf.

»Tja, also … ich wollte zu dir.«

»Hast du die Adresse?«

»Ja, hattet ihr am ersten Tag mal erwähnt, glaube ich.«

»Ich weiß noch nicht mal deinen Nachnamen.«

»Nowak.«

Erleichtert atmete ich auf. »Das werde ich mir merken.«

»Hoffe ich doch.«

»Sind ja nur zwei Silben. Das kriege ich hin.«

Er grinste. »Hast du eh gut hingekriegt alles, gestern«, sagte er. »Ich meine, das hätte mir so was von gestunken, wenn mein Bruder mir dermaßen den Tag versaut hätte.«

»Ja, das war auch richtig, richtig bescheuert. Aber weißt du, was?«

Jari schüttelte den Kopf.

»Als Arti im Krankenwagen lag, so blass und leblos, hatte ich eine Riesenangst. Und ich wollte nur eins, und zwar, dass es ihr schnell wieder gut geht. Klar, es ist so schade um die *fashion victory* und auch um die Modenschauen, aber irgendwie ist das alles dann doch nicht soooo wichtig. Nicht wichtiger als eine gesunde Schwester jedenfalls.«

»Gute Einstellung«, erwiderte er. »Ich glaube, ich kann von dir lernen.«

Das Strahlen seiner Augen wurde immer leuchtender. Ich hätte mich gerne einfach nur gefreut und dieses Leuchten erwidert, aber etwas nagte noch an mir. Ich musste das erst klären.

»Am ersten Tag im Zug, da hast du was Seltsames zu Mats gesagt«, begann ich und hätte gerne ein bisschen an meinen Nägeln geknabbert, wenn noch ein Rest davon da gewesen wäre. Sie waren aber allesamt gestern draufgegangen.

»Was denn?«

»Als wir im Zug eigentlich schon weg waren, sind wir, also Helli und ich, noch mal zurückgegangen, weil wir euch nach eurer Handynummer fragen wollten. Da haben wir gehört, wie du zu Mats gesagt hast, dass du nicht auf so eine Lockenmähne stehst. Nie im Leben, hast du gesagt. Oder so ähnlich.«

»Lil?« Jari legte einen Arm um mich und beugte sich zu mir hinüber. Beinahe berührten sich unsere Nasenspitzen.

»Ja?«

»Du erwartest doch nicht, dass ich dem größten Klatschmaul aller Zeiten verrate, wenn ich ein Mädchen gut finde?«

»Aber Mats ist dein Freund und ihr wart ja unter euch …«

»Mats ist mein Kumpel, das stimmt. Aber du weißt ja inzwischen auch, dass er ein bisschen speziell ist.«

»Du findest Locken also okay?«

Er lächelte. »Deine Locken sind der Hammer!«

Jetzt wurde ich tatsächlich ein bisschen rot.

»Was meinst du wohl, warum ich die ganze Woche in deiner Nähe war?«, fragte Jari.

»Du meinst, beim Workshop?«

»Workshop, Schwimmbad, Fernsehturm, Modedingsbums, Suche nach Arti … hast du dir nichts dabei gedacht?«

»Hm. Ich weiß nicht. Nein. Es war kompliziert.«

»Aha.« Er lächelte. »Wie das?«

Seine Nasenspitze kam immer näher, und mit jedem Millimeter, den wir zueinanderrückten, verdunkelte sich seine Augenfarbe ein bisschen.

»Ich fand dich erst mal doof, wegen dem Spruch im Zug, und dann, als ich dich nett fand, kam Mats dazwischen und dann auch noch Winka. Mats hat behauptet, du hättest ihn hängen lassen, dabei hast du ihn nur davon abgehalten, dein Taschengeld zu verspielen, aber das wusste ich nicht, und na ja, so ging das hin und her und her und hin, und dann habe ich erst gestern Abend so richtig gemerkt, dass ich dich ein bisschen mehr mag als ursprünglich geplant.«

Nasenspitze an Nasenspitze. »Ein bisschen?«

»Hmm.«

»Kleines bisschen oder großes bisschen?«

»Wir werden sehen.«

»Wann?«

»Jetzt?«

»Oh Mann, Liluschka«, sagte er.

»Das klingt schön.«

»Finde ich auch. Ist polnisch.«

»Sprichst du polnisch?«

»Ja. Meine Mutter ist Polin.«

Liluschka. Es klang so schön, wenn Jari das sagte. Da fiel mir etwas ein. »Halt!«

»Was ist?«

Ich kramte mein Handy aus der Hosentasche. »Wenn es schön ist, muss man stehen bleiben.«

»Aber wir sitzen doch.«

»Trotzdem. Ich meine ja auch stehen bleiben im Sinn von den Moment anhalten.«

Jari schaute verwundert. »Aber das ist *mein* Motto.«

Wir setzten uns einmal kurz anders herum auf den Sitzsack und ich machte ein Selfie vor der aufgehenden Sonne. »Das ist jetzt auch mein Motto.«

»Okay. Unser Motto.«

Ehrlich gesagt kriegten wir von dem wunderschönen Sonnenaufgang nicht mehr viel mit. Jedenfalls war ich überrascht, wie schnell die Sonne plötzlich ziemlich hoch stand. Eben noch hatte ich fröstelnd in der Morgendämmerung meinen Weg gesucht, jetzt saß ich am helllichten Tag auf einer Dachterrasse. Und obwohl mir inzwischen richtig heiß war, ließ ich den Pulli an. Denn Jari hatte ihn mir geschenkt. Oder, sagen wir, eingetauscht. Gegen einen grauen Sweater von mir, den ich ihm gleich morgen aus München schicken würde. Außerdem hatten wir unsere Adressen und sehr, sehr viele kleine Nettigkeiten und vielleicht noch mehr Küsse ausgetauscht.

Das alles zusammengenommen fühlte sich einfach unbeschreiblich toll an!

Das Einzige, was sich nicht gut anfühlte, und leider kam dieses Gefühl direkt hinterher, praktisch als Anhängsel, war der nahende Abschied. Der machte uns, als Jari mich gegen halb neun zurück zur Ferienwohnung begleitete, mit jedem Schritt ein wenig stiller und trauriger.

Auf dem schönen Spielplatz vor unserer Haustür schaukelten schon die ersten Frühaufsteher. Ich sah hinauf zu den geöffneten Fenstern im vierten Stock, wo meine Familie jetzt bestimmt schon hektisch am Kofferpacken und Saubermachen war. Inzwischen waren mehrere Nachrichten von Mama auf meinem Handy eingegangen. Sie klang darin nicht richtig sauer, aber, na ja, auch nicht gerade begeistert von meinem Verschwinden. Tatsache war, ich musste mich beeilen, und vielleicht war das gar nicht schlecht, denn so konnten Jari und ich den Abschied nicht endlos schmerzlich in die Länge ziehen.

»Egal, wie, ich muss es irgendwie schaffen, dich nächstes Wochenende zu besuchen«, sagte Jari.

»Wirklich?«

Er nickte. »Dann könnte ich mir meinen Pulli selber abholen.«

»Das wäre natürlich praktisch. Dann hätte ich das Porto gespart.«

»Ja, und wir könnten uns noch mal sehen bei der Gelegenheit.«

»Stimmt, das wäre ein ganz guter Nebeneffekt.«

Jari schlang so fest die Arme um mich, dass mir die Luft wegblieb. »Erlauben deine Eltern das?«

»Logo. Du hast entscheidend im Fall Arti mitgewirkt. Schon vergessen?«

»Ah, dann hat sich das also gelohnt.« Er grinste.

»Aber lass Mats zu Hause. Ich glaube, auf den sind sie nicht gut zu sprechen.«

»Der kommt ganz bestimmt nicht mit. Den habe ich schon lange nicht mehr so bedient gesehen.«

»Wegen seinem Handy?«

»Hm. Aber auch, weil er ein schlechtes Gewissen hat.«

Wer weiß, wenn Triton nicht oben aus dem Fenster geschaut und laut geschrien hätte, dann hätten Jari und ich doch noch ewig weiter dort unten vor der Haustür gestanden. Ich vergaß einfach komplett die Zeit mit ihm! Aber auf meine Familie war ja wie immer Verlass.

Kaum hatte mein mittlerer Bruder uns entdeckt, schallte auch schon ein schrilles »KUSSALARM!« durch die morgendliche Stille. Wie elektrisiert ließen Jari und ich uns los und schauten nach oben. Erst tauchte Orions, dann Nikes und schließlich auch Papas und Pegos und Hellis Kopf an verschiedenen Fenstern auf. Nur Mama und Arti fehlten.

»Lilaia April, du hast genau zwanzig Sekunden!« Papa hielt sein Handgelenk mit Uhr aus dem Fenster.

Ich drückte die Klingel, der Drücker surrte, ich stieß die Tür auf. Ich warf einen letzten Blick auf Jari, der beide Hände hob, sodass es kurz so aussah, als wollte er mich festhalten, aber dann verschränkte er sie hinter seinem Kopf.

»Mach's gut, Liluschka«, sagte er leise, damit die oben nichts hörten.

Ich stand schon im Hausflur und warf ihm eine Kusshand zu. »Bis nächste Woche! Und besorg dir einen neuen Akku!«

Stephanie Gessner wuchs in einem kleinen Dorf in der Nähe von Limburg auf. Als Jüngste von sechs Geschwistern lernte sie früh, gute Verstecke zu finden, zum Beispiel für Süßigkeiten – und für ihr Tagebuch. Sie hat Literaturwissenschaft studiert, eine Zeit lang Reiseberichte für Zeitschriften verfasst und arbeitet heute als Texterin. Nebenbei schreibt sie Romane und Kurzgeschichten. Sie lebt mit ihrer Familie in Mainz.

In Lils Familie ist das Chaos Dauerzustand:

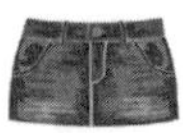

Fünf Geschwister, ein Hund, ein Au-pair-Mädchen und zwei schusselige Erziehungsberechtigte beanspruchen Lils Rund-um-die-Uhr-Aufmerksamkeit. Dabei hätte sie genug eigenen Kram, um den sie sich kümmern müsste – vor allem den interessanten neuen Nachbarjungen von gegenüber. Als dann aber ihr Vater anfängt, sich sehr merkwürdig zu verhalten, ist Lil plötzlich doch ganz froh, kein Einzelkind zu sein …

An Lils chaotischem Familienleben hat sich nichts geändert:

Der Vater lebt in England, die Geschwister nerven und zu allem Überfluss hat Lil auch noch Liebeskummer, weil ihr Freund Dennis mit ihr Schluss macht! Aber damit nicht genug: Richtig Ärger gibt es, als an der Schulmauer plötzlich ein Graffiti prangt. Die ahnungslose Lil wird zur Hauptverdächtigen. Wer steckt wirklich dahinter?

Natürlich magellan©

FSC®
www.fsc.org
MIX
Papier aus verantwortungsvollen Quellen
FSC® C083411

Wir pflanzen Bäume
Für unsere Umwelt
www.magellanverlag.de

FAIR
PRODUZIERT
www.magellanverlag.de

Hergestellt in Deutschland
Gedruckt auf FSC®-Papier
Lösungsmittelfreier Klebstoff
Drucklack auf Wasserbasis

1. Auflage 2021

Dieses Werk wurde vermittelt durch
die Autoren- und Projektagentur Gerd F. Rumler (München).
Lektorat: Marion Perko
Umschlaggestaltung: Christian Keller unter Verwendung von Motiven
von iStock / SergeyVasutin, Gurzzza, Kalistratova
Druck: CPI, Leck
ISBN 978-3-7348-8216-6

www.magellanverlag.de